Mala onda

Alberto Fuguet

Mala onda

ALFAGUARA

© 1991, **Alberto Fuguet**
© De esta edición:
2000, **Aguilar Chilena de Ediciones, S.A.**
Dr. Aníbal Ariztía 1444, Providencia,
Santiago de Chile

Edición definitiva, revisada por el autor
Mala Onda se publicó por primera vez
en diciembre de 1991

- **Aguilar, Altea, Taurus, Alfaguara, S.A. de Ediciones**
  Beazley 3860, 1437 Buenos Aires, Argentina.
- **Santillana de Ediciones S.A.**
  Avda. Arce 2333, entre Rosendo Gutiérrez
  y Belisario Salinas, La Paz, Bolivia.
- **Distribuidora y Editora Aguilar, Altea, Taurus, Alfaguara, S.A.**
  Calle 8 Núm. 10-23, Santafé de Bogotá, Colombia.
- **Santillana, S.A.**
  Av. Eloy Alfaro 2277, y 6 de Diciembre, Quito, Ecuador.
- **Grupo Santillana de Ediciones, S.A.**
  Torrelaguna 60, 28043 Madrid, España.
- **Santillana Publishing Company Inc.**
  2043 N.W. 87 th Avenue, 33172, Miami, Fl., EE.UU.
- **Aguilar, Altea, Taurus, Alfaguara S.A. de C.V.**
  Avda.Universidad 767, Colonia del Valle, México D.F. 03100.
- **Santillana S.A.**
  C/Río de Janeiro, 1218 esquina Frutos Pane
  Asunción, Paraguay.
- **Santillana, S.A.**
  Avda. San Felipe 731, Jesús María, Lima, Perú.
- **Ediciones Santillana S.A.**
  Constitución 1889, 11800 Montevideo, Uruguay.
- **Editorial Santillana S.A.**
  Av. Rómulo Gallegos, Edif. Zulia 1er piso
  Boleita Nte., 1071, Caracas, Venezuela.

ISBN: 956 - 239 - 018 - 7
Inscripción Nº 97.278
Impreso en Chile/Printed in Chile
Primera edición en Alfaguara: agosto 1996
Septima edición: mayo 2002

Diseño:
Proyecto de Enric Satué
Foto de cubierta:
Imagen Bank

Sometimes I think I'm blind
Or I may be just paralyzed
Because the plot thickens every day
And the pieces of my puzzle keep crumblin'
away
But I know, there's a picture beneath.
Indecision clouds my vision
No one listens...
Because I'm somewhere in between
My love and my agony
You see, I'm somewhere in between.
My life is falling to pieces
Somebody put me together...

Mike Patton
Faith No More

MIÉRCOLES 3 DE SEPTIEMBRE DE 1980

Estoy en la arena, tumbado, raja, pegoteado por la humedad, sin fuerzas siquiera para arrojarme al mar y flotar un rato hasta desaparecer. Estoy aburrido, lateado: hasta pensar me agota. Desde hace una hora, mi única distracción ha sido sentir cómo los rayos del sol me taladran los párpados, agujas de vudú que alguna ex me introduce desde Haití o Jamaica, de puro puta que es.

Pienso: no debí dejar los anteojos de sol en el hotel. Seguro me los va a robar alguno de los imbéciles de mi curso; después van a achacárselo a una de esas camareras negras que los muy huevones intentaron tirarse. Vuelvo a lo mismo: debí haberlos traído. No se puede venir a la playa sin protección. No se puede andar sin gafas. Si estaban al alcance de mi mano, en el velador, tan cerca. Incluso los estuve mirando un rato. Me los van a robar, de puro huevón, de puro volado que soy.

Me dedico a pensar un poco, archivar el problema de los Ray-Ban, pasar a otro tema. Reflexiono: es probable que nunca más haga tanto calor como hoy. Un grado más y todo estalla, declaran estado de emergencia, evacúan toda la ciudad. Pero a nadie le importa. Lo que para ellos es rutina, para mí es novedad. Y eso me apesta, me hace sentir un intruso, lo peor.

Deben ser como las cuatro o las tres. Da lo mismo. Igual es tarde. Llegué al hotel cerca del mediodía, cuando no quedaba nadie de mi curso, ni siquiera los más atinados. Los del B, menos. Ésos se levantan todos los días al alba para trotar, jugar vóleibol en la arena o ver el sol aparecer en el mar. Después van a recorrer las tiendas de Rio Sul y compran esas poleras para turistas gringos que dan vergüenza ajena.

Tengo sueño, creo que me voy. Recuerdo: cuando logré abrir los ojos y me di cuenta de que estaba en el hotel, no en otro sitio como creía, pensé un poco, traté de ordenarme, planear, por último justificar el día. No había muchas opciones: entre quedarme botado allí, sin aire acondicionado —los del B lo echaron a perder—, o aprovechar el último día de playa para agarrar aun más sol, no había donde perderse. Me levanté en la más tranquila y me vine caminando hasta aquí frente al número Nueve de Ipanema, donde todos los que realmente son alguien se apilan.

Mientras caminaba, me puse a divagar. Pensé en Chile y en mi vida, que es como lo que más me interesa. Cuando algo parecido a una depresión comenzó a rondarme, cambié de tema y me concentré en las vitrinas; caché, por ejemplo, que las poleras O'Brian se venden en todas partes. Me sentí más seguro.

Después de andar varias cuadras así en la más lenta, sin alterarme porque estaba sudando y todo eso, llegué a una plaza que marca el inicio de Ipanema, que es como el barrio bohemio de Rio y está lleno de librerías y boutiques y bares muy chicos y caros.

A la Cassia le gusta Ipanema y esa plaza donde los hippies venden artesanía, recuerdos, pinzas para joints, aros, las mismas cosas que venden los artesa a la entrada de la Quinta Vergara en Viña, excepto, claro, las típicas chombas chilotas o esos espantosos posters de la Violeta Parra. Aquí he conocido cierta gente, amigos de la Cassia, onda universitaria, humanista, izquierdosa, que se junta a tomar cachaza con jugo de maracuyá y a escuchar unos cassettes de la Mercedes Sosa o la Joan Baez, que es como peor. La Cassia les dijo que yo era chileno y los tipos dieron un salto, animándose: y que Pinochet y la dictadura, y que compañero-hermano, yo conocí a unos chilenos de Conce, exiliados, y luego uno o dos poemas de Neruda en portugués, que Figueiredo, o estos milicos hijos de puta que jodieron a todo el continente... Yo callado, jugándome al tipo buena onda, claro, de acuerdo, *tudo bem, legal.*

Me apesta este tipo de conversaciones. Los tipos parecían californianos pero pensaban como rusos y eso era sospechoso. Uno de ellos, polera Che Guevara (yo, saco de huevas, pregunté quién era), nos invitó a todos a Niteroi a escuchar a un panameño sedicioso que tocaba canciones de Silvio Rodríguez. La empleada de mi casa, que está por el NO en el plebiscito, escucha *Ojalá* y otras canciones en castellano; intuí, por lo tanto, lo que me podía esperar. A la Cassia, eso sí, le parecía atractivo. Se rumoreaba que tal vez iría Chico Buarque; se suponía que era un recital clandestino, contra Figueiredo, contra Stroessner y Videla, contra Pinochet, hermano. El que lo dijo levantó el puño izquierdo. Yo le dije a la Cassia que ni en broma, que para ver comunistas prefería el Kafé Ulm en Santiago. No, no era mi onda, no tenía nada contra ese tipo de gente, pero qué pasaba si llegaba la policía y me deportaban, media ni qué cagada que se desataría en Chile, me echarían de la casa y *bye bye, my life, goodbye.* Ella me encontró razón y terminamos juntos en la arena, mirando las luces, atracando de lo lindo. Después la llevé al hotel, pero nos cachó mi profesora jefe y la muy maraca no la dejó entrar. La Cassia me dijo que no importaba, que igual era tarde, que debía irse. Yo me ofrecí a ir a dejarla. Ella dijo *obrigada,* puedo irme sola y desapareció.

Después de verla subir al bus, me refugié en una de las tantas pizzerías que hay junto a la playa, en plena Avenida Atlântica. Pedí una pizza tropical y cerveza. Allí me entretuve viendo pasar a los turistas. Poco después un negro con sombrero de paja y dientes de sobra se mandó un feroz volón con sus tumbadoras ambulantes. Ahora que lo pienso, ahora que estoy en la arena, solo, esperándola, compruebo que esa noche fue la primera vez que fui a un restaurante solo. Nunca tan terrible, claro, pero igual raro.

Después me fui al hotel, a mi pieza, repleta de huevones durmiendo, roncando, más hediondos que la cresta. Cox se despertó y me empezó a contar de una boîte donde había unas mulatas increíbles, pero costaban no sé cuántos miles de cruzeiros, y a treinta y nueve pesos el dólar, eso es mucha plata, compadre. Me empeloté, me metí a la cama y comencé a enumerar mentalmente las calles de Rio que conocía, hasta que el sueño me ganó. Al otro extremo de la pieza, en tanto, Cox se corría la paja: su cama crujía levemente, como para no despertar al resto. Seguro que todos igual cacharon. Todos lo han hecho. Las sábanas del hotel deben estar demasiado tiesas. Tipo siete de la mañana, el Patán me despertó con sus vómitos. Pensé en ir a ayudarlo, pero me dio lata. Seguí durmiendo, pensando en la Cassia, pensando en mí. Eso fue hace unos cinco días. Puta, cómo pasa el tiempo.

Con los dedos juego con la arena. No es muy divertido, lo reconozco. Pero sirve. Ando con una idea fija: reencontrarme con la Cassia, tal como me lo sugirió ella misma, sólo que perdí su teléfono. Estaba dentro de mi billetera casi vacía, que olvidé en esa fiesta de una mina a la que nunca había visto y que, seguro, nunca volveré a ver; lo único que recuerdo es que la tipa vivía en el último piso de un edificio por Leblon, que no da al mar, y que era algo vieja, medio pelirroja, parecida a la tipa ésa, a la mala de la teleserie *Pecado capital*. Lo otro es que se tiró al Ivo. Eso lo recuerdo bien porque fue un escándalo y me hizo acordarme de unas fiestas que daban mis viejos cuando yo era chico. Ivo, que es amigo de la Cassia, conoció a la pelirroja en la fiesta de alguna embajada en Brasilia. El problema es que el loco del Ivo partió ya de vuelta a la selva y yo, al parecer, cagué con mi billetera y todo lo que había dentro, excepto el *origami* con esos gramos que compré. Igual, nunca tan tremendo porque puse todos los dólares y mi carnet en la caja de seguridad del hotel, tal como me lo sugirió mi viejo.

Necesito verla. Ya falta poco, todo se está desintegrando y lo único que me queda es esperar que parta el avión, regresar a Chile. No creo que venga ya, hace demasiado calor; igual estará acostumbrada —nunca le pregunté cuánto calor hace allá en Brasilia—, pero si no viene, al final no será por la temperatura o la humedad sino porque, a lo mejor, le doy lo mismo, un pobre turista más, un pendejo de un país que nadie conoce y que a nadie interesa. Un país que se cree lo mejor, como yo aquí, que me hago el conocedor pero en el fondo entiendo poco y nada, lo único que sé es que la sola idea de volver a la niebla de Chile me aterra y que Rio siempre me va a recordar a la Cassia.

Ella también se va. Pronto. Me lo dijo el día que la conocí. Vuelve a retomar su vida como hija de funcionario de gobierno, el de Figueiredo, que aquí parecen odiar todos y eso que el país, para mi gusto, está increíble. La Cassia dice que es un dictador. Igual que Pinochet, me dijo, lo que a estas alturas me parece un lugar común, dale con que va a llover. Al principio su lado medio comunistoide me cayó un poco mal, me pareció una pose, incluso viniendo de ella, pero se lo perdoné porque me lo dijo con su acento tan especial y fue su acento lo primero de ella que me mató, incluso antes de verla con esa tanga calipso y esa polera rotosa de The Clash, que era de su novio inglés, el que vive en Brasilia y que de seguro me mataría si supiera que, al final, el que anda con la polera soy yo.

Tiene que empacar, ir a ver a su abuela, a la que todavía no ha visitado, comprarse esos pantalones baggy que tanto anhela. Me paso películas: debe estar mirando tele, tomando Brahma Guaraná, hablando por teléfono. Debe aburrirle la posibilidad de volver a la playa y bañarse conmigo, quizás ir hasta la Praia do Arpoador y comprarle al loco ése un par de pitos con la *melhor maconha do mundo* y luego esconderse conmigo detrás de esas rocas para fumarlos juntos, como si nos conociéramos de toda la vida y ése fuera nuestro ritual secreto, lo que justificara eso de andar siempre juntos, onda noviecitos, pololos, pero mejor viviendo acá, bronceados y con shorts, con tangas calipso y poleras llenas de hoyos, en un departamento chico con vista al mar, una buena radio, cassettes de reggae, plata, un colchón humedecido con toda nuestra transpiración.

Ahora estoy con el vientre apoyado en la arena, mareado, al borde de la insolación, sintiendo el olor de mi piel quemada, mirando el horizonte a través de los pelos de mi axila llenos de sudor, intentando dormir, pero la cachaza al desayuno, más el huiro que me fumé y la media paja que me corrí en la ducha del hotel pensando en la Antonia, en la Antonia y la Cassia, la misma Cassia que había dejado tirada en el suelo del departamento de unos compadres pintores amigos de João, todo eso me tiene mal, en serios problemas, fatigado, con sed, con ganas de comer esos *abacaxis* que unos negros pasan ofreciendo. Pero tengo, al mismo tiempo, ganas como de buitrear, me repite todo lo que comí anoche en esa churrasquería a la que fuimos con el resto del curso, antes de virarme y juntarme con la Cassia y João y el loco del Dinho e Ivo, no, el Ivo no estaba, estaba Alfredo, el de los anteojos estilo John Lennon, y Patrick, el de la polera Sid Vicious y las estampitas de cartón con el ratón Mickey, que después lamimos y me hicieron alucinar: discos de Grand Funk, de Santana y la Janis, un olor enfermo de picante a *maconha* y unos tipos que pintaban con colores diversos, que luego se unían y generaban otras formas, colores gruesos, en manchones anchos, que se abrían. La Cassia puso entonces un video de la Sonia Braga bailando en pelotas en un departamento lleno de televisores y todo me parecía más lento, súper lento, todos tirando, la música, los colores, la Cassia riéndose, bailando desnuda, tan rica ella, en la terraza, con las luces, la huella de la tanga que se veía blanca y mordible y yo cantando en portugués, medio llorando, metido hasta dentro, todos saltando, todo dando vueltas, tranquilo y rápido, rápido y rajado, y la voz de Morrison, o un tipo gordo y peludo, onda Demis Roussos, hablando de filosofía, abriendo una cajita, tirando un montón de polvo sobre una mesa, un cerro de azúcar flor sobre la mesa de vidrio, la guitarra de Hendrix sonando y decenas de tarjetas de crédito tirando líneas, pruébala, viejo, todo *legal*, no seas huevón, y luego el estallido, una lágrima gruesa aflorando en mi ojo, la nariz como un nudo que finalmente cedió. No hay como las pajillas multicolores de McDonald's, dijo Alfredo, y se

introdujo una gigantesca en la nariz justo cuando sonaba algo brasileño, o africano, no sé, era alguien muy
bueno, tan bueno como el polvo que la Cassia esparció en uno de sus pezones para que lo lamiera, para
que lo aspirara, mientras Page o Clapton seguían tocando, alguien que les daba y les daba a los instrumentos, todo daba vueltas y más vueltas, como detenidos todos en el mismo surco, sin escapatoria, el disco
rayado y el parlante a punto de estallar, yo asustado,
más asustado que la mierda, fascinado a mil.

Me levanto y abro los ojos. Huelo. Ese olor a
carne quemada y roja, a transpiración mezclada con
desodorante en barra, me excita. Estoy empapado, mi
pelo chorrea sudor. Me mojo la punta del dedo y me re-
fresco los tabiques. El aroma de la Cassia vuelve hasta
mí. Ese olor que nace de la mezcla, de estar horas y horas allá abajo, tirando, intruseando, investigando hasta
morir, sorprendido —confiado, satisfecho— de estar a
su lado, de no pensar en otra cosa que en ella, y en mí.

La segunda vez que lo hicimos, me acuerdo,
fue por la tarde, a pleno sol, en el departamento sin
pintar de Alfredo, la cama doble sin hacer en el suelo,
un televisor en blanco y negro, sin antena, que trans-
mitía un capítulo de *Combate* que ya había visto. Yo des-
pertaba después de caer, de licuarme por el calor, du-
dando si deseaba seguir así, rendido ante una cuasi
desconocida que apenas me intuía, cuando ella, tendida a mi lado, leyendo una novela que se veía gruesa
y complicada, agarró una botella de tinto que estaba
caldeándose sobre el parquet y tomó un sorbo. Después, sin avisar, se acercó a mí y me besó: el vino, tibio
y espeso, fluyó de su interior al mío. Ella me guiñó un
ojo y siguió leyendo. Luego, sin darle importancia, hizo un doblez en una página. Después tragué.

Una brisa seca pasa por sobre mí, pero nada cambia. Ipanema está repleta como en pleno verano, aunque estamos recién en septiembre. Echo una ojeada a mis pies y todo comienza a dar vueltas, en círculos, como si yo mismo —ahora que me recuesto de nuevo y sigo tendido en la arena, sin toalla ni nada que me sostenga— fuera una de las manecillas de un reloj que se estropeó, y el reloj, la parte circular, el círculo blanco con los números, diera vueltas y más vueltas, como los ojos de los locos que aparecen en el *Condorito,* como un espiral que no se acaba nunca, como la lengua de la Cassia que gira y gira y gira pero no está, no aparece. Decido tirarme al agua. Está caliente. Como yo. Llena de musgo, de sustancias verdes como espárragos recién chupados. Meo un poco. Nado. Todavía no llega. Me sumerjo aun más, hasta abro los ojos bajo el agua. Tampoco está.

JUEVES 4 DE SEPTIEMBRE DE 1980

Llevamos un par de horas dormitando en el suelo del aeropuerto de Rio, que por suerte tiene aire acondicionado. Hace un rato fuimos al baño con Lerner, a fumarnos el último huiro de hierba amazónica, que el muy huevón pensaba ingresar a Pudahuel escondido en una costura de sus botas. Yo pienso internar otra cosa, más granulada, recuerdo de la Cassia, pero eso es asunto mío. Son como las tres de la mañana y el avión viene con retraso de España o de África, quién sabe. Esto de tener que regresar me deprime, me tiene enfermo, ha terminado por arruinarme la semana.

Me alejo de la tropa de mis compañeros, que están durmiendo, disfrazados con unos sombreros y esas horrorosas pulseras de género que se supone garantizan buena suerte. La profesora jefe, que esta noche parece como de cincuenta, más decadente que de costumbre, está comprando unos palos que se supone se transforman en plantas si uno los sumerge en agua. Otra vieja, la mamá del Rubén Troncoso, el Guatón Troncoso, que viajó con él para cuidarlo o algo así, está comprando una botella de cachaza. Me acerco a ella y le pregunto el precio de la botella.

—Bastante más cara que en la botillería ésa, la que estaba en la esquina del hotel —le respondo cuando me lo dice.

—No lo sé, joven. Nunca compré nada en ese sitio.

—Yo me abastecía ahí. Tenían buen oporto. Importado de Portugal.

Veo que se fija en unas cadenas que cuelgan de mi cuello. Se las compré a unos bolivianos que estaban en esa plaza de Ipanema. En realidad, me cargan las joyas o ese tipo de huevadas, pero cuando uno viaja hace tonterías como comprar pulseras y collares. O cortarse el pelo a lo surfista. Ambas fueron ideas de la Cassia, no me puedo quejar. Supongo.

—Sabe, me faltan unos diez cruzeiros para comprar una botellita. No me queda un peso más y el banco ni abre, estoy mal. Le propongo un trato: le doy lo que me queda, usted me la compra y yo saldo la deuda con el Rubén cuando volvamos al colegio.

Mi madre, que algo sabe de manipulación, me ha enseñado que cuando desee cagarme a alguien, no deje de utilizar el método de «la-mirada-que-mata»: una mirada fija, penetrante, sin pestañear, bastante maricona, que siempre funciona. Inhibe al enemigo, lo pone nervioso, lo convierte en presa fácil. Funciona. La vieja de mierda, intrínsecamente chilena, de ésas que se casan tarde y parecen abuelas pronto, compra la botella y me la pasa.

—Me imagino que es para su padre.

—Quizás. En todo caso, un millón. Le debo una.

Busco un asiento y la veo alejarse, arrastrando su zapato ortopédico. Es lo peor: huele a colonia barata, de empleada. El mismo Guatón, que siempre anda con calculadoras y relojes digitales ultramodernos, parece de otra época, pasado de moda. Por mucha plata que tenga, hay algo muy chileno en él que nadie en el curso traga.

Una vez fui a su casa, me acuerdo, a hacer un trabajo. El impacto fue duro, no pude dormir, quedé bomb. Casa vieja que cruje, olor a estufa, a postre de leche, el baño color verde agua, esa onda. La familia, muy de Ñuñoa, vive como atrasada, nada que ver con lo que ocurre a su alrededor. Incluso regaban el patio con manguera. La antítesis de los ochenta. Parece increíble que el Guatón esté en el colegio, con esos padres tan extraños. Los tres, por ejemplo, se tratan de «usted». Raro, muy raro.

El Guatón es nazi, me consta. Por eso lo odio tanto. Ha matado gatos, quemado ratas, hervido ranas vivas. Sus cuadernos están llenos de esvásticas. Una vez fue a mi casa con un libro plagado de fotos de campos de concentración y miramos a las mujeres flacas, en pelotas, los tipos así esqueléticos y transparentes, pero no dije nada porque había ciertas cosas de las que aún no me había enterado. El Guatón, en un acto de confianza, porque no toma ni fuma ni nada, me confidenció que se corría la paja con esos libros —según él, lo calentaban más que el *Penthouse* o el *Hustler*— y que guardaba todo en unos frascos para mermelada. Yo me anduve asqueando: no podía imaginarlo, a ese gordo seboso, que usaba ropa de calle comprada en La Polar, lo peor, camisas color caqui, con las axilas transpiradas, chalecos tejidos a mano por su vieja, pantalones de franela, el pelo siempre sin lavar, tirado en pelotas en su cama, dale que dale, cuidándose de achuntarle al frasco de cristal. Con el minuto de confianza, el Guatón agarró onda e invocó a Hitler, la formación prusiana de nuestros milicos, me habló de un tío suyo que estuvo en la DINA. Como si eso fuera poco, me confesó que odiaba a su hermana, por caliente, y que una vez degolló a varias de sus muñecas y las enterró bajo el parrón que tiene en el patio.

Lerner, que es de Las Condes, Cerro San Luis, se acerca y me hace una oferta que no puedo rechazar:

aún le queda una colilla y la cachaza con Brahma no mezcla mal. Yo sigo pensando en el Guatón Troncoso, tipo tan raro, durmiendo en el hotel junto a su madre, tan nazi como él. Sigo a Lerner por un pasillo con un mapa de Brasil a todo lo ancho del muro. Nos metemos una vez más en el baño. Está pasado a diarrea de cabro chico. Nos encerramos en una cabina.

—El lugar me parece familiar —le digo—. Todos estos cubículos son iguales.

—Faltan los graffiti, los picos dibujados.

—Podríamos tener medio gramo.

—No estamos en la Disco Hollywood, huevón —le digo. No quiero que cache mi nueva afición, no quiero convidarle. El Lerner, lo sé, es bueno para jalar. Una vez que tenía me ofreció, pero a mí ni se me ocurrió decirle que sí. Si el huevón supiera que en mi billetera nueva y fucsia, fosforescente, tengo un sobrecito repleto, un papelillo, un *origami* como lo llamó la Cassia, con varios gramos dentro, me mata. Casi le ofrezco, pero me da lata. Quiero llevarla a Santiago. Sospecho que allá me puede hacer falta.

—Enciende el pito, entonces —me interrumpe—. Si nos pillan, nos amarran a la pista de aterrizaje y cagamos.

Fumamos la colilla y nos tomamos el trago al seco: tres, cuatro tiritones, y qué mierda estamos haciendo aquí, huevón, capaz que el avión ya haya llegado. No podemos seguir así, no quiero volver.

Salimos del baño y el terminal se ve más lleno, o yo estoy peor que antes. Quizás. Una voz extremadamente sedosa, calentona incluso, anuncia por los parlantes diversas estupideces que, sumadas a las otras, parecen un largo bossa nova: *VASP a Recife, Pan Am a Nova Iorque, Varig a Lisboa, Iberia a Santiago.*

Lerner, que está ido, se le nota en los ojos, camina junto a mí al mismo paso. Parecemos dos vaqueros entrando al pueblo, dos milicos en un desfile. Los huevones del otro curso están intercambiándose folletos turísticos o leyendo el *Playboy* en portugués.

Al otro lado del ventanal, un Lufthansa azul y amarillo despega en medio de la oscuridad. Me topo con la Luisa Velásquez. Seguro que lo ha pasado pésimo. La tipa igual me cae bien; a veces hasta me deja copiarle en los exámenes. Le hablo:

—¿A qué hora sale el avión?

—Dos horas más —me responde con su típico tonito de profesora de castellano.

—Puta, qué mala onda.

—Por un lado mejor, así dura más el viaje.

—Estás loca, si esto ya se acabó. Si hay que volver, mejor que sea al tiro. Para qué prolongar el dolor, no sé si me entiendes.

—Y yo que creía que lo habías pasado tan bien, Matías.

—Hey, los mejores diez días de mi vida, comadre, pero hay que ser ubicado.

—Me habían dicho que lo pasaste muy bien...

Lo dice como quien larga una frase para el bronce. Después se va un poco en la más melancólica, casi haciéndome sentir mal, como si fuera mi culpa que ella no tenga amigas y sea una intelectual, además de virgen, y que nadie la pesque, o que en el fondo se muera de ganas de ser distinta. Lo triste es que, aunque lo intente, sabe que no le va a resultar. Su fama ya está hecha, todo el mundo sabe que siempre anda deprimida, bajada, que nos analiza y nos mira en menos. O que leyó libros en la playa mientras los demás jugábamos a las paletas.

La Luisa es rara. Odia ser así, pero más odia-
ría ser como la Antonia, supongo. Aunque tal vez no y
por eso le hablo, porque le cacho su punto débil y ella
me trata distinto. Como que me odia por andar con
mis amigos y salir con minas que son la antítesis de
ella. Así y todo, me acepta. Es inexplicable, pero cuando estoy solo con ella siento que no me mira tan en
menos y que hasta se entretiene, porque está claro
que, si no fuera por mí, la Luisa Velásquez sabría menos del mundo de lo que cree saber; yo siempre le he
dicho que en vez de leer debería vivir, pero a ella todavía no le queda claro, le parece un mal consejo. Lo
latoso de su estilo es que nunca puedo sincerarme
ciento por ciento con ella. O sea, me cuesta decirle
ciertas cosas, contarle todo esto que siento ahora, explicarle que no quiero volver, que hasta tengo pena,
pero nadie lo sabe. Y tampoco quiero que lo sepan.

Creo que sé por qué no me abro con la Luisa
Velásquez: es porque en el fondo me admira. Si llegara a conocer todas mis debilidades, probablemente
dejaría de interesarle. Me gusta que ande detrás mío,
que sea incondicional. Estoy seguro de que en el fondo detesta y reniega de esa atracción que siente por
mí. Como que nunca se lo va a perdonar a sí misma, y
sabe que debería canalizar todas esas energías hacia
un tipo más parecido a ella, un huevón más mateo,
más tierno, como el Gonzalo McClure, por ejemplo.
Pero la mina tiene su lado masoquista: por eso sigue
hueveando conmigo. A mí me gusta provocarla. No re-
sistiría que me cambiara por otro. Para torearla, sacarle celos, me acerco a ella lo suficiente para que huela
mi aliento y le respondo:

—Sí, lo pasé increíble, Luisa, ¿y qué? Todos lo
pasaron bien, supongo. Aunque hay pernos que no

entienden nada y que seguro lo pasaron pésimo y, como son tan rehuevones, te apuesto a que ni se dieron cuenta de que se farrearon el viajecito. Después se van a arrepentir. Uno tiene diecisiete sólo una vez en la vida, ¿me entiendes?

—Yo en realidad no lo pasé muy bien —me dice.

—Oye, superinteresante la conversa y todo, pero yo estoy en otra y me tengo que ir a sentar —nos interrumpe en la más certera Lerner, que se había quedado mirando las luces de la pista mientras la Luisa Velásquez y yo analizábamos el viaje.

—Nos vemos allá —le digo, no sé por qué, cuando la verdad es que lo único que deseo es arrancarme de esta mina. Algo me dice que debería virarme, dejarla sola, pero algo más me impulsa a quedarme, a seguir conversando. Es raro, prefiero estar con ella antes que solo. La Antonia está con su grupito de amigas; ni siquiera se acuerda de que existo—. Así que no lo pasaste muy bien: está malo eso —le digo a la Luisa.

—Te convido un café —me dice ella.

—Paso.

—Sentémonos, entonces.

—*Legal.*

—Fumaste marihuana, ¿no es cierto?

—Sí, qué horror, ¿no? Ma-ri-hua-na. *Maconha.* Esta juventud chilena está en decadencia, no hay nada que hacer.

—¿Te queda algo?

—Hey, cálmate. Un poco tarde como para ponerse al día. Lo pasaste como las huevas, lo entiendo, pero no exageremos. Ademas, se me acabó.

—Te gusta caer mal, Matías. Lo haces a propósito.

—Cada uno hace lo que puede.

—Y si tuvieras marihuana, ¿me darías?

—Gratis, no. Si me la pagaras, seguro. No soy tu padre. Si deseas arruinar tu vida académica, allá tú. Cada uno cava su propia tumba.

—Es que no doy más.

—Son como las tres de la mañana, hora local. Más que comprensible.

—En serio: me parece insólito la cantidad de plata que gastaron mis padres para mandarme en este estúpido viaje sin sentido, plagado de gente arribista, capaz de hacer cualquier cosa con tal de figurar, de pendejos vírgenes que vinieron a descartucharse con alguna mulata y de niñitas que vinieron a comprar blusas y poleras y trajebaños y trataron de ligar con argentinos.

—Hey, yo también estuve aquí y nunca tanto. El colegio es una mierda, todo el mundo lo sabe. El tour era bomb, otra auténtica mierda, y el hotel dejó mucho que desear, pero al menos tuvimos la oportunidad de hacer lo que se nos diera la gana, de estar lejos de Chile, de conocer gente bastante más simpática que los huevones que vagan por el Shopping de Vitacura. Y eso es lo que importa. El resto es pajearse. Y tú qué esperabas, ¿bailar todas las noches?

Ella me observa, abre los ojos y, por un instante, hasta se ve bien. Increíblemente, las luces fluorescentes le sientan. Siento que debo decir algo contundente, ella lo espera, siempre espera cosas de mí. Eso es lo que me complica: siempre está esperando que le diga cosas, que no la abandone, que la sorprenda. Me carga que la gente espere cosas de mí. Me enreda, me complica, me obliga a responder. Ella sigue observándome. Barajo la posibilidades, respiro profundo y me largo:

—Mira, Luisa, nada personal, pero un viaje no te cambia. Te hace cacharte mejor o te sirve para ver qué onda tienes con Chile. Como me dijo la Cassia, que ha viajado por todo el mundo, cambiar de país es mejorar tus opciones. Lugar nuevo, cosas nuevas, algo así. Depende de uno si desea tomarlas o no. A diferencia de Chile, que es bomb, aquí puedes hacer lo que quieras. Hasta puedes ser otro. Si logro convencer al huevón de mi viejo, yo vuelvo el próximo verano y mando Reñaca a la mierda.

—Y tú realmente crees que aquí fuiste otro.

—Lógico. Maduré más que la cresta. Lo probé todo y no me arrepiento de nada.

—Te felicito, entonces.

—Gracias.

—Tú no te das cuenta de nada, Matías. Eres increíble. Ni la ironía eres capaz de digerir. Yo no sé por qué engancho contigo. «Maduré más que la cresta.» No me hagas reír. Cuéntale ésa a la Antonia, no a mí. Ni siquiera somos tan amigos para que me mientas así.

—Hey, ¿qué te pasa? Eres bien extraña, no sé si te lo han dicho. Anda a practicar tu sicología al pedo con otro. A la gente normal nos gusta juntarnos con gente normal. Así que si no te gusta, te vistes y te vas.

—Las verdades duelen, ¿no?

La quedo mirando y casi le mando una sonrisa inocente porque cacho que quizás en algo esta mina tiene razón y, después de todo, estuve más que lo normalmente insoportable y debería tratar de enmendar mi mala onda. Ella se arregla en algo su pelo, se da como vuelta, comienza a morderse las uñas, sin comérselas, y se queda mirando a la ventana y las luces del aeropuerto. Está lejos, eso se nota. Debe estar odiándose a sí misma. La Luisa Velásquez es capaz de deprimirse y pegarse un volón existencialista a lo Pink Floyd sin ni siquiera avisar. No hay nada que hacer. Es como si se hubiera ido. Me siento algo mal, pero no debería. Conmigo no se juega. Ella lo sabe mejor que nadie.

Despierto de golpe. El aeropuerto sigue aquí y yo también. Los ojos me arden, pagaría lo que fuera por unas gotas de Visine. Al Lerner, que no entiende mi rollo, traté de explicarle lo que sentía, pero sólo me habló de lo urgido que estaba: no tenía claro si la negra que le chupó el pico en una boîte de Copacabana era hombre o no, ya que nunca se sacó toda la ropa y tenía las tetas demasiado grandes y duras para que fueran de verdad. Está ahora a mi lado, durmiendo, acurrucado en el suelo, como si fuera el Boris, su famoso pastor alemán, soñando con la negra o el negro aquél. Del bolsillo de su chaqueta de lino sobresale su pasaje: el pasaje de regreso.

Busco el mío y cacho que no está. Pánico. Sabía que lo iba a perder, debe estar en el hotel, se me quedó en Leblon, tendré que avisar al consulado, la profesora jefe me va a matar. Reviso mi bolso Adidas. Ahí está. Falsa alarma. Por un segundo imaginé el caos: «Se queda aquí, por huevón». Y yo, poquito contento, saldría en ese caso a la autopista, a hacer dedo, y una camioneta sicodélica, llena de surfistas, me llevaría y me bajaría por el Rio Palace, en pleno Copacabana, metería mi polera Hering y los Levi's blancos en el bolso, me lanzaría al agua y la Cassia se me aparecería por detrás, me agarraría el pelo mojado y querría hacerme una colita. Y me diría, como esa vez: «Te verías bien con el pelo mucho

más largo». Y yo me daría vuelta, le diría «¿ah, sí, ah?» y
su nariz, esa nariz tan linda, estaría bien quemada. En el
agua nos besaríamos, las olas cruzarían por entre nosotros y ella me diría, entre abrazos y cosquillas: «Ahora te
vas, ahora es tu hora: te toca nadar».

Camino unos pasos por el aeropuerto y no me
siento nada bien. Mi fantasía me parece bomb, de segunda categoría. Siento pena, y sueño, algo que se termina y no termina nunca, y el avión que no llega. Todo
esto me parece una tortura, no debería ser. Me duele la
cabeza, todo rebota en mi interior, como en un parlante sin baffle. Y el avión que se atrasó en Dakar por algún
problema del tren de aterrizaje. Llego a un teléfono.
Lo levanto y, claro, no tengo su número, no puedo comunicarme con ella. Lo sabía y se me olvidó. Igual escucho el tono, que no es el mismo de los teléfonos en
Chile y desde ahí, a lo lejos, en una curva del edificio,
escondida, veo a la Antonia leyendo, leyendo una revista con una paz y una tranquilidad imposibles, que envidio pero no entiendo, ni entendería aunque tratase.

La observo: me parece perfecta, al menos para mí. Por eso también la siento lejos. Y como que me
gusta eso. Tiene puesto sobre su pelo liso, esa melena
color miel, el sombrero ése que le regalé, o que ella me
quitó: el sombrero del Tata Iván, mi abuelo, que me robé cuando cumplió los ochenta y hubo esa gran fiesta.
El sombrero —algo increíble— es un calañés de los
años veinte. Húngaro. El calañés, tal como lo supuse,
se convirtió en la envidia de todos. Fui yo quien los puso de moda en Las Condes. En el DC-10 que nos trajo a
Rio, todos querían ponérselo pero yo se lo di a la Antonia, se lo di cuando salíamos de este mismo aeropuerto y se largó a llover, y yo caché que no quería mo-
jarse el pelo, así que se lo ofrecí. Ella, que casi nunca

acepta un gesto así, un regalo, me dijo «gracias, me salvaste de empaparme entera».

El fono está junto a mi oreja, sigo oyendo ese tono extraño. La Luisa Velásquez está cerca. Trata de escuchar lo que estoy hablando:

—Voy a volver, *você* lo sabe... ¿sí?... También... Sigue durmiendo... ¿Me vas a echar de menos? Anda a Chile, te enseño a esquiar... Sí, Cassia, *eu também te amo.*

Y cuelgo. No sé por qué lo he hecho, mentir así.

—Espero no interrumpirte —me dice, acercándose.

—No, para nada. Tenía ganas de hablar una vez más con ella, eso es todo.

—¿Tan enamorado estás?

—No seas celosa, Luisa.

—Para nada. Me llama la atención, no más. Y la Antonia, muy bien gracias.

—¿Tú para quién trabajas, Luisa?

—Ya no trabajo para ti, que eso te quede claro.

Me mira, entrecierra los ojos y ensaya una sonrisa irónica que no le viene:

—Esto del avión es el colmo —dice, cambiando de tema—. La Margarita ya dio aviso a un apoderado en Santiago para decirle que íbamos a atrasarnos.

—Seguro que lloraron.

—¿Caminemos?

—Bueno.

Avanzamos juntos hacia el mesón de Varig y cruzamos por detrás de la Antonia, que ya no lee y conversa con la Rosita Barros y la Virginia Infante. Ha puesto el sombrero en su falda. Lo acaricia con las manos. Al que podría acariciar es a mí.

La Luisa me lleva hasta la entrada de la sala de embarque de un Varig que parte a Nueva York, sin escalas. Nos sentamos uno al lado del otro; la conversación no fluye mucho. Hay hartos brasileños que están por partir, hartos bolsos de mano, un par de garotas cómplices a la espera.

—¿Y qué cuentas? —me dice ella.

—Basta. Déjame tranquilo.

Mis ojos, que han recorrido todo el salón fijándose en distinta gente —un tipo con cara de estar jalado lee un libro en francés, una vieja muy elegante teje distraída—, se detienen en un grupo. En una familia.

—Fíjate —le digo a la Luisa.

—Sí, me había fijado qué rato. Por eso te traje.

Por lo que uno capta, en la familia hay tensión. Son brasileños, se nota, y no les entiendo nada porque hablan demasiado bajo. El padre es el que viaja, eso está claro. Tiene un impermeable en su mano y un bolso enorme. A su lado está la madre, que es bastante joven y se parece en algo a la mía cuando anda de buenas. Ella no viaja, tampoco los hijos, que son tres: dos hombres, uno como de mi edad, un poco más, un poco menos, y otro más chico, como de catorce, pinta de deportista, aficionado a la playa, eso se cacha, debe jugar vóleibol, y anda con una camisa O'Brian, me fijo. También hay una mina, nada especial; viste una falda verde y tiene los ojos mal, se nota que ha llorado y que va a seguir llorando.

—Él vive en USA, tiene su mundo armado allá y no puede volver hasta que jubile, porque aquí no tiene nada y allá está bien y ha pasado mucha agua bajo el puente y todo no es tan fácil, uno propone y Dios dispone.

—¿Cómo lo sabes?

—La hija me lo contó. Le pedí un cigarrillo. Estábamos aburridas Y hablamos. Se llama Gabriela.

Vive por Botafogo, pero le carga la playa. Quiere estudiar biología.

—¿Y por qué el padre no se queda?

—Tiene su vida allá. Y su esposa.

—¿Cómo?

—Sí, él se fue hace años. Como que arrancó de todo, pensaba que su matrimonio ya no funcionaba.

—No puedo creer que esta tipa te haya contado todo eso.

—La gente me tiene confianza.

—No me agarres para el hueveo, Luisa.

—En serio.

Sigo observando. El padre mira su reloj, como que quiere despedirse pero no desea romper la magia. Se nota que ha tomado algo para los nervios y que está arrepentido, acaba de cachar que éste era su país, su lugar, ha descubierto que necesita a su mujer.

—Oye —le pregunto a la Luisa—, ¿y su esposa de allá es gringa?

—No, es brasileña, pero lo siguió hasta Boston, donde viven. Él no la quiere, vive con ella porque peor es estar solo, pero acaba de darse cuenta, recién ahora, de que nunca ha dejado de amar a su mujer, que odia Estados Unidos. Allá no es nadie, tiene un empleo último pero le da plata. Le duele dejar a sus hijos que ahora están grandes. La Gabriela hasta piensa casarse pronto.

—¿Y el hijo?

—El hijo mayor, ¿no?

—Sí.

—¿Qué pasa?

—Nada. ¿Qué pasa con él?

—Es el que está más enrollado, al que más le cuesta todo esto. Es la primera vez que se enfrenta a su padre.

—Vámonos —le pido.

—Quiero ver lo que pasa. Me siento ligada a la Gabriela... No sé, estas escenas me llegan: me pueden servir de material. En mi familia todos viven despidiéndose a cada rato, tú lo sabes. Claro que nadie llora, a todos les da lo mismo, se suben al avión y listo.

Miro al tipo, al mayor, al que se parece a mí, si yo me vistiera distinto. El tipo da vueltas, mira por la ventana, habla con su hermano, evita al padre, que se parece a él, evita al padre que se va.

—Ya vuelvo —le digo a la Luisa.

Me encierro en otro baño: abro mi billetera nueva y busco el *origami*. El tipo estaba nervioso, pienso, se veía hasta más chico, vulnerable. Se notaba que no quería llorar pero que igual no se va a aguantar, como que lo odia, al viejo, pero a la vez no. El *origami* se encuentra a salvo y pesa sus buenos gramos. Lo abro y el polvo se ve lindo, blanquito; me lo metería todo, ya me da lo mismo, lo necesito. No tengo una pajita o una cuchara, así que simplemente hundo el dedo en el polvo y lo meto en mi fosa, lo más adentro posible. Y aspiro. El cielo. El efecto está ahí, tranquilo. El olor de la Cassia, también. Hago lo mismo con la otra fosa y pronto la garganta la tengo más amarga que la conciencia del tipo ése que se va. Cierro el *origami* y lo guardo en la billetera. Tomo agua, pero la amargura sigue ahí. Mejor.

Salgo. En vez de partir hacia donde están todos los del curso, busco a la Luisa, busco a este tipo que no quiere llorar.

—Está por irse. Ha sido bien tremendo. El padre llora como si fuera cabro chico, se nota que está arrepentido.

Miro los zapatos del hijo mayor. Tiene unos Hush Puppies iguales a los que dejé en Santiago. Él sigue al margen, como que no está en el círculo, le cuesta encontrar su lugar. Siento la garganta dormida.

—¿Tienes un chicle?

—Sólo Dentyne de canela.

La madre se ha puesto anteojos de sol. Está ansiosa, en el fondo desea que se vaya de una vez. Se despide de él con un abrazo, pero ella no se entrega del todo, se guarda algo. La hija también lo abraza y se larga a llorar, el padre se quiebra en ese momento y abraza al menor, se dicen algo, cualquier cosa, un chiste, algo que cacharon que tenían en común. Se ríen. Ahora le toca al mayor y estamos cada vez más nerviosos, siento cómo una pierna me tirita, de puro agotado que estoy. El padre se le acerca con los ojos llorosos y lo abraza. El tipo no lo abraza convencido, en eso se parece más a su madre, y le dice «chao, no te preocupes», o algo así. El padre lo mira: una gran mirada, que me mata, me descontrola, una mirada que dice «hemos perdido demasiado tiempo», o «jamás me perdonaré no haberte visto crecer», o quizás «ojalá yo fuera tan fuerte como tú, hijo». El padre se da media vuelta, triste, destrozado, abraza una vez más a la madre, es como si se colgara de ella, como si quisiera pedirle perdón, y desaparece tras una puerta. Entonces el tipo, su hijo mayor, que estaba fuerte, que estaba incómodo, se larga a llorar desconsoladamente, se deja caer en un asiento y se tapa la cara y llora y los hermanos lo miran y él les grita «qué miran, huevones» en portugués y se nota que está mal, que está cagado. Yo lo quedo mirando fijo, como si lo entendiera. Él levanta la vista y me mira. La Luisa me toma la mano. Yo, que soy malo para estas cosas, me largo a llorar, no puedo evitarlo, es una cuestión que ya no depende de mí. Cierro los ojos y las lágrimas simplemente me salen; y me baja una sensación como de derrota que desconozco, que me asusta. Algo se ha perdido o se va a perder y no sé qué es.

El tipo se levanta y se va, desaparece. A lo lejos se oye despegar el Varig. No tengo ganas de moverme. Pienso: yo no soy así, yo no lloro. Algo está pasando. Recién entonces le suelto la mano a la Luisa.

—Si le cuentas esto a alguien, te mato.

Me seco los ojos y como que me río un poco, jamás pensé que la coca pudiera afectarme tanto.

—¿Estás bien? —me pregunta la Luisa, que se ha portado un siete.

—Supongo. Es la droga: un efecto secundario.

—Sin duda —dice y me sonríe, como cachando.

El cansancio me está matando y me reclino en su falda, pongo ahí mi cabeza y cierro los ojos.

—Quiero irme —le digo.

Ella no dice nada, pero sé que está observándome: está de acuerdo. Debe estar pasándose películas, pienso, pero no me importa. El sueño es fuerte y me tira hacia abajo, me somete. Siento cómo ella me peina con su mano, cómo seca mis estúpidas lágrimas con sus dedos.

VIERNES 5 DE SEPTIEMBRE DE 1980

El vuelo fue convulsionado. No, en realidad no lo fue. No fue así para nada. Más bien tranquilo, sin turbulencias, superbién. El viaje, en cambio, fue convulsionado. Me dejó lona, out. Fue más que una cuestión de horas, eso de tener que esperar y esperar hasta arrastrarse por los pisos del aeropuerto de puro aburrido y muerto. Fue algo tenso, algo fuerte, prefiero ni recordarlo. Es como si hubiera pasado de todo y al final, nada: como si todo el hueveo y la farra y esos días en Rio con la Cassia y la playa y el trago y el jale y todo, se quebrasen. Como si, de puro volado, hubiera apretado *record* en vez de *play* y después cachara que mi cassette favorito se borró para siempre: quedan los recuerdos, seguro; hasta me sé la letra, pero nunca más volveré a escucharlo. Cagué. Estoy de vuelta, estoy en Chile.

Lo recuerdo casi todo y la mayor parte de lo que olvidé igual lo tengo claro, porque de puro hilvanar los cabos sueltos fui captándolo todo y ahora creo tenerlo mucho más nítido, mejor de lo que sucedió.

Dejar Rio duele, se echa de menos al tiro. De algún modo llegué al avión. Estaba bastante mal. Eso del padre que se iba me afectó en forma embarazosa y la coca en realidad distorsiona mucho más de lo que uno cree. La Luisa me condujo por el pasillo del avión y nos sentamos un rato juntos: el ruido de los motores, avanzar por la pista, despegar, las luces de Leblon y São Conrado, mirar por la ventana, pensar en la Cassia que se quedaba allí abajo, quizás hasta soñando conmigo...

Santiago. Voy a la cocina. Carmen, la empleada, está más vieja, más gruñona, con esos sucios anteojos poto-de-botella, ese delantal azul oscuro que detesto. Ni me mira. Está lavando una olla; se nota que está por irse. Día de salida. Aprovecha que no va a haber nadie aquí esta noche. Tampoco está la Rommy, me percato. La Rommy es pelirroja, de origen irlandés según ella: «Igual que O'Higgins, el padre de la patria». Se lo dijo a mi madre. La mina, en todo caso, es de Chillán, así que puede ser.

—¿Y la Rommy no está, Carmen?

—Ya no va a venir más esa concha de su madre. La señora la despidió mientras vos andabai de viaje. Por ladrona. Y fresca. No he conocido mujer más caliente... Putaza la muy huevona. Ahora me va a ayudar una conocida mía. Yo ya no doy más con tanto trabajo. En esta casa de mierda lo único que quieren es matarme.

—Ya, no alegues más. Dame un jugo de tomate, será mejor.

Duró poco la Rommy. No me la alcancé a tirar. Era bastante rica, no tendría más de veinte años. Una vez salió con el Lerner y terminaron encamados en un hotelucho, por la Estación Central. Él me dijo que fue increíble, que era insaciable. Ella, que cachó nuestra conversación por teléfono, me aclaró que el Lerner era pura boca y que le costó calentarse.

—Aquí está tu jugo y tómatelo rápido que me quiero largar de aquí. Mira que tengo que tomar dos micros.

—Ándate si quieres, para lo que me importa.

Paso al bar, le echo Stoli al jugo y vuelvo a mi pieza. No hay nadie. Cierro la puerta y enciendo el equipo: Earth, Wind & Fire, *September.* Horror. Coloco un cassette de Tangerine Dream. Predecible, aunque igual ayuda a pensar. Tomo un poco de la mezcla. Siento el efecto. Trato de dormir, aún tengo sueño, sigo agotado.

El vuelo persiste. Es como si la cama diera vueltas, como si mi cuerpo continuara en el aire, algo parecido a una de esas leyes que nos enseñan en física, eso de que los cuerpos en movimiento tienden a seguir avanzando, o algo así. Para disculparse por el atraso, Iberia decretó bar abierto durante el vuelo. Yo pedí varias botellitas de Johnny Walker etiqueta roja, que mezclé con Coca-Cola en tarro, mientras llenaba de vaho la ventanilla y miraba la cantidad de vectores azules, rojos y púrpuras que formaban todas esas coordenadas (X, Y) que eran las pistas de aterrizaje. La Luisa me decía que no tomara más, pero pronto se quedó dormida y yo me dediqué a recorrer el DC-10. McClure estaba despierto y hablamos un rato de los discos que había comprado. Luego trajeron la comida y me tuve que mover hacia atrás, donde estaba la Antonia, sola junto a la ventana, con el asiento vacío a su lado.

—¿Interrumpo?

—Sabes que no, tonto.

—Buena onda.

La azafata llegó hasta nosotros y nos dio las bandejas respectivas. Yo pedí cerveza, ella una Fanta.

—Tomaste algo raro, ¿no?

—No, para nada, te juro.

—No jures en vano, Vicuña.

Tenía cero apetito pero igual me comí el cóctel de camarones con ketchup.

—¿Quieres los míos? —me preguntó.

—Seguro. Verdad que a ti no te gustan.

Hablamos poco. Ella tenía sueño y se hacía la dura, como si le diera lo mismo que estuviera a su lado. La azafata pasó de nuevo, recogió las bandejas y me entregó dos hojitas impresas que había que llenar con los datos de cada uno.

—Debe creer que somos pololos —le dije.

—Se equivocó, entonces.

—No lo creas.

—Deja de molestarme, Matías. Si quieres, llena tú el formulario por mí. A mí me da lata. Tú sabes todo lo que hay que saber.

El avión, me acuerdo bien, dio un giro, yo lo noté pero creo que nadie más; después apagaron las luces. Me dormí al tiro —creo—, justo cuando las nubes fosforescentes dieron paso a una luna casi llena que se reflejaba en el ala. Sé que soñé con la Antonia: recordé una tarde en su casa, los dos jugando Dilema con su hermano chico, yo inventando palabras tiernas que la hicieran enamorarse aun más de mí, tratando de equilibrar la situación, deseando que ella rompiera su forma de ser, que se expresara abiertamente, aunque fuera una vez.

Una suave turbulencia me despertó; sentí su cabeza apoyada en mi hombro, así totalmente inconsciente, como si fuera lo más natural. Levemente tomé su mano y con la otra comencé a acariciarle el pelo. Duró apenas unos segundos y juro que ella sonrió. O que, en su interior, su corazón funcionó más ligero, porque cuando despertó de verdad y me vio a su lado, rápidamente se arrepintió de tanta honestidad, se acomodó en el asiento y su mano se fugó de la mía.

Ambos callados, apenas el ruido del motor, la conversación de las azafatas a lo lejos. No me habló ni volvió a mirarme. Durante varios minutos, varias horas quizás. Después el avión empezó a descender de a poco, y los oídos a tapársenos. No sabía qué decirle, así que partí al baño, a verme la cara: espantosa. Me la lavé con esa agua tan rara que sale de esas llaves y casi saco el *origami* pero algo me hizo parar.

Al volver a mi lugar, me di cuenta de que me había equivocado de pasillo y que ella estaba a cinco asientos de distancia. En ésa estaba, a punto de regresar al baño y avanzar por el pasillo correcto, cuando la vi a lo lejos, por sobre las decenas de cabezas que atochaban los asientos del centro. Una débil luz anaranjada entraba por la ventanilla, dorándole no sólo el pelo sino delineándola de tal manera que me pareció como si brillara por dentro, así, en medio de la oscuridad del avión que dormía. Me quedé muy quieto, impresionado, mirándola no más. Ella se percató, creo, porque apartó los ojos de algo que estaba más allá de la ventanilla, se dio vuelta y su mirada se topó con la mía. Duró un buen rato, lo sé, eso lo recuerdo perfectamente. Pero ella no sonríe y sus pupilas no comunican. Tan sólo miran, me miraron como si yo fuera un desconocido, como si fuera alguien del que no querían saber nada más. Después, en lo que dura un entrecerrar de ojos, se volvió hacia sí misma y miró el horizonte, un horizonte que era un cielo negro abriéndose entre el amarillo y el púrpura, me acuerdo de eso. Sin saber qué hacer, herido de verdad, me dejé caer en un asiento ajeno. La miré pero ya era inútil. La había perdido. El capitán ordenó que todos se colocaran los cinturones, apagó la luz y el avión inició un descenso lento pero seguro sobre un Buenos Aires que se esparcía lleno de luces y neblina debajo de mí.

El televisor encendido está en *mute,* por lo que sólo puedo ver, sin oírlos, a los huevones de los Bee Gees, que seguro están cantando *Jive Talkin,* el típico recital del *Midnight Special* al que le dan como caja en el Canal 5. En la mano tengo uno de esos Freshen Up canadienses que ahora venden acá; lo estrujo hasta chuparle todo el jarabe verde del centro: *love that squirt!* Después lo boto.

La empleada ya no está. Mi madre debe estar por llegar. En la pantalla cambian el video: aparece Rod Stewart con *Hot Legs,* lo he visto mil veces, el Canal 5 es lo peor, no sé qué hace ahí metido el Pirincho Cárcamo. Me asomo a la ventana. Desde aquí arriba se divisa un choque, parece que atropellaron a alguien, un caballo está tirado en el pavimento pero no cacho muy bien, sangra, la calle está hecha un asco. Hay una carreta dada vuelta, cualquier fruta esparcida por toda la calle, un Fiat hecho mierda. Con el control, cambio de canal. Tardes de cine. Una película con la Kristy McNichol, la de *Family.* Se ve enferma de chica, no como ahora que está bastante rica. Como aparece en *Adorables revoltosas,* mayores de 21, donde se acuesta con el Matt Dillon y pierde la virginidad, y a la Tatum O'Neal, más cartucha, se le hace y pierde la apuesta o algo así. Suena el teléfono:

—Para qué llamas, huevón culeado.

—Puta, Nacho. ¿Cómo estás?

—Bomb, cómo voy a estar. Como las huevas. Más parqueado que la mierda.

—Me imagino.

—¿Y? Cuenta, cuenta.

—No sé, cualquier cantidad de cuestiones. Lo pasé increíble. Maldita la hora en que volví.

—Puta, perdona.

—No, si es mala onda no más. Dime que a ti no te ha pasado antes.

—No sé, me da lo mismo... Oye, juntémonos. Tengo unos huiros de Los Andes.

—No creo. O sea, no puedo, Nacho. Tengo esta fiesta asquerosa de mi parentela. Se supone que tengo que ir, pero no quiero, ni sé si vaya. La organiza mi primo, tú lo ubicas, apestoso ese huevón.

—¿Hasta qué hora dura?

—Ni lo sé, man.

—Encontrémonos en el Juancho's, tarde.

—Puede ser.

—No, no, tienes que ir, me la debes, Matías. Si hasta te he echado de menos.

—Puede ser. Chao.

—Estás volado, ¿no?

—Algo.

—Buena onda. Nos vemos.

Cuelgo. Cambio el canal. Jeff Cutash enseña a bailar disco en una feroz discothèque de Nueva York. *Hot City*. En Rio también lo daban, la Cassia me lo contó. Me acuerdo que le cargaba. Un grupito de latinos grasosos, con camisas de lycra, empieza a enseñar el shuffle o el hustle, no sé.

En eso aparece la Alicia Bridges, el pelo totalmente platinado, una pinta de maraca increíble, peor que cuando vino al programa de Raúl Matas. Estoy a punto de bajar nuevamente el volumen pero su *I love the night life, I've got to boogie...* me conquista. Me la sé de memoria. En realidad me apesta, como toda la onda disco. Pero esa canción en particular es como un placer culpable. Igual la escucho. No sé cómo consigo memorizar tanta huevada. Estoy inquieto: la Bridges deja de cantar y los Tavares amenazan con aparecer. Aprieto *mute*. Marco los botones del teléfono:

—Nacho.

—Matías. ¿Qué pasa?

—¿Con quién vas a ir al Juancho's?

—Un montón de huevones.

—¿Y minas?

—Algunas. Quizás la Pelusa, quizás la Maite.

—La Maite, ¿ah? ¿Sigue viva?

—Más que nunca.

—Bueno, da igual... Te traje algo de Brasil, man.

—¿Tú?

—Seguro, qué te crees. Nunca tan traidor. Te va a encantar. Nos vemos más tarde.

Buena onda el Nacho, me cae bien. Es lejos mi mejor amigo, mucho más que el Lerner, pero en realidad da lo mismo, si uno anda analizando mucho sus amistades, seguro termina más que solo y aburrido, y ésa no es para nada la idea.

Yo podría dominarlo si quisiera; es el típico gallo al que le cuesta tomar una decisión por sí mismo. Siempre me anda pidiendo consejos. A veces se los doy. Supongo que lo quiero pero nunca se lo diría porque nada que ver, nunca tan maraco.

El Nacho, que es un surfista consumado y baila samba como nadie, no fue a Rio, ciudad que siempre ha idolatrado, desde pendejo. Se lo cagaron bien cagado. Su padre fue el culpable. Le prohibió ir. Lo castigó. Y no fue un asunto de billete, que para eso tienen plata, incluso más que nosotros. Su viejo es naval, capitán de fragata o de corbeta, pero no navega, trabaja aquí en Santiago, tiene algo que ver con el gobierno. Para mí que está metido en cosas no muy santas pero nadie dice nada. Está conectado, tiene un Mercedes verde-oliva increíble y al Nacho le prometió un Mazda cuando cumpliera dieciocho. Ahora no creo que le regale ni una bicicleta. Jamás se lo va a perdonar, de eso estoy seguro. Si hasta a mí ni me pesca y eso que le caía superbién.

El viejo tiene su oficina en uno de esos feroces edificios que están cerca de La Moneda. Desde su ventana se ve cómo la están arreglando, afinando los últimos detalles. Con el Nacho hemos pasado un montón de veces a pedirle plata. Hemos tenido que atravesar la vigilancia, todos esos milicos con metralleta que cuidan la entrada. Pero ahora el viejo lo odia, al Nacho, porque este huevón se dio cuenta de que no era capaz de soportar la Escuela Naval, algo que yo siempre tuve claro porque nadie que tenga la cabeza bien puesta puede aceptar que, por propia voluntad, le saquen la mierda y lo mandoneen de arriba a abajo. El Nacho duró apenas seis meses y él mismo me ha contado ciertas cuestiones que le tocó vivir, para traumar a cualquiera.

Pero su viejo negó que fuera «una experiencia sadomasoquista» y se le puso que el Nacho entrara, lo sacó del colegio, lo matriculó en la Naval y le aseguró que lo inscribiría en el viaje anual de la Esmeralda. Él mismo se iba a asegurar de que ese año el barco pasara por California y Hawai para que llevara su tabla. El Nacho, la verdad de las cosas, nunca quiso entrar, pero pensó que tal vez no sería tan terrible, que hasta se podía ver bien en uniforme.

Suena el teléfono:

—¿Aló? ¿Está la Francisca?

—No, no está.

—Ah, ya. Chao.

Un grupo del curso lo fuimos a despedir a Valparaíso, me acuerdo. Hicimos una fiesta en mi departamento de Reñaca a la que asistieron todos menos el propio Nacho. Si hay alguien sobre la tierra que no nació para ser milico —o naval—, ése es el Nacho. O yo. Farrero, patán, desordenado, buena onda. En Valparaíso le cortaron el pelo casi al rape, lo hacían levantarse al alba a hacer ejercicios, debía venerar a los miembros de la Junta Militar. Una verdadera pesadilla.

«Mira, huevón», me dijo una vez, «¿te acuerdas de *La ciudad y los perros,* ese libro que la Flora Montenegro nos hizo leer? Bueno, el libro es una pata de jaiba al lado de lo que pasa en la Escuela Naval. Es una mierda, me carga, ya no la aguanto. Estoy cagado de miedo. Hay algo raro, no sé.»

Finalmente se atrevió y abandonó la Escuela. Su viejo no lo recibió de vuelta en la casa. Ahora es su madre la que le paga el colegio y le pasa plata. Pero no se puede conseguir tanta y no tuvo para pagarle el viaje a Rio. Y aunque la hubiera tenido, el muy conchudo de su viejo le hubiera negado el permiso notarial para salir del país. Realmente lo odia. Lo ha tildado de todo: cobarde, traidor, comunista. Los padres pueden ser así: son una carga que uno no sabe cómo cargar. El Nacho vive ahora con su hermana mayor, de allegado. Medio cagado pero sobrevive. Y el pelo ya le creció.

Mi madre, no sé cómo lo hace, se maquilla sin mirarse al espejo mientras recorre el departamento envuelta en un caftán mostaza, con una mano en el teléfono y la otra en el rouge color vino. Habla con mi tía

Lorena, que es su hermana, se supone que es mi madrina y la madre de esos primos míos. A cada rato mi madre entra en mi pieza, la mira de arriba a abajo y me habla, aprovechando que mi tía Lorena estará dándole órdenes a la banquetera:

—Ya puh, Matías, apúrate.

—Por favor no me hinches, madre.

—No te hagas el interesante. Vas a ir y punto.

—No me queda claro.

—Matías, no me huevees. Estoy atrasadísima, me veo pésimo y tu padre seguro que va a llegar tarde. Hazme el favor y anda.

Miro el techo pero no encuentro nada de interés, así que me tapo con la almohada. Pienso: la sola idea de juntarme con mi familia y la parentela hace que la palabra depresión quede corta. Me dan ganas de hurgar en la naranjísima libreta de teléfonos de mi vieja y buscar en la lista de emergencia a alguno de los varios psicólogos que han asistido a mis hermanas. Me reprimo.

Estoy cagado: no debí haber vuelto. Ésa es mi conclusión final. Apenas un día acá y ya no lo aguanto. Debí haber tomado fotos, pienso. Ahora me arrepiento de no haberlo hecho. Para llevar la contra, escondí la máquina al fondo de la maleta. «Lo que no guardo en mi memoria, no me interesa conservarlo», fue mi frase para el bronce. Ojalá que la Rosita Barros haya revelado sus varios millones de rollos. Sé que me tomó una con la Cassia a la entrada del hotel, a petición mía. Y otra con la Antonia en el aeropuerto de Buenos Aires, a la ida.

¿Qué será de la Antonia? Mala jugada. Debe estar sola en su casa. Seguro que esta noche no va a salir. Espero que el huevón del Gonzalo McClure siga hoy tan cobarde como siempre. El tipo se destroza si la Antonia le dice que no. Yo también. Supongo. No sé, no me interesa, no me arrepiento de nada. Ella debe andar por ahí, mostrando su ropa nueva, hablando mal de mí. Seguro que se va a quedar sola en su casa, mirando la tele. Podría llamarla. Quizás debería ir a lo del Javier. Bajar, hasta tocar fondo.

—Bueno ya, me voy a dar una vueltecita por la famosa fiesta. Ahora deja de hincharme, que ya no aguanto.

—Más vale que vayas arreglado y que te eches una afeitada, mira que va a ir pura gente conocida, que me ubica.

—No faltaba más.

Por fin desaparece: se encierra en el baño o algo así. El aire seco de la calefacción central se vuelve un tanto más respirable.

Enciendo el equipo, pongo la radio Carolina y escucho un especial bastante malo de los Village People, que ya están más que decadentes. Igual supongo que esa canción de los ochenta que grabaron me gusta. Otro placer culpable que entono a cada rato. Eso de *get ready for the eighties, ready for the time of your life* me obsesiona, quizás porque no me lo creo o porque, en el fondo, esta década que viene me huele bien. Además está eso que me dijo el Lerner, que a veces acierta sin querer: «Los ochenta son nuestros, compadre». Eso me quedó dando vueltas cualquier cantidad.

—Chao, nos vamos. Te veo allá.

La puerta se cierra. Me siento mucho mejor, menos observado. Se ha ido a la fiesta con dos de mis hermanas, que fueron llegando mientras dormía. Somos cuatro hermanos. El único hombre, el tercero del montón, soy yo. La Pilar, la mayor, está casada con un asco de tipo que sólo sabe de rugby y de cómo tirársela: llevan acumulados tres hijos en apenas dos años de matrimonio. El primero nació cinco meses después de la boda.

Mi madre dijo que fue prematuro, pero eso no es nada: ha hecho cosas peores con tal de salvar la honra familiar y por eso me rehúye, de pura culpa, supongo.

Las otras dos son enfermas de engreídas, nadie las puede tomar en serio. Hablan todo el día por teléfono y coleccionan discos 33 que compran en Circus. Parecen un estereotipo pero existen, se emocionan con estupideces y dejan pasar lo mejor de la vida sin ni siquiera darse cuenta. La Francisca, que es la más rica de las tres, tiene dieciocho y algo y estudia publicidad en este feroz y carísimo instituto privado que posee una solterona conocida de mi madre. Antes era bastante más rajada, pero ahora la tienen más controlada, después de todo lo que pasó. La Bea, que es la más chica, anda por los catorce y ni siquiera merece análisis, hasta que no crezca un rato y se saque sus frenillos, hasta que la huevona deje de odiarme, de hablar de mí ante las pendejas de sus amigas que me encuentran estupendo, se meten en mi pieza y me revisan los calzoncillos, esa onda.

Intento leer el diario. Casi imposible, serios problemas. Gustavo Leigh, el que bombardeó La Moneda, ahora se dio vuelta la chaqueta y llama a votar por el NO. El asquerosamente cartucho del Jaime Guzmán habla todo el día para justificar el SÍ. Analizan la propuesta que hizo Frei en el Teatro Caupolicán el martes pasado. Pinochet, como siempre, anda hueveando por el sur, reuniendo votos. Va a ganar igual. El tipo es patético, pero se rodea de tipos que saben. Como el tal Guzmán. *Vamos bien, mañana mejor,* es el slogan del mes.

Mi hermana Francisca, que está en edad de votar, lo hará por el SÍ. Ella y todo su curso de poseros están por la Constitución de la Libertad. Me dice que ahora Chile es el país de Latinoamérica que más importancia le da a la publicidad. Puede ser. A mí la política me da lo mismo. En realidad, no sé nada, sólo conozco esos documentales contra la UP y todo el gobierno de Allende que dan en el Canal 7 y que a mí me parecen bastante entretenidos, en especial porque Chile se ve tan antiguo y en otra. Es como si fuera otro país, con otro look, la gente con barba y minifaldas y letreros y huelgas y colas y metralletas. Mi vieja dice que fue la peor época de la historia, pero yo cacho que ni tanto. Que exagera. De repente es verdad. Pero por lo menos es harto más entretenido que lo de ahora.

Se me ocurre encender una barrita de incienso que les compré a los pelados Hare Krishna en la micro antes del viaje, pero la humareda me da asco y el olor me trae extraños recuerdos de andanzas veraniegas nocturnas a Quintero, a buscar chulas con quienes tirar en la playa de Loncura, o hasta en Ritoque si las minas eran más audaces y se subían a los autos. El incienso no tiene olor a sándalo sino a pachulí, cacho. Estoy pasado. Un asco. Agarro el palo y lo meto en un vaso de Coca-Cola sin gas que tengo aquí desde ayer. Sale un humo blanco. Abandono la pieza. Cierro la puerta.

Me dedico a dar vueltas por la terraza. Hace frío pero no me importa. Por lo menos está despejado, sin demasiado smog, el sol se ha vuelto de un tono naranja a espaldas de la Torre Entel y la Costanera es sólo una larga manguera de luces blancas que avanzan hacia aquí. El departamento es bastante amplio y ocupa todo el último piso del edificio, lo que es bastante bueno porque siempre hay sol a alguna hora y uno puede variar su ángulo visual dependiendo del ánimo. Mi pieza da al San Cristóbal, donde subo a veces a dar vueltas en mi Benotto, llego hasta la piscina y el monumento a los héroes de La Concepción. Es allí donde Pinochet suele condecorar a los jóvenes apestosos del año, seguro que mi primo Javier está haciendo lo humanamente posible para ser galardonado el próximo semestre.

Mi padre, estupendo él, bronceado de tanto arrancarse de la empresa y subir a La Parva, con la camisa abierta y el pelo en calculado desorden, irrumpe triunfal en el departamento justo cuando está por empezar *El chavo del ocho* en la tele. Lo veo a través del vidrio. Al verme, me hace una seña. Entro desde la terraza. El tipo está eufórico, como siempre, y me refriega su felicidad. Me hace sentirme culpable de no pasarlo bien todo el día, como él. Enciende el equipo y pone el último disco de Olivia Newton-John, la banda sonora de *Xanadú,* lejos lo peor, pero a él le gusta porque el huevón se las da de jovencito y se supone que a los jóvenes les gusta este tipo de música.

Comienza a preparar unos tragos.

—Tómate uno.

—No puedo. Tengo que estudiar —miento.

—No todo en la vida es estudio, cabrito. Déjate de huevear y tómate un pencazo con tu viejo.

Me hace tragar un screwdriver. No está mal, lo reconozco. Mi padre se jura un ganador. Se sabe pintoso y por eso se agarró a mi vieja con tanta facilidad. Los curas lo expulsaron del colegio. Así comenzó a ganar plata antes que el resto de sus compañeros. Se casó súper pendejo y se ve aun más joven de lo que realmente es.

—Matías, apúrate. No tenemos mucho tiempo. No quiero llegar tarde donde el Javier.

Por supuesto, cómo querer llegar tarde a un evento social tan importante. Mi primo perfecto, el

Javier, seleccionado nacional de esquí, notorios bíceps, poleras Peval, campeón de wind-surf, un hombre que lo consigue todo fácilmente, cumple veintiún años. Está por graduarse de hotelería y turismo en Inacap, *of course*. Mi tío, su padre, quiere instalar una hostería cerca de Pucón, piensa que puede convertirse en un balneario a nivel internacional. Lo dudo. Si hay algo aburrido en este mundo es Pucón o Villarrica o Licán. Odio las lanchas y a la gente que anda en ellas.

La graduación del Javiercito los tiene entusiasmados a todos, en especial a la beata de mi abuela, que se derrite por el huevón. El tipo, en todo caso, tiene su mérito, por fin va a terminar algo que no sea un simple pololeo. Antes de largarse al sur, mi tío lo va a enviar a Atlantic City a aprender otro poco, a hacer una práctica en un feroz hotel con casino. También quiere mandarlo a una escuela en Francia, especializada en salsas, patés, *petits bouchets,* cosas así. El tipo, todos juran, va a triunfar.

Me meto a la ducha, me lavo el pelo y salgo. Comienzo a afeitarme lo poco y nada que tengo. En eso entra mi padre al baño. Olvidé colocar el pestillo. Huevón. Echa a andar el jacuzzi: deja su trago sobre la tapa del escusado. Sin darme tiempo a reaccionar, me tira un golpe, intenta arrancarme la toalla de la cintura. Casi quedo en pelotas, apenas logro taparme.

—¿Qué escondes tanto, huevón? Cualquiera diría que tienes mucho que mostrar.

De un tiempo a esta parte mi padre quiere verme en pelotas, estoy seguro. Lo he cachado en varias oportunidades. El otro día, incluso, me invitó al Sauna Mund. Le dije que no, por supuesto. Él jura que esto del empelotamiento es la máxima complicidad, como el mínimo grado de confianza al que puede aspirar un padre con su hijo. Quizás tenga razón, aunque a mí me parece sospechoso. En realidad, no tiene nada de malo. Cantidad de huevones frente a los cuales uno se ha duchado en un camarín u otros sitios y cero cuestionamiento, cero urgimiento. Pero con mi viejo es distinto. No sé, es algo que me urge y me da lata. No soporto la idea. Es como si le entregara mi último secreto, como si lo acogiera de verdad. Hay cosas que uno tiene todo el derecho de guardarse, de no compartir con nadie. Mi viejo sueña con que yo me convierta en una vitrina donde él pueda reflejarse. Y si algo tengo claro es que ese placer no se lo voy a dar.

Limpio el vaho del espejo y cacho que, con el golpe que me dio, me corté. Veo como la sangre se desliza por mi cuello, mezclándose con la espuma, cayendo gruesa y babosa al lavatorio lleno de agua.

—¿Qué pasó? ¿Te vino la regla, huevón?

Lo miro con mi peor mirada. Me arreglo la toalla lo más firmemente posible. Seguro que estoy rojo, avergonzado. Me enjuago bien la cara y me pongo un parche-curita. Él se desliza fuera de su bata azul, de karateka, y se mete al jacuzzi, el que se trajo de Houston. El huevón se mantiene en forma, hay que reconocerlo. Siempre bronceado, cero grasa. Es un real exhibicionista. Yo duermo con piyama, él se pasea en pelotas por la casa, incluso frente a mis hermanas. Ellas le pellizcan el poto, se ríen, bromean a su costa.

Cierro la puerta, escondo el vapor a mis espaldas y parto a mi pieza. Pongo el seguro, pero ni así me siento protegido. Mi padre siempre intenta hablarme de sexo, me regala condones, revistas porno, plata para putas, aunque nunca tan directo. Incluso una vez que estábamos en el centro, tomando un café en el Haití, mirando las minifaldas de las cafetineras, me invitó a una casa de masajes que conocía. Le dije que no. Jamás me lo perdonó, de eso estoy seguro. Partió solo. Quizás debí ir. Después, en la casa, me paró en un pasillo y me sacó en cara lo poco solidario que me había portado. «Me dejó seco», recuerdo que me dijo. Debe pensar que soy virgen o maricón. Siempre trata de parecer liberal y huevear. Ni idea de por qué lo hace. Ningún otro padre que conozco es así. La mayoría ni siquiera mira a sus hijos. El mío no para de hablarme. Suerte la mía.

Me pongo una camisa a rayas y un FU's poco gastado que mi vieja me trajo a su regreso del viaje número cuatrocientos a Miami, y me siento a esperar. Finalmente aparece, todo perfumado de Azzaro, vistiendo un terno gris de Milán, con mil rayas, y una corbata guinda seca. Se ve bien, supongo. Salimos. En el ascensor empieza a pegarme en el hombro, a lo Rocky. Espera que yo también me largue a dar saltitos y pegarle combos, pero no le hago caso. Es mejor ignorarlo. O quizás debería encajarle un buen gancho de izquierda, dejarlo aturdido y lona y encerrarlo un par de días en el ascensor, como castigo. A ver si así aprende.

Ya en su auto, el Volvo que tanto quiere, pone un cassette de K.C. and the Sunshine Band —sus gustos son realmente deplorables— y canta a todo volumen con su spanglish criollo. Del estacionamiento sale rajado y pica cada vez que puede, echándoles carrera a los demás. En un semáforo nos paramos junto a un Datsun naranja con dos rubias en su interior, que le echan miraditas al viejo, y sonrisitas, y todo ese hueveo. Mi padre se pone todo sexy y matador, mirando de reojo a las minas, encendiendo un pucho como si estuviera en un comercial de Viceroy. Así seguimos, a toda velocidad, escapando de quién sabe qué, pelando forros, haciendo ruido por cuadras y cuadras. El Datsun nos sigue de cerca. La conductora es realmente de miedo, parece una de esas <u>argentinas</u> que veranean en Viña, predecible pero cumplidora, con una camiseta vieja y shorts que seguro se le meten.

—A ver, cabrito, ¿qué te parecen? Tú con la del lado y yo con la zorra que maneja. El que se la tira primero, gana. En la próxima luz, ofréceles unos puchos.

Mi padre siempre me trata de «cabrito». Me hincha las pelotas con eso de «cabrito». Su obsesión es ligar en la calle. Dispara de chincol a jote. Lleva a todas las que le hacen dedo, intenta agarrar donde y como pueda. Y siempre trata de embarcarme en affairs que ni me interesan.

—¿Cómo te verías? Podríamos arrendar la suite cavernícola del Valdivia para los cuatro. A ver quién se va cortado primero.

—No sueñes. Tenemos el cóctel, la fiesta...

En el semáforo, bajo la ventana y les ofrezco unos cigarrillos. Las huevonas se quedan con la cajetilla.

—¿Son hermanos? —me pregunta la que maneja antes de acelerar y desaparecer.

Mi padre queda feliz. El triunfador, una vez más, ha triunfado. En Luis Pasteur vira hacia arriba y partimos a todo dar.

—Para otra vez será, cabrito. Uno de estos días tu padre te va a conseguir una cacha que jamás olvidarás —dice y me revuelve todo el pelo.

Avanzamos unas cuadras más. Intento distanciarme mentalmente lo más lejos posible de él. De pronto, casi como un comentario al margen, me dice:

—Putas que te quiero, cabrito.

Ni siquiera me mira. Sigue manejando. No sé qué hacer.

Me pongo tenso, siento náuseas. No soy bueno para este tipo de cosas. Menos cuando no son recíprocas.

No digo nada. No se me ocurre qué acotar. Decirle «gracias» no viene al caso. Me concentro en las mansiones escondidas detrás de unas inmensas paredes rayadas con consignas contra el gobierno, contra Pinochet, grandes NO que algún maestro chasquilla, de ésos que sirven para todo, trata de tapar con cal.

Mi padre apaga el cassette y pone la radio. Yo pienso en él. Tiene minas por kilos. No son inventos, sino reales, con harta cadera, harta teta. Culea de lo lindo, me consta. Jamás podré superarlo. Soy un romántico. O un tímido. Más bien un huevón. Para mi padre, en cambio, engrupirse a una mina es tan fácil como encender la tele. Me tiene de confidente. Puede que sea su mayor virtud, esa cosa adolescente, como del Nacho, eso de contarlo todo en detalle. Si no me lo contara, ni siquiera se metería con ellas, creo: perdería la gracia. El orgasmo, estoy más que seguro, lo alcanza hablando, compartiéndolo con alguien. Como no tiene amigos, me lo cuenta a mí que soy su hijo, nö su amigo. Igual lo escucho. Me siento culpable. Ya que no le cuento nada, por lo menos debería escucharlo. Todas sus confidencias son iguales. No cambian. Los encuentros sexuales nunca varían demasiado. No es como cuando uno se enamora y, por mucho que uno cree que tiene experiencia de más, al final resulta un novato. Inexperto, vulnerable. Uno se las cree todas, por eso pierde. Siempre es difícil aprender. Mi padre se va por el camino fácil. Y me lo cuenta todo. Incluso me muestra fotos: polaroids de orgías en la casa de sus socios, minas abiertas de piernas, huevadas por el estilo.

Lo que nunca me cuenta, en cambio, es su relación con mi vieja. Porque probablemente no existe. Ni se pescan. Aunque a veces, cuando ambos han tomado lo suficiente, huevean, salen a bailar o incluso

hacen el amor y todos, yo y mis hermanas, nos cagamos de la risa con sus quejidos. Sé que se casaron apurados. Culpa de la Pilar, mi hermana. Nadie lo sabe excepto yo, que me di el trabajo de hacer cálculos. En todo caso, a mi padre le convenía subir de status, porque
los Vicuña estaban en decadencia. Me comentó algo al
respecto una vez que volvíamos juntos de Reñaca. Estaba bastante borracho. Íbamos solos. Yo comía charqui. Delante nuestro iba un Chevy '59 verde.

—En la parte trasera de un auto como ése fue
que te hicimos, huevón. Fue mi primer auto. Tus hermanas eran chicas y las dejamos con tu abuela. Fuimos
al Cajón del Maipo y nos tomamos varias botellas de
pisco. Nos quedamos hasta tarde, bailando twist al com-
pás de la radio. Parecíamos pololos. Yo me veía enca-
chado, me acuerdo, no te estoy hueveando. Con esa casaca parecida a la de James Dean dejaba la cagada entre
mis amigos, te lo juro. Nos instalamos en el asiento tra-
sero y terminamos tirando. No pensábamos tener otra
guagua, porque yo todavía no tenía mucha plata, ¿me
entiendes? Económicamente el país era la nada; no como ahora. Cuando vos naciste, no quería más guerra.
Te llevé donde todos los huevones de mis amigos a
mostrarte. Yo era el único que estaba casado. Te con-
vertiste en la mascota del grupo, estaba más orgulloso.
Incluso antes de conocer a tu mamá, siempre quise tener un hijo hombre, un huevón que fuera como yo.

Bien, Matías, la noche es joven, imagínate que estás en
Rio o en Los Angeles, pasándolo de miedo, rajado por
una calle llena de palmeras, la luz de la luna ilumina

las olas que revientan en la playa. Ojalá Santiago tuviera freeways, piensas, y carreteras donde picar; podrías sacarle a este Accord de tu vieja unos cien, o ciento diez. Pero Santiago está en Chile y lo único que hay son tréboles rascas y rotondas interminables e inútiles, plagadas de autos que dan vueltas y vueltas y vueltas. Estás en la rotonda de La Portada de Vitacura, dando vueltas, típico. Ya te has dado sus cuatro pasadas; deberías tratar de zafar. Miras el reloj digital del tablero: 22:18. Temprano. El toque de queda es hoy a las tres. El Nacho te dijo «tarde», así que tienes tu rato para matar. Decides dar una vuelta.

Subes por la Kennedy, que brilla ancha y blanca bajo esas luces de mercurio, y sigues cambiando la radio, horrorizado de tanta onda disco, en qué quedó el viejo rock and roll. Sacas un cassette de tu vieja: Anne Murray. No son exactamente tus gustos. *Country love songs,* diría el huevón de McClure, que tiene tantos discos y sabe tanto de música. Capaz que esté con la Antonia en estos precisos instantes. Abres la ventana y el aire está fresco, rico, soportable, lo sientes en tu cara, en tu pelo que se vuela hacia atrás. Esta calle la conoces de memoria, piensas. No te dice nada nuevo. Embragas, metes quinta. Avanzas rajado hacia arriba; Anne Murray canta balada tras balada: *You Needed Me, Someone Always Saying Goodbye,* cosas así, nada que ver con tu estado de ánimo. Estás ansioso, Matías, reconócelo. Levemente borracho, curado. Curado de espanto, piensas.

Un mal chiste. Fome. Aún no estás curado de nada. Ésa es la verdad, ¿o no?

Piensas en comprar una petaca de pisco-sour, sueñas, quieres seguir tomando. También unas ramitas saladas. Mientras lo meditas, te das cuenta de que has llegado a Gerónimo de Alderete: señalizas, doblas hacia Vitacura por Espoz, a la derecha, ahí. Estás en la calle donde vive la Antonia. Era inevitable, qué esperabas. No nos engañemos. Ahora debes actuar, no perder el viaje.

Te estacionas frente a esa casa que conoces tan bien. Que conoces tan poco, tienes razón. No se ve ninguna actividad, el auto de los viejos no está, capaz que ella tampoco. Metes primera nuevamente y vas hasta una botillería más o menos cerca y pides prestado el teléfono, que por supuesto te cobran. Marcas y pides hablar con Antonia. Tu respiración se chanta, mientras la empleada toma una decisión por sí sola y contesta: «No está... ¿De parte de quién?», te dice. «No, de nadie. Un amigo. Ricardo», le mientes. Quedas sin voz, atónito, apestado. Pides dos petacas. «Heladas, por favor.» Nada de ramitas. Casi pides cigarrillos, aunque no fumas. Hay pajitas. Le pides una a la gorda del mostrador. Te la regala. Compras Freshen Up de canela.

Pagas. Te vas.

Sigues dando vueltas. La noche es joven, lo cual es falso pero suena bien. Enciendes la radio: Anne Murray. Sacas el cassette y lo tiras por la ventana. Te arrepientes. Frenas. Miras hacia atrás: un Fiat 125 le pasa por arriba, cruje, la cinta queda esparcida en la avenida, volando al viento. Tu vieja te va a matar.

Continúas. Sintonizas la Concierto, la radio más fiel; la mejor. Julián García Reyes habla de la paz, del amor, lee una frase para el bronce sobre aquél que espera y aquél que se resigna, o algo así. Después colocan *Emotional Rescue* de los Stones, lo que te parece más que acertado. Estás en Manquehue, cruzas Apoquindo; sigues hasta Colón y bajas. Pasas por la casa de McClure, tu rival de la noche. Te detienes. La canción llega a su fin. Abres la petaca. Te la tomas. Tu cuerpo tirita un poco. Te bajas, tocas el timbre. «Hola, tía, buenas noches. ¿Está Gonzalo? Espero que no sea muy tarde.» «No, hijo, para nada. Fíjate que Gonzalito salió qué rato, yo le presté la camioneta; total, le falta tan poco para cumplir los dieciocho y sacar su carnet. Lo mejor es que practique, así pasa el examen sin problemas, mira que a la hija de una conocida mía la rajaron en la Municipalidad de Providencia, se quiso morir de vergüenza, a mí me parece el colmo, ¿no crees?»

Sí, claro, el colmo. El huevón te las va a pagar, piensas mientras bajas por Isabel la Católica en total silencio. Salvo por las bocinas y una patrulla de pacos que escolta a un Mercedes, que seguro debe ser uno de la Junta; Merino vive por aquí, te han dicho. McClure debe andar con la Antonia. Lo sospechas. Hace tiempo que anda urgido con ella; por algo la rondaba tanto en Rio. Y tú, con la Cassia, ni te acordaste de eso. Son iguales, piensas, tal para cual. Era predecible que se fijara en un tipo tan latero, tan cartucho, tan igual al resto. Tú eres superior, aunque ella jamás lo va a reconocer. Pero ésa no te la crees ni tú. La Antonia no fue hecha para ti, eso te han dicho todos. Y ahora se te escapa. La cagaste, huevoncito. Se va con otro, uno que no la moleste, que deje de refregarle cosas en su contra. Eso te pasa por torearla, por querer cambiarla, por jurar que podías moldearla a tu onda. Estás perdiendo, amigo, parece que la hiciste de oro.

Son las 22:43, te fijas. Te detienes en una calle oscura, llena de árboles, se nota que es primavera por las hojas y el olor de las flores. Un perro ladra tras una reja inmensa, pero qué importa, tú estás en otra. Abres la guantera, sacas el libro del Automóvil Club, extraes el *origami*, vacías un poco del polvillo, lo mueles, lo alineas con tu carnet escolar y con esa pajita de la botillería jalas lo que hay que jalar. Por un segundo piensas en tu viejo, no sabes bien por qué. Prendes la radio, la pones a todo dar, pura onda disco, Anita Ward, Sister Sledge, Cheryl Lynn, *born, born to be alive...* y sigues tomando, terminas la segunda petaca, la tiras por la ventana, escuchas el estruendo; doblas por Vespucio, dos putas escondidas te hacen señas, quieres cruzar Apoquindo pero está el hoyo del Metro, la fosa, así que te desvías, subes por Nevería; logras pasar al otro lado, bajas por Riesco, cruzas muy despacio frente a los milicos con metralletas que cuidan la Escuela Militar.

Finalmente llegas a El Bosque: te estacionas frente al Juancho's. El neón verde y naranja del letrero te colorea la piel. Te miras en el espejo: te ves bien. Apagas el motor. Piensas si realmente valdrá la pena bajarse y entrar y huevear y quién sabe qué más. Tu cerebro dice «anda a acostarte, has tenido una semana tremenda», pero tu lado farrero te ordena bajar e intentar pasarlo lo mejor posible. Con esa idea te bajas, cruzas la calle, rechazas la rosa envuelta en celofán que una mendiga te ofrece al pasar y entras al Juancho's con la secreta esperanza de olvidar lo que ni siquiera sabes que te molesta. Pero eso es sólo una idea, un sueño: si se cumple, buena onda. Y si no, bueno, ésta no es tu primera noche en Santiago. O quizás lo sea. Pero eso ya es otro asunto, ¿no?

El Juancho's es el local de los elegidos, el de la juventud dorada, como dice la Luisa, que nunca viene por aquí. No cualquiera tiene acceso, eso es verdad. Hay un guardia a la entrada para cuidar que todos los que ingresan sean G.C.U., *gente como uno*. Antes pensaba que era una suerte ingresar al Juancho's, si analizamos mi edad y mi status de colegial, pero el Toro, que es el dueño, cree en los «cheques a fecha» y no tiene problemas en que mis amigos y yo vengamos. Sabe además que, con tal de figurar, la pendejada paga lo que sea. Y es verdad. Los menores de dieciocho —pre-PAA, pre-licencia para conducir— que venimos aquí, los que yo más conozco, huevones que cacho del Country o de Reñaca o del colegio, tienen la virtud de no parecer tan chicos, de vestirse a tono, de hacerle a todo y de gastar más que la mierda. Por eso entran.

Uno de los puntos altos del Juancho's es que el Toro, que en realidad se llama Juan, nos fía. Más bien, tiene varias cuentas abiertas donde uno anota lo que gasta. Y si al cabo de un mes uno no tiene el billete suficiente para pagar, el Toro y su equipillo se lo cobran directamente a los viejos de cada uno. Lo genial es que los viejos siempre pagan, porque el Toro está asociado al Padrino y al sobrino de Pinochet. Eso es lo que lo une a toda esa red nocturna que incluye varios bares, pubs, cabarets, traficantes de jale y pepas, casas de masajes, saunas y quién sabe qué más. Así, la cuenta del Nacho, por ejemplo, la suman a la de su viejo que cada vez que sale del Krazy Kat o del Private Vips está tan pasado y nervioso, temeroso de que la tía averigüe que anda metiéndose con una ecuatoriana teñida, que el viejo de mierda saca su Mont blanc y firma. El Nacho, ni huevón: consume y consume, total la venganza hay que cobrarla por alguna parte. A mí, en cambio, me cuesta más porque mis viejos sólo van al Regine's, donde son socios, o a lo más al Red Pub. Así, cuando estoy en la seca, es el viejo del Nacho el que termina financiándome los vicios. Por eso vengo. Me conviene. No tengo dónde perder.

Finalmente entro al Juancho's y el último álbum de los apestosos Queen se abalanza sobre mí, me penetra los oídos, casi me hace perder el equilibrio. El local me parece más chico, levemente más chileno de lo que recordaba. La pantalla gigante sigue ahí: mal regulada, proyectando un video del Jim Morrison vomitando sobre unas flores. El audio, por cierto, no coincide. El Chalo, que es el discjockey y cacha más de anfetaminas que de música, toca a todo dar *Another One Bites the Dust.* Lo miro y el huevón levanta sus gruesas cejas, que las tiene casi pegadas. Después se lanza con *Rapsodia bohemia* para puro cagarme.

El Alejandro Paz, que es como mi socio del local, me saluda, alaba mi bronceada, me pregunta por la Antonia, si es verdad que ya no pasa nada entre nosotros.

—Sírveme una *caipirinha,* será mejor.

—Llegaste en la más brasilera, huevón.

—Obvio. ¿Y el Nacho? ¿Lo has cachado?

—No, no ha venido.

Me gusta el bar del Juancho's. Es lo mejor del local y bien puede estar entre lo mejorcito de Chile. Es todo como de cromo, cromo y negro, un look muy estilizado, un poco como el departamento de Richard Gere en *Gigoló americano,* esa onda. En vez de captar la estética de *Fiebre de sábado por la noche,* a lo Disco Hollywood, el Toro y sus socios atinaron y contrataron a un gringo que se adelanta a la época.

—Oye, Paz. ¿Viste *Gigoló americano?*

—Seguro. ¿Y vos?

—Lógico. La vi antes de partir. Le pasé un billete al boletero y entré sin problemas. Fuimos con el Nacho y Lerner. Rica la ropa. La cagó la cantidad del culeado. Toda la ropa la diseñó Giorgio Armani, ¿lo sabías? Mi viejo me lo contó. También la vio. Tres veces.

Tiene un par de ternos de Armani que se trajo de Europa, así que no quería más guerra.

En el bar del Juancho's, donde trabaja el Paz, hay cualquier cantidad de luces de neón secretas, escondidas, que rebotan en los espejos y las copas, crean contornos extraños, lo transforman todo en una atmósfera de película.

—Está buena la redecoración del bar, Paz. Deberían jugársela ahora con el resto. Todavía demasiado criollo.

—Calma, viejito, todo a su tiempo.

—Sí, pero nada que ver mezclar las velitas de las mesas con el cromo o el acero.

El Paz me pasa mi trago.

—Malazo, huevón —le digo.

—¿Cómo que malo? Está perfecto. Le eché cualquier cachaza.

—Son los limones, Paz. Son distintos: muy amargos, algo así. Deberías usar los de Pica. O mezclar los limones con limas. No sé, tú eres el que manda.

—Nadie pide este trago, culeado. Además, si alguien quiere una *caipirinha* como la gente, va allá al Doña Flor.

—Puede ser.

No sólo sirve tragos el gran Alejandro Paz de Chile. Conversa con la gente, cumple con el típico requisito estereotipado de los barmen en todas las películas. El huevón es divertido y yo le caigo mejor que el resto, creo. Y más o menos cacho por qué. El huevón es un desclasado y su único afán es molestar a todos los que venimos al Juancho's. Critica y critica. Yo le digo que es un infiltrado, un agente del NO. Él se caga de la risa.

«Para socavar esta sociedad, hay que socavarla desde adentro, Matías», me dijo una vez. «Eso lo vas a cachar cuando entres a la universidad. Acuérdate de mí.»

Va por tercero o cuarto de Literatura y Filosofía, en el Pedagógico, un verdadero antro artesa según él, plagado de gente del partido, de la Jota y el MIR, gente que se deleita con Silvio Rodríguez y la *Cantata de Santa María* y que no tiene idea de quiénes son los Talking Heads, por ejemplo. Esas contradicciones del Paz son lo que lo salva. En la universidad lo desprecian por arribista e «imperializado» (el huevón sufre de una sospechosa e irrenunciable yanquimanía); acá en el Juancho's, en cambio, asume el rol del «proletario explotado por el régimen que emborracha a los hijos de la burguesía dirigente».

El Alejandro Paz, por supuesto, es un burgués, no más de cuatro años mayor que yo, pero acarrea un rollo familiar que me supera, lo cacho. Vive solo, me ha dicho, y se gasta toda la plata que gana en el Juancho's (más las propinas que agarra por traficar sus pitos y otros medicamentos) en discos, libros en inglés, suscripciones a revistas como *Rolling Stone* (a mí también me llega) o *Interview*. Su sueño es ir a USA, país que ya se le ha convertido en una obsesión casi enfermiza. Lo idolatra, sabe mucho más de «America» que cualquier gringo.

Yo sólo he estado en Miami, con mis viejos y mis hermanas, hace unos años. También fuimos a Orlando: Disneyworld, Cape Kennedy, lo típico. Me gustó, seguro, pero nunca tan adicto. Igual me parece increíble, un país donde todo pasa, donde nadie te ubica ni te juzga, cero opiniones, un sitio donde es simplemente imposible aburrirse. Para el Paz es todo eso y más: es el cielo, el único lugar posible. Por eso, creo yo, no ha ido ni irá jamás, porque si USA llegara a decepcionarlo, a tratarlo mal, el huevón se disloca, se quema, caga.

En todo caso, es esta extraña comunión por lo yanqui la que me une al gran Alejandro Paz de Chile. Siempre hablamos en inglés. Yo con mi buen acento y todo. Según él, lo hablo bastante bien porque, tal como le ocurre a él, mis fuentes han sido «no tradicionales». O sea, más que en el colegio y esos cursillos en el Norteamericano, el *american* se aprende en la radio, el cine, los discos, las revistas, tirándose a alguna gringuita que vino vía el Youth For Understanding.

Al Paz —que una vez me presentó a una tejana, una tal Joyce que estaba aquí de intercambio— le encanta preparar tragos exóticos, inventar fórmulas con nombres como «A Drink on the Wild Side» o «Atlantic City Blues», que casi nadie se atreve a pedir. Y es también insuperable a la hora de hablar, de dar consejos. Antes de irme a Rio, me dijo:

—Tú deberías pegarte un viaje de verdad, que duela, que te sirva para cachar las cosas como son. No con tu profesora ni con esos pernos de tus compañeros. Hay que ir solo. Recorrer USA en Greyhound, por ejemplo. Quedarse en pana en Wichita, comer un taco frente a El Alamo, dormir en un hotelucho lleno de vagos en Tulsa, Oklahoma. O ir a Nueva York, huevón; meterse al CBGB, cachar a la Patti Smith en vivo. Ésa es vida, pendejo, no esto. Un día en Manhattan equivale a *seis* meses en Santiago. Regresar a Chile, loco, a este puterío rasca, bomb, con los milicos por todos lados y la repre, las mentes chatas, es más que heavy. Es *hard core*. Si basta escuchar la radio para cachar lo mal que estamos, Matías. ¿Cuándo van a tocar aquí algo de The Ramones, algo de los Pistols? Hazme caso, huevón, y lárgate: *go west, my son, go west*.

El Chalo pone ahora a Fleetwood Mac y una mina a la que ubico, de La Maisonette, se larga a bailar con un tipo muy apernado, que se cacha que no se la comería aunque la huevona insistiera. La huevona le muestra el cuerpo, que está bastante rico y con poco uso, bajo el vestido escotado, con las tetas a la vista, feroces tacos altos y un collar que, lo más seguro, es de su vieja opus dei.

—Qué apestosa esta huevada —le digo al Paz, que está lavando ahora unos vasos—. Es como si nada avanzara, las imágenes se repiten.

—Siempre te lo he dicho, siempre lo he pensado.

—Todo es tan chico, tan conocido. Como que cacho a todo el mundo, sé todo lo que va a pasar.

—Si hay que virarse. Fugarse antes de que sea muy tarde. Aquí no pasa nada, ni va a pasar nunca. Menos ahora. Con esto del plebiscito y la Constitución y toda la macana, estos conchas de su madre se van a quedar a lo menos ocho años más y capaz que después se atornillen otro período. ¿Ocho años, más otros dieciséis? Suman veinticuatro, compadre. Es cosa seria, *hot stuff,* cero hueveo. Te puedes imaginar lo que eso significa. Y lo peor es que todos los huevones como tú van a votar que SÍ.

—Yo no voto. Todavía no cumplo dieciocho...

—Pero si los tuvieras, votarías que SÍ. No lo niegues.

—Tendría que pensarlo.

—Pensar qué, huevón. Es por gente como tú que estamos como estamos. Gracias a ti, yo estoy aquí preso, pasándome películas de virarme, de irme alguna vez. ¿Tú crees, Matías, que es muy rico sentir que no tienes un país, que tu futuro se ve cero, así en la más punk, que...?

—Córtala, ya basta. No me hinches. Estoy lo suficiente *wired* y apestado como para escuchar tu discursito, que no te lo crees ni tú. ¿De qué *no future* me hablas? Ganas cualquier billete en una pega divertida, que te permite oír todos tus discos, mejorar los gustos de la raza, como dices tú. Además estudias. Ahora, que estudias una inutilidad que no te va a dar un peso, eso ya es asunto tuyo, huevón. Si quisieras, te podrías cambiar a Ingeniería Comercial. Aquí hay oportunidades para todos.

—*Who are you trying to kid, you motherfucker?*

—*Eat shit,* Paz. Eres un comunista que sueña con USA, que venderías a tu madre con tal de escribir en la *Rolling Stone* o servir tragos en ese famoso Palladium del que no paras de hablar. Sírveme un tequila puro, será mejor. Con hartos limones y sal. Y anótalo en la cuenta del Nacho, que ya debería haber llegado qué rato.

Media hora más tarde, quizás veinte minutos: el Chalo está transpirando, cambia que cambia discos, como que no se puede toda la presión, apenas logra atinar. Me acerco a ofrecerle ayuda, asesoría:

—Chao. No me jodas. Aquí yo toco lo que quiero.

—Ponte algo de The Clash. En Brasil los tocan cualquier cantidad.

El Chalo coloca *I Was Made for Lovin' You*. Sabe que me apestan los Kiss, aunque esta canción no está nada mal, a la Antonia le encanta, es uno de los pocos temas movidos que la calientan. Frente a mí hay ahora un Barros Jarpa a la hawaiana, la especialidad de la casa: jamón, queso, piña, todo derretido y aceitoso. No me decido a comérmelo. Me da asco, no sé por qué lo pedí.

Aún no aparece el Nacho: lo voy a matar, el huevón me va a deber una. Quizás debería irme, pienso. Partir, dar una vuelta, cachar qué onda. En la pista, todos bailan bajo los neones y las luces ultravioletas, que hacen brillar los dientes y los ojos y todo lo que es blanco en forma distorsionada. Hasta la grasa de la piel se vuelve fosforescente: si uno mira firme, puede ver cómo a algunos les reluce la nariz, la frente, la pera. Un real asco. No soporto el acné ni las espinillas sin reventar. Por suerte, yo casi no las tengo. A lo más, sus puntos negros que me saca la cosmetóloga de mi vieja cuando va por la casa.

Voy al baño a mirarme, a ver si, por hablador, no me ha salido algún grano. Ahí está el tarado del Quique Saavedra, quizás el rugbista más conocido de Chile, famoso por sus bíceps, axilas y otras partes de su cuerpo ahora que hizo un comercial para Rexona y aparece cada quince minutos en la tele.

El huevón se está mirando al espejo. Está todo pasado a pito. Saavedra tiene los ojos rojillos.

—Me extraña, Saavedra. Un deportista, un universitario, una figura de la televisión como tú, no debería hacerle a eso. Te hace mucho mal.

El huevón no pesca y se revisa los bíceps. Anda de manga corta, como si fuera pleno verano. El tipo es un imbécil de primera. Se mira al espejo por enésima vez y se arregla el pelo.

—¿Cómo me veo?

—Más viejo, Saavedra. ¿No estarás más gordo? —le digo, mientras termino de mear.

—Puro músculo, huevón. Puro músculo —y se golpea el estómago.

—Sí, puro músculo. Cómo dudarlo.

—Más respeto, pendejo. No te saco la mierda porque te conozco, no más. ¿Y tu hermana?

El huevón salió varias veces con la Pilar, un verano entero a decir verdad, antes de que el Guillermo Iriarte, su compañero de equipo, terminara casándose con ella.

—Ahí está. Con tu amigo el Iriarte. El domingo bautizan al Felipe, el último encarguito que han hecho.

—¿Ah, sí, ah?

—Sí... Pensar que podríamos haber sido cuñados.

—Difícil, huevón. Yo siempre me cuidé muchísimo. Puro condón, como la gente decente. Nada de «déjame meter la puntita» ni cuentos por el estilo. Conmigo no hubiera quedado preñada, así que ni cagando nos hubiéramos casado apurados.

—Me queda claro. ¿Te vas?

—Seguro.

—Entonces, chao.

El huevón se va. Me encierro en una de esas urnas que tapan los escusados. Cierro la puerta, saco el *origami,* extraigo la paja. Un poquito más, sólo un poco. Mi hermana es una puta, pienso. La otra también. Deberíamos cuidarnos un poco, la familia es la que queda como las huevas. Garganta amarga, tabique profundo, esta huevada me está haciendo efecto.

—Dame una Margarita, Paz.

—Mucha mezcla, vas a buitrear.

—Entonces tequila con jugo de naranja.

—¿Un Sunrise?

—Lo que te dé la puta gana. Y apúrate.

En la pista sigue el baile. Me instalo en un rincón, solo. El Paz le echó mucha granadina al trago culeado. Saavedra baila con una minita trigueña que me suena, anda con una falda blanca y apretada —se le notan

todos los calzones—, y el huevón la puntea firmeza. El
muy huevón se cree perfecto. El Chalo apenas se ve y
arremete con el remix de *No More Tears,* de la Streisand
con Donna Summers. Un tipo con una cara de turco que
no se la puede, camisa de seda transpirada, baila todo
amariconado con la Tortuga, la de *Música Libre,* que nunca había venido al Juancho's. La miro bien, porque es de
las que más me gustan. Se ve mejor en la tele, eso sí. Cerca de ella, cacho que hay como siete o seis huevones de
Música Libre, unos tipos muy apestosos. Juran que matan
porque bailan en la tele y reciben cartas de las chulas de
la periferia, que lo único que pretenden es tirárselos.

—Tú eres Matías Vicuña, ¿no es cierto?

—Sí, ¿y tú?

—Miriam. Prefiero que me llames Vasheta,
eso sí. Como todo el mundo, ¿ya?

—Ya —le respondo, pensando que la minita
es un chiste.

Pero no, la loca parece que es de verdad: es así,
medio freak, medio apernada.

—Tú eres el pololo de la Antonia Prieto, ¿no?

—No. Bueno, más o menos.

—¿Sí o no?

—Digamos que no. ¿Por qué?

—De copuchenta, no más. La conozco y la encuentro superbonita. Además conozco ene a su hermano, era superyunta con un mino que fue pareja mía.

Esta mujer es una broma, pienso. Debería virarme, dejarla hablando sola.

—¿Vasheta? —le pregunto de puro bien educado.

—Es un hueveo familiar, jamás lo vas a entender.
Un código interno. Es yiddish. Tú me entiendes, ¿no?

—Más de lo que crees: onda kibbutz, Estadio
Israelita, circuncisiones...

—Exacto. ¿Tú no estás circuncidado, Matías? ¿O sí?

—No —le digo medio riéndome, medio pensando «quizás debería estarlo».

—Qué bueno. Estoy aburrida de minos con el cabezón al aire.

Esta mujer es una broma, pienso.

—¿Quieres un trago, Matías? Yo pago.

—No sé. Estoy esperando a unos amigos —le digo en la más indiferente.

—Oye, si no muerdo. Y si muerdo, no duele. Calma. Además, es temprano. Vamos, esperemos juntos. Hace tiempo que quería hablar contigo. Me han hablado cualquier cantidad de ti.

Decido volver al bar. Ella me sigue hasta allí, al bar de cromo, y el Paz me mira con una cara como de «te he visto caer bajo, pero esto es el colmo».

—Hola, qué tal. ¿Qué quieren tomar? —nos dice el muy hipócrita.

—¿Tú, Matías? —me pregunta con su voz más sensual esta loca, crespa y chica, levemente gorda, con unos rollitos que se le asoman bajo la polera negra, decorada por una foto plastificada de Barbra Streisand —en pelotas— abrazando a un Kris Kristoffersson también en pelotas, claro que sin circuncisión, aunque en realidad a ninguno de los dos se le ve nada.

—*Nace una estrella* —le digo.

—Sí. ¿La viste?

—Con la Antonia.

Sus ojos azules y chicos se agrandan y me penetran. Esta huevona está celosa, pienso.

—Perdona que interrumpa —grita el gran Alejandro Paz de Chile—, pero, ¿qué quieren tomar?

Pedimos dos Margaritas. No quiero mezclar.

—Me encanta la Barbra Streisand —me dice
la Vasheta, como si se lo hubiera preguntado. Su
Enough is Enough (is Enough) todavía me retumba. Típico de mina del Instituto Hebreo identificarse con
esa narigona sobrevalorada, pienso.

—Es mi ídola —prosigue—. La encuentro increíble: estupenda, buena actriz, buena cantante.
¿Has escuchado su álbum *Wet*?

—Gran título: *Wet*. Me gusta. *You're kind of wet...*

—No aún...

Esta huevona quiere hueveo. Te los está tirando firmeza.

—Todo a su tiempo, ¿no? —y me río en la más
cínica.

Ella, como para coquetear, revuelve su trago,
que ya está más que revuelto. Le miro el perfil. Se ha
operado la nariz, deduzco. Es demasiado perfecta, no
tiene mucho que ver con el resto de la cara. Es totalmente anti-Streisand, concluyo.

—Bonita tu nariz —le digo sin querer.

—Gracias. Qué bueno que te guste. Es opera-
da. Me la arreglé el año pasado. Con el doctor Zarhi.
Costó harta plata pero mi papá cree que valió la pena. Yo
también.

—Nunca me he operado nada.

—No lo necesitas.

Me río un poco, una risa medio nerviosa. Esta tipa quién se cree que es. El que manda aquí soy yo. Tomo
un poco y lamo toda la sal del vaso. Ella me imita y su lengua brillosa circunda toda la copa con más ganas que elegancia. Después sus ojos se posan en los míos y ninguno
de los dos pestañea. Miradas que matan, pienso. Por qué
no llegará el Nacho, dónde mierda se habrá metido.

—¿Y tú qué haces, Miriam?

—Lo que tú quieras, cariño.

Te las están dando, huevón. Esta huevona es más fácil que clase de gimnasia. Síguele el juego...

—...pero no me llames Miriam, please... —me suplica con un pestañeo muy barato.

—No, en serio, ¿qué haces?

Te estás desviando del tema, cuidado.

—Estoy en el Pre. Cagué en la Prueba de Aptitud. No entré a la universidad. Obvio. Ahora voy al Ceaci. Claro que en la mañana, no en la tarde con toda la pendejada.

—Yo también pienso ir ahí, pero el próximo año.

—Verdad que eres tan chico.

¿Con quién se junta esta mina, quién le ha hablado de mí, qué quiere?

—También voy a unos cursos de la Levinia Manfredini, la cosmetóloga. Si quieres, un día te puedo sacar esos puntitos negros que tienes escondidos en la nariz.

—Si ni tengo. El sol de Rio me lo resecó todo.

—Y te hizo muy bien. Pero el cutis hay que cuidarlo.

—Astringente todas las noches, lavarse harto la cara, no comer mantequilla...

—¿Cómo tan informado?

—Una chula que atiende a mi vieja y mis hermanas. Y a mi padre. A veces me ataca a mí, me saca cosas, me pone sobre un vaporizador.

—¿Y qué astringente te recomienda?

Esta conversación no existe, es un invento tuyo, mereces más que esto. O van a tirar o te viras. Y que se calle, que apague esa voz horrorosa, como la de la Olivia de Popeye. O peor.

—No sé, ni me interesa.

—¿Y no tienes grasitas en la espalda?

—Cómo voy a saberlo. Que yo sepa, ninguna ha reclamado.

—Tendremos que ver, inspeccionar un poco. ¿Otro trago?

No, no quiero tomar nada; ya estoy más que borracho. ¿Alguien te ha dicho que no calientas a nadie, ni al más urgido? Por qué no te vas, no me gustan las minas insistentes. Anda a tirarle los cagados a otro.

—Cuéntame algo de tu vida. ¿Eres tan misterioso como dicen? ¿O es sólo una máscara?

—¿Qué máscara? ¿Qué te pasa? ¿Qué quieres, que te cuente toda mi vida? Parece que estás muy parqueada. ¿Qué quieres saber? ¿Cómo es mi mujer ideal? ¿Si lloro en las noches porque me siento solo? ¿Si me drogo porque nadie me quiere?

—Calma, era sólo una pregunta. Si tú quieres, puedes averiguar lo que quieras de mí.

—Paz, dame otro trago —le digo, virándome en la más asertiva. Como si a mí me pudiera interesar algo de su vida. Con la mía tengo de sobra.

El teléfono suena, interrumpe mis pensamientos.

—Es para ti. El Nacho.

—Por fin. Pásamelo.

La Miriam me mira ansiosa, medio preocupada, urgida a cagarse.

—¿Dónde mierda estás, man? —grito por sobre la música que vomita el Chalo.

—Calma, Matías. Cambio de planes. Andaba con el Papelucho por Emilia Téllez buscando unos cuetes y nos topamos con el Julián Longhi y el Patán, que andaban en la misma. Así que atinamos, compramos como seis cogollos, y ahora vamos donde Cox, que está de cumpleaños. Sus viejos están en Sudáfrica, así que la cosa va a estar maldita. ¿Vamos?

—Seguro. ¿Dónde estás?

La Miriam me sigue mirando. Se come la torreja de limón de su segunda Margarita, que brilla azul bajo las luces. Dobla una servilleta.

—Estamos en el Pollo Stop.

—¿Y la Maite?

—Allá, supongo. Es fiesta sorpresa. O sea, Cox sabe, él la organizó y todo, pero es sorpresa: él no había pensado en dejar la cagada y ahora le dieron ganas. Juntémonos allí. Ya sabes donde es. En Los Dominicos, por Las Flores. Has ido cantidad de veces.

Le echo una mirada a la Miriam, a sus rulos colorines, a sus muslos apretados bajo esos jeans stretch negros.

—Nos vemos allá, entonces —le digo al Nacho.

—Vale.

Cuelgo y, antes de soltar el fono, los desteñidos ojos celestes de la Miriam me interrogan.

—¿Vas a alguna parte?

—Espero.

—¿Puedo ir? Tengo auto.

—Yo también, pero es una fiesta de puros amigos, con invitación. No dejan caer paracaidistas, sorry.

—Te da lata ir conmigo.

—No, nada que ver, te juro.

—Entonces no vayas, Matías. Podríamos ir a bailar por ahí. O a comer algo.

El Paz está lavando unos vasos, conversando con una minita a quien no cacho, ni su nombre, pero que lo anda rondando desde antes que me fuera a Rio. Me duele la espalda, es como si me hubiera quebrado un omóplato o como se llame eso. Me recostaría en el suelo, sobre ladrillos, no sé. Tengo tanto sueño que no puedo dormir. Toco mi cara y apenas la siento. Sé que tengo tequila hasta dentro de mis poros. La Miriam quiere una respuesta, está esperando, me da lata incluso hilar alguna frase.

—No, no lo creo —le digo con algo de culpa y mucho de alivio.

—¿De qué te escondes?

—Oye, ya basta. No me jodas. Si quieres jugar a la terapia, no me interesa. No sé qué andas buscando, pero conmigo seguro que no lo vas a encontrar. ¿Te queda claro?

—Te imaginaba distinto, Matías.

—No te imagines nada, ¿quieres? Hazme un favor y no te metas en lo que no te importa. Si ni siquiera me conoces.

—Perdona... No te alteres, nada personal. Si cambias de idea, llámame. Déjame darte mi teléfono.

—Como quieras.

Agarra una servilleta y anota su número con una pluma fuente que ha sacado de su cartera. Al escribir la tinta se expande por la servilleta, que la absorbe, todo se convierte en un gran manchón azul.

—Espera —le digo—. Paz, pásate una cajita de fósforos.

Anoto su teléfono. Escribo «Miriam».

—Vasheta, Matías. Vasheta.

Tacho «Miriam». Escribo «Vasheta». Hay gente que se contenta con tan poco.

—Entonces te llamo —le digo antes de virar.

—Dame el tuyo.

Le pide al Paz otra cajita. Comienzo a dictarle mi fono pero a mitad de camino le cambio los números.

—Gracias —me dice—. Espero que lo pases bien.

—Igual. Lamento no poder invitarte.

—Seguro, seguro que sí.

Me alejo un poco de ella y me acerco al Paz.

—Muy fea tu actitud, viejito. *Hit and run...*

—Qué te pasa, man. Si la mina es la nada, es más obvia que la cresta.

—Pero te lo está dando. Llegar y llevar. Comida gratis.

—Nunca tanto, huevón.

—Mírala. La pobre va a tener que acabar sola, pensando en ti, solita con su almohada, con su puro dedito como compañía.

—*You're sick, man.*

—*You too.*

—Bueno, me voy. Antes que me sienta culpable. Cualquier cosa, recados, no sé, estoy donde Cox. Debe estar en la libreta del Toro.

—Vírate, traidor. No tienes excusa. Dejarla como la dejaste. Me vas a obligar a hacerme cargo, entretener a la burguesía, satisfacerla...

—Resentido de mierda.

—No proyectes.

—Ya, me lateaste. Me voy. Chao.

—¿Y? ¿Leíste lo que te pasé?

—¿El *Penthouse?*

—Leer. No pajearse, huevón.

—Ah, sí, el libro ése.

—Salinger. Más respeto, compadre.

—No he tenido tiempo.

—*Read it.*

—Otro día. Chao. Nos estamos viendo.

—Sí, pero léelo.

Respiro hondo para cambiar de tema. Siento el aire precordillerano: rico, fresco, casi puro, como en Portillo al amanecer. Allí abajo, ni tan lejos, más allá de unas feroces casas tipo mediterráneo, está Santiago. Parece un montón de Legos iluminados, esparcidos al azar. Legos que se hubieran derrumbado después de un temblor. Se ve bien desde acá arriba. Una ciudad eterna. Todas esas lucecillas naranjas y amarillas, interminables, perfectas. Todo me resulta tan impactante —el efecto, el efecto, el efecto te hace mucho mal, lo sabes— que ese valle, esa meseta de la depresión intermedia que está a mis pies, me parece la más impresionante del mundo. Pero rápidamente me cae la teja, escucho una pelada de forros, cacho que el Nacho y compañía van a hacer su llegada triunfal y que en ese pozo iluminado y seductor que chisporrotea allá abajo está mi casa, un punto negro que seguro no emite ninguna luz, aunque tal vez sí, quién soy yo para saberlo, como si me importara tanto.

Estoy sudando, con el pelo todo mojado y me veo pésimo. Me lo he bailado todo. La fiesta está ahí no más, nadie realmente nuevo, excepto la enana de la Pelusa Echegoyen, que volvió hace poco de La Serena, donde estuvo un año en la nada, vegetando al sol en La Herradura. Ahora está en las Monjas Francesas y tampoco hace nada. Así es su vida.

Bailé como una hora con la Pía Balmaceda, que ya superó el trauma de sus pecas y hasta se siente orgullosa de cultivar tantas en tan poco terreno. Lo pasé bien y hasta bailamos *Coming Up* de Paul McCartney (que era como el único tema de los top ten que le gustaba a la Cassia), pero no hablamos: sólo bailar y ensayar pasos. No sé por qué enganché y bailé tanto. Nos bailamos entero el elepé *Spirits Having Flown* de los Bee Gees y fue divertido porque como que me olvidé de todo y, cuando sonó *Love You Inside Out,* nos bajó la de puntearnos y fue como si nos hubiéramos puesto a tirar ahí mismo en el living de Cox, pero después la canción terminó y no pasó nada.

Respiro hondo para recuperar el aliento y noto que mi pelo sigue asquerosamente mojado, lo mismo que la camisa. El Nacho está sentado junto a mí. Toma.

—Podríamos ver *Mad Max.* La estrenan después del plebiscito. Debe ser total. El Paz dice que la *Rolling Stone* le hizo feroz crítica, que es *lo* violenta y *lo* increíble.

—Mejor que lo que han estado dando acá. Lo único que ha salvado fue ésa del gigoló que vimos. ¿Viste algo allá?

—Una huevada medio porno. En un cine cerca del hotel. Fuimos casi todos. Idea del Lerner. Eran varios cuentos eróticos, onda esas películas del Alessandri o del Mónaco pero más al chancho. Con todo. El mejor era el de un huevón que se enamora de una sandía y termina culeándosela, man. Lo más increíble era que se veía cómo sucedía todo. El lente de la cámara entraba y salía de la sandía. Y la sandía muda.

—La ondita.

—En Brasil, loco, cualquier cosa. El Patán y Lerner vieron después una peor. Yo no fui porque andaba con una minita que conocí. Fue una cosa increíble, con tutti, man. Pero fue mucho más que eso. Fue como perfecto. Se llamaba Cassia.

—¿Brasileña?

—Por supuesto. De Brasilia. Tendrías que haberla conocido. Te hubieras enamorado al tiro de ella.

—Y medio lío que se hubiera armado, ¿no? —me responde un poco en la irónica y parte al bar, como si lo que le estoy contando le diera absolutamente lo mismo. Pero lo más probable es que sea todo lo contrario. Así que decido callar. Y lo sigo hasta el bar.

La fiesta está ahí no más. El Julián Longhi mete y saca cassettes del deck, la Pelusa Echegoyen sigue preparando tragos como si la huevona fuera el famoso Alejandro Paz de Chile. En el bar, el Nacho inicia el ataque. El huevón se tiene algo guardado, lo sé. Desde el momento en que lo vi, lo caché distinto. Envidia, por ahí va el sentimiento. En realidad, no lo culpo. Yo hubiera reventado de celos. Eso de que todos mis amigos partieran en el viaje que debí haber hecho es como mucho, como para cagar y traumar a cualquiera y crear un vacío dentro de uno que puede durar siglos. Claro, en la fiesta, como buena fiesta santiaguina, hay varios huevones de mi curso y el otro, que no paran de hablar de Paquetá y Leblon y São Conrado y esa mole que es el Shopping Rio Sul, donde los muy huevones compraron los mismos Fiorucci, las mismas zapatillas Adidas Roma, que esta noche andan luciendo. Y el Nacho emputecido, en otra, no quiere escuchar lo fabuloso, lo increíble, lo impecable que lo pasamos. Mala onda su situación. Bomb.

—¿Quieres otro trago? —me dice.

—Bueno, ya.

—Al viejo del Cox le regalan todos estos tragos. Puras coimas. Lo sé. Me consta.

—Puede ser.

Después se queda callado. Noto algo extraño pero no sé bien lo que es. Me duele un poco la cabeza. Estoy cansado, pero con cero sueño. Tiene algo guardado, algo que de alguna manera siento que es contra mí.

—Me apesta esto de estar en Chile —le confidencio.

—Ándate, entonces. Nadie te está pidiendo que te quedes. No porque no estés va a ganar el NO o nos van a invadir los argentinos por lo del Beagle.

—Era una opinión, no más. Ganas de compartir un sentimiento. Nada personal. Si hubieras ido, me entenderías.

—Pero no fui, así que es difícil que te entienda, ¿no? Igual he viajado su poco y lo más bien que estoy aquí, aguantando como todos no más.

—Cambio y fuera, ¿ya?

—Da lo mismo.

La fiesta me tiene apestado. Lo mismo que el Nacho. McClure no está, lo que prueba que anda con la Antonia. Yo no debería estar aquí. Debería estar en Rio. Tirando hasta reventar. Jalando hasta no entender ni hueva.

—¿Quieres ver lo que te traje? —le digo al Nacho, por decir algo, como para enganchar. Para demostrarle que igual estoy.

—Seguro.

Atravesamos juntos el living. Saco una paja de la mesa. Todos bailan. Foxy: *Get Off, Hot Number,* lo peor. Gustos de Cox, sin duda. Compró el disco conmigo, de eso me acuerdo. En el Shopping de Vitacura. La Antonia estaba ahí, patinando. Era el cumpleaños de la Virginia Infante y su viejo arrendó la pista. Fuimos un grupo a mirar. Hamburguesas gratis. Bebidas.

—¿Te acuerdas de esa fiesta de la Virginia Infante? —le digo.

—¿La del Shopping, la de los patines?

—Sí, exacto.

—Claro que me acuerdo. Cómo no me voy a acordar. Tú me cagaste con la Maite. Me acuerdo perfecto. Más de lo que tú crees.

El huevón sabe por dónde atacar. Donde más duele. Cómo provocar culpa. Pero ni siquiera sabe todo el cuento. Si supiera que me tiré a la Maite en el Brasilia de la Rosita Barros, el que estaba en ese estacionamiento subterráneo que hay detrás de los Multicines, me mata. Revienta. Él cree que sólo fue un atraque. Errado está. Ahora que... ni siquiera yo sé cómo pasó todo; en realidad me da lo mismo, pero tengo que reconocer que hice lo posible por agarrármela, porque la cuestión de la competencia fue superior a mí, algo demasiado exquisito y seductor como para atinar o jugar derecho. El propio Nacho fue el que inició lo de la competencia, creyendo que podía ganarme o sacarme celos o alguna pendejada así. Ése fue su error. Hay que competir sólo si uno está muy, pero muy seguro de ganar. Lo más triste del caso, lo que me hace sentir peor, es que a la Maite en realidad le gustaba el Nacho. Y jamás pensé que la huevona fuera virgen, con todas esas historias que tenía acumuladas. Todo fue un error, una calentura típica, ella estaba enferma de volada y yo enganché en breve. Pero igual le gustaba el Nacho. Claro que lo encontraba un poco perno, demasiado tierno aún. Después que acabé en su polera, la muy perra me pidió que por favor no se lo dijera al Nacho. No quería que él se decepcionara. Prefería atinar conmigo y pololear con él, me dijo sin culpa.

Ahora está en otra; en Rio anduvo con el Patán y con uno de los brasileños amigos de la Cassia. El Julián Longhi, a pesar de su acné, también se la ha comido. Eso al Nacho lo enfurece: siente que todos han agarrado menos él. Yo igual creo que todavía le mueve las hormonas a la Maite. Pero él no la aguanta. La odia. En realidad, me cuesta creer cómo es que aún me tolera. Las dependencias, supongo, son vicios difíciles de quebrar. Siguen y siguen y aunque sean malas y lateras, la sola idea de vivir sin ellas, de quedarse solo y en medio de un vacío, es demasiado fuerte como para optar por lo sano y mandarlo todo a la cresta. Por eso el Nacho me sigue, creo. Y viceversa.

—Siempre te acuerdas de lo malo. Es como si llevaras la cuenta —le digo, algo apestado, mientras cierro con llave la puerta del baño.

—No pasa nada.

—No creo.

—Puede ser. Lo que pasa es que lo malo, las mariconadas, las traiciones y todo eso, queda grabado. Carcome lo bueno. Hace más daño. Por eso se te queda. Un buen recuerdo se borra y cuesta volver a sentir lo que sentiste en ese momento. Cuando uno se ha sentido muy como las huevas, ese dolor vuelve fácil. Es eso, no más. Tú no lo entiendes porque sólo lo pasas bien. Ése es tu problema.

El Nacho está enfermo, pienso. Mal. Sentado, como está, al borde de la tina, con esa camisa Palta que nunca se saca, nadie lo diría. La típica pinta de todos los asiduos al Paseo Las Palmas. Tiene su rollo acumulado y eso se está haciendo notar. Lo está arranando y volviendo lejano. Igual estaba así antes de que partiéramos, pero ahora está peor. No es que ahora sea un depresivo ni nada. Es terminal. Vende el cuento de que está bien, huevea de lo lindo, pero no está en ninguna parte. Sólo está con él.

—No es para tanto —le digo—. En serio. O sea, te encuentro la razón y todo, pero con esa visión sólo lo haces mas difícil para ti mismo. Eres tú el que pierde.

Soy su mejor amigo. Lejos. Eso es, quizás, lo que lo distorsiona todo, lo que lo complica. Es ese silencio del huevón, eso de que se lo trague todo y no me diga nada, lo que me toca. Lo que me llega.

—Si sé. Es un estado, no más, una onda. Nada grave, Matías. Ya se me va a quitar. Ahora muéstrate el regalito.

Cierro la tapa del escusado, me siento y limpio con la manga la superficie del estanque. Entonces me doy cuenta de que hay un espejo delgado en la pared, lo descuelgo y lo pongo sobre la tapa.

—Es coca, ¿no?

—Tú lo has dicho, man.

Abro el *origami* y esparzo un buen montón de polvillo sobre el espejo. Dejo el paquetito sobre la tapa del estanque. El Nacho se levanta, abre el botiquín y saca una gillette que no está usada.

—Pícala con esto en vez de tu carnet escolar.

—Estás al día, veo. Muchas películas.

—No, el Papelucho me enseñó. Jalamos ene allá en Punta de Lobos, mientras ustedes andaban en Rio. Ahí caché. Apúrate, que ya no doy más. Esto me cae como las huevas.

—Así que no es tu primera vez.

—No soy virgen, no. Espero no decepcionarte.

—Yo pensé que traía la gran novedad.

—Oye, si da lo mismo. Lo importante es que la trajiste.

—Buena onda. Tírate unas líneas.

—Así lo hago, pero ya no tiene la misma gracia.

—¿Fuiste con el Papelucho a Pichilemu, a Punta de Lobos?

—Sí, a surfear. El huevón le pega. No lo hace mal. Aprendió en California.

—No sabía.

—Si te dije.

—Da lo mismo. Jala, mejor, que esta línea debe estar mortal.

El huevón agarra la pajita y lo aspira todo.

—Mierda. Está muy buena, ¿no? El Papelucho aullaría. ¿Lo llamamos?

—No.

La línea está medio torcida, como que se pega una curva. Al aspirarla —un poco gruesa pero bien— veo mis ojos y la nariz, y todo, reflejados en el espejo. Es como si estuviera ahí abajo, mirando hacia arriba, desesperado. También veo al Nacho que mira de más abajo, detrás de mi hombro, vigilante.

Alguien golpea la puerta. Con fuerza. Después golpean de nuevo.

—Dame una más. Ya me está haciendo efecto.

—¿Jalaron mucho allá en la playa?

—Poco. Y ni muy buena. La llevó el Rusty, un amigo del Papelucho. Un gringo muy reventado y loquillo del Nido de Águilas que conoció en el avión.

—No fueron solos, entonces.

—No, man.

Siguen golpeando.

—¿Salgamos?

—¿Quieres pasta de dientes? —le digo.

—Puede ser.

Mientras abro la Odontine, el Nacho se moja los dedos para aprovechar el polvillo que ha quedado esparcido. Levanta el espejo y lo cuelga. Yo me acerco, él abre la boca. Le paso el tubo y lo aprieto un poco hasta que algo de pasta se acumula en su lengua. Después abro la llave y me lavo la cara pero no siento las fosas ni el tabique. El Nacho mea. Mientras lo hace, recupera el *origami*, que está sobre el estanque, y lo revisa.

—Abran. ¿Quién está adentro? —grita una mina del otro lado.

Cierro la llave y lo miro. El *origami* está flotando en el agua amarilla del meado.

—Se me cayó, huevón. Perdona. Me asusté. Esta huevá está muy, pero muy refuerte. ¿Quedaba mucho?

Siento todo tiritón y rayado. Y por un instante me da hasta lo mismo. Me acerco, tiro la cadena y le limpio todo el polvo que aún le queda en la punta de la nariz. Después pruebo mi índice; siento la amargura típica. El Nacho sólo mira para el lado.

SÁBADO 6 DE SEPTIEMBRE DE 1980

Deben ser como las cinco de la mañana. Me he tomado ya una botella entera de Bilz y sigo con sed. El aire reseco de este departamento no me deja dormir. De tanto darme vueltas, las sábanas están enredadas, sudadas, en el suelo. Estoy borracho. Alterado. Tanta mezcla me hace mal. Tengo visiones, me rondan ciertas imágenes, me siento pésimo. Quisiera estar en Rio, no acá. Me gustaría estar con alguien. Conversar. Hablar por teléfono. Mañana es otro día, supongo. Ya lo sé: no puedes volver a casa, *you can run but you can't hide*, etcétera. Pero no es justo. Y sigo pensando: estoy solo, quiero amar un poco más, tengo miedo, mis Levi's tienen un hoyo en la rodilla. Debería ir al baño a vomitar, a buitrear, para sacarlo todo fuera. Pero no, no es sólo eso. Es otra cosa. Creo que mi nariz está por sangrar. Siento como un gran canal que sube, duro y recto, hasta mi cerebro. El polvo era demasiado duro, estaba húmedo, mal picado. Igual estaba bien y me hace falta. Sólo espero que el Nacho no lo haya botado a propósito, pero quién sabe. Uno nunca realmente sabe.

Estoy a oscuras, sólo veo los dígitos rojos del radio-reloj, 05:03, y nada avanza. Pienso en ir hasta la ventana para ver las luces de la ciudad sitiada, vacía, ver si está la luna, la misma luna que están mirando en Rio y en Brasilia, pero la sola idea de levantarme y abrir las mini-persianas me deprime soberanamente. Prefiero abrazar la almohada como si fuera el viejo oso Winnie the Pooh que una vez tuve, aunque no es igual. Todo esto me deprime. La cama da vueltas, pero eso es típico. Es parte del juego. Sucede siempre. Debería dormir.

Ayer perdí otro día.

Recapitulo:

Estábamos jugando pool con el Patán, el Julián Longhi y el huevón del Papelucho en esos billares que están cerca del cine Las Condes. Ya era tarde y la fiesta probablemente seguía, pero nosotros nos apestamos e ingenuamente partimos en busca de algo más. Al Nacho lo afectaron esos jales, estaba de un extraño sentido del humor y no paraba de hablar de la costa norte de Hawai, de las olas tubo, de que se quedó sin sex wax, o de que en la *Surfer* venía un artículo que hablaba de Chile y decía que era el último paraíso surfístico, a pesar del agua demasiado fría, y que Punta de Lobos era apenas una caleta de pescadores.

El Papelucho, como ya es típico, estaba aun más apestoso que lo legalmente permitido. Desde que lo echaron del colegio y se fue al Marshall, y después a su intercambio famoso, parece como demasiado seguro de sí mismo, onda que hace sólo lo que quiere, siente cero culpa, y se cree en el deber de decirle a todo el mundo lo bien que lo pasa, para que uno esté obligado a admirarlo. O algo peor.

A esas alturas de la noche, la evidente admiración que el Nacho siente por el Papelucho se había transformado en odio o algo así, porque de repente estaba como de mi lado, como si el episodio de la coca lo hubiera hecho sentirse culpable. O quizás estaba simplemente contento de verme, y hasta me sentía mejor a su lado, más cercano, mucho menos agresivo y enrollado. Pero da lo mismo. La cuestión es que el Papelucho seguía insoportable. Se agarró con el Nacho cuando lo

cachó que estaba *wired* y que no se había molestado en
convidarle, mal que mal era él quien lo había iniciado
en el vicio. Después se largó en la típica contra los chilenos, y habló de lo cartuchos que somos todos, tan
provincianos y trancados y prejuiciados, y que nadie se
atrevía a dejarse llevar por el momento, que Chile era
lo último, con mayor razón ahora que se creía la California de Sudamérica, lo que daba aun más pena porque él sabía perfectamente cuáles eran las diferencias,
eran tantas que ni siquiera valía la pena mencionarlas.
Yo estaba totalmente de acuerdo con el huevón, pero
me pareció medio desleal apoyarlo, así que ni hablé.

Después de mirar sin interés un par de jugadas
exhibicionistas que el propio Papelucho aseguró haber
aprendido en los Manila, al Nacho y a mí nos quedó más
que claro que era hora de partir, cambiar de rumbo.

Primero dimos varias vueltas por Apoquindo y
Providencia, y después nos paramos a comprar dos petacas de pisco en esa botillería de emergencia que está
cerca de la Scuola Italiana. Ahí estábamos, copeteándo-
nos, conversando muy en buena, hablando de cine, ob-
viando temas más puntudos como Rio, la Cassia, Punta
de Lobos y el Papelucho, cuando nos topamos con Cox,
que había dado por finalizada su fiesta sorpresa y ahora
andaba con unos huevones del San Ignacio, en un Ga-
lant verde-nilo, con unas calcomanías muy rascas del SÍ
en el parabrisas. Después de hacer un par de bromas sobre Brasil y de contarle al Nacho la envidia que le daba
que yo me hubiera agarrado a la Cassia, que era muy pero muy rica, Cox nos convidó a seguirlo, porque iba a
haber una feroz carrera de autos por la Kennedy, como
en los buenos tiempos. Corría el Chico Sobarzo contra
unos tipos del San Gabriel, o algo peor, que lo habían estado hueveando en una fiesta. Había que estar allá en

breve. La partida iba a ser en ese paso peatonal sobrenivel que nadie usa, ése que tiene un rayado AC/DC y está un poco más arriba de Manquehue.

Era tarde y faltaba poco para el toque. Hora como de virarse. Pero miré al Nacho y noté que quería ir a investigar, en especial porque corría el Chico Sobarzo, personaje que él y la Luisa Velásquez encuentran fascinante, no tanto por lo buena onda. Más bien por lo contrario. La Luisa siempre ha amenazado con escribir una novela sobre todos nosotros. Según ella, el Chico Sobarzo sería uno de los personajes principales, ya que «representa la decadencia en su más puro estado inconsciente» y ejerce la misma atracción, en determinado sector del curso y del colegio, que ejercía Demian sobre Sinclair, por ejemplo. Yo estoy en absoluto desacuerdo con ella: creo que yo sería un personaje literario mucho más interesante que el Chico Sobarzo, aunque ella lo niegue. Pero como la que se va a pegar la lata de escribirlo todo es ella, no puedo alegar demasiado.

Igual encuentro que el interés que provoca el Chico no es para tanto, pero en toda obsesión hay un elemento relativamente morboso que funciona. Lo que pasa es que el Chico, que es chico, feo y ordinario y se viste que da vergüenza ajena, no sólo tiene plata (el viejo es un nuevo rico, propietario de una compraventa de autos, pero en realidad trabaja para el hijo del Padrino), sino confianza en sí mismo ahora que el Óscar, su hermano, está muerto.

El Óscar era compañero mío, lo mismo que el Chico. Lo que pasa es que el Chico, que es dos años mayor, ha debido repetir dos veces el mismo curso porque es medio tarado, no entiende ni una. Tampoco el Óscar era muy inteligente pero era loco y seleccionado de fútbol y le iba bien con las minas. También se agarraba a puñetes con todos por cualquier cosa. Eso le dio cierta fama de rebelde y audaz y todo eso que se supone tan importante. En realidad, era insoportable y me importó bastante poco cuando se sacó la mierda en ese espantoso Fiat 147 negro-con-naranja en que andaba. No sólo se mató él, sino dos minas que habían salido a dar una vuelta de puro aburridas en un Peugeot 404, por lo que el accidentito acaparó varios titulares en los diarios y hasta *El Mercurio* editorializó sobre el estado lamentable de la juventud actual, esto de acceder al dinero y el trago como si fueran la novedad del año.

Sin el Óscar, el Chico mejoró su status interno. Y aunque suene feo, yo también. Lo que pasa es que el Óscar tenía la capacidad de llamar la atención aunque no hiciera nada. Se juraba el rey de los elegidos y en cierta forma lo era. Sin él, los que se creen más buena onda perdieron a su líder y el puesto se repartió entre varios. Digamos que se dejó de lado el autoritarismo social y se optó por una manipulación un poco más democrática y civilizada. Esto el Chico lo olfateó de inmediato y, ni huevón, lo aprovechó para mejorar su imagen. Ahora huevea de lo lindo en otro Fiat 147 negro-con-naranja (obsesión familiar) que su viejo le consiguió en la compra-venta corrupta. Con él pensaba correr ahora por la Kennedy, como un pandillero de *Grease,* pero todo cagó.

Habíamos seguido a Cox y su gente por Manquehue, rumbo al paso sobrenivel donde aguardaban el Chico, el Fiat 147 y sus aspirantes a discípulos. Cuando llegamos a la Kennedy, había ya un grupito reunido, todos amontonados en una suerte de pit stop, al lado de ese parquecillo que hay por el sector. El Chico andaba con una de esas camisas Mario Ramírez que son como de jean desteñido, verde oliva, onda safari. El Nacho, que tiene buena memoria pero que, por sobre todo, es un gran y certero chismoso, me dijo que la camisa no era suya sino del Óscar, que él la usaba siempre y que el Chico debía andar en una onda muy rara y muy fetichista, porque no sólo estaba imitando en la más patética a su hermano; además había comenzado a ponerse su ropa.

La atmósfera estaba enrarecida. El Chico estaba francamente enojado con los huevones apernados del San Gabriel, quienes estaban a su vez enfrascados (en sus típicas parkas infladas imitación Nevada) en un diálogo acerca de un huevón tan ágil que era capaz de chuparse su propio pico. Cuando llegamos, como que nadie estaba seguro de cuál era la verdadera razón de la pelea, pero ya a esas alturas daba lo mismo, porque lo importante era ahora la carrera. El Chico, sin quererlo, estaba representando a nuestro colegio, y tenía que atinar bien, porque era su única chance de sobresalir por sí mismo y aprovechar de humillar a todos esos imbéciles que de verdad son apestosos.

En la Kennedy, esperando a Cox y sus amigos, había otros autos, claro. La noticia había corrido rápido y estaban incluso el loco del Lerner y otros huevones del curso, salvo McClure y la Antonia, que no dieron señales de vida. Cox se hizo cargo de todo y estipuló las reglas: hasta la rotonda de Vespucio, dan la vuelta y la meta es el paso sobrenivel. Los demás estaríamos mirando desde arriba; una mina que nadie sabe de dónde salió, y que andaba con unos pantalones de cuero demasiado apretados, sería la encargada de dejar caer una botella de pisco para darles la partida.

Pero aunque uno propone, Dios dispone. Y Pinochet, por desgracia, no está del todo de acuerdo con esto de que la gente joven ande en la calle hasta tan tarde. Quizás por habernos pasado tantos días en Rio haciendo lo que nos daba la puta gana, nos habíamos olvidado de las reglas básicas. Y el toque de queda es la principal.

Justo cuando el Chico se había subido a su auto y calentaba el motor, apareció una patrullera con dos pacos y unas feroces metralletas colgando de sus hombros. Obviamente, hasta ahí no más llegamos, porque los huevones se bajaron rajados, creyendo que éramos terroristas o algo peor, gritando «¡documentos!, ¡documentos!». Este escandalillo asustó al Chico y el muy huevón apretó el acelerador a fondo, salió cascando, pelando forros, dejándolo todo lleno de humo. Eso apestó a los pacos y los puso aun más de mala, porque no alcanzaron siquiera a tomarle la patente. Para desquitarse, empezaron a interrogarnos en la más dura y demente sobre quiénes éramos y qué hacíamos y quién era el culeado del auto que se escapó. Luego les dio con eso de la desobediencia civil, y de la hora que era, y que el enemigo estaba en todas partes. Por fin, uno que dejó de jodernos y de creerse el discurso, decidió llamar por radio a la comisaría y solicitar una patrulla para llevarnos arrestados a todos. Después nos hicieron alinearnos (éramos unos catorce), y cada uno tuvo que mostrar su carnet; mientras uno nos miraba la cédula, el otro nos apuntaba con la Uzi.

El Nacho estaba como a seis tipos de mí cuando le tocó el turno. Pero en vez de mostrar su carnet, mostró la TIFA que no tan sólo probaba sus vínculos con el gobierno: además lo ligaba, irremediablemente, al concha de su madre de su viejo que, por primera vez en su vida, le sirvió de algo. Mejor dicho, nos sirvió a todos, porque el paco se urgió y el Nacho agarró seguridad. Y con voz firme, embarazosamente patronal, aprovechándose en la más certera de todas esas palabras de milico que aprendió en Valparaíso, encaró a los pacos, les hizo sentir quién era su padre y hasta los amenazó diciéndoles que el toque de queda comenzaba oficialmente en quince minutos más. Que en vez de perder el tiempo molestando a un grupo de jóvenes que sólo pretendía colgar unos cuantos afiches a favor del SÍ, deberían estar vigilando el barrio. Costaba creer al Nacho en esa parada, pero supongo que el lado militar se le mete a uno en la sangre, lo quiera o no. Para mi sorpresa, el paco reaccionó en buena y nos dejó ir a todos y hasta le pidió disculpas al Nacho, arguyendo que en estos tiempos ninguna precaución está de más.

Lo dudo. En todo caso, la policía hizo que todos los detenidos desaparecieran en breve. Faltaban minutos, segundos, para el toque, y todo el mundo partió sin pensarlo dos veces. El paco más sumiso le ofreció al Nacho escoltarnos: él mismo reconoció que las patrullas militares andaban a veces tan asustadas o saltonas que no habían sido pocas las ocasiones en que, de puro atarantados, habían disparado a cualquier auto que anduviera circulando pasada la hora «D».

A mí no me pareció muy bien esto de asociarnos con el poder, aunque fuera por un rato, pero capté que no había muchas alternativas, hice partir el auto y seguí bastante de cerca a la patrullera que, con la luz de la sirena encendida, nos escoltó por calles y avenidas absolutamente vacías rumbo a la casa de la hermana del Nacho. Las radios ya no transmitían pero, no sé por qué, no quise apagarla y la chicharra de las ondas perdidas nos acompañó durante todo el trayecto. El Nacho estaba medio *wired* por la coca y hasta diría que excitado con esto de sentir en carne propia el poder de su autoridad. Ésa era su contradicción: podía odiar a su padre pero no por eso se sentía menos orgulloso de ser su hijo. Había vencido al sistema porque era parte de él. Tan simple como eso. Y eso lo hacía sentirse miembro de los elegidos, de esa nueva aristocracia que a mí, cada día, me parecía tan pendeja como sobrevalorada. Tenía ganas de darle mi opinión, de encararlo y lanzarle mi ataque, pero no venía al caso, porque ya me había peleado suficiente por una noche y cuando uno anda drogado mejor dejar las cosas como están.

Finalmente llegamos a la casa de la hermana y pestañeé las luces altas para anunciarles a los pacos que hasta aquí no más llegábamos. De pronto me di cuenta de que yo seguía, continuaba camino. «Te vas para tu casa, ¿no?», me preguntó el Nacho bajándose; «yo les digo que te acompañen. Cero problema. Para eso están.» No había mucho que decir. Lo vi acercarse a los pacos para despedirse y —supuse— hablarles de mí. «Todo listo. Te van a ir a dejar. No se te vaya a ocurrir darles propina. Chao. Comunícate.»

El Nacho tiene esa capacidad de involucrarme en cosas que no deseo. Como avanzar por la noche santiaguina, a través de interminables hileras de semáforos en rojo y arboledas calladas y muy quietas, escoltado por una patrullera de posibles sicópatas. Manejando así, absolutamente solo, por calles que nunca había visto vacías, desiertas como si se tratara de un bombardeo anunciado, fijándome en las pocas ventanas iluminadas, que me parecían todas sospechosas, no pude menos que sentirme errado, inútil.

Algo estaba fallando. Este regreso, regreso que siempre supe iba a ocurrir, me estaba resultando más complejo y menos atractivo de lo que jamás pude imaginar. La gracia de viajar, pensaba, era justamente volver para recordar lo vivido. Pero ahora era distinto. Era como si no pudiera estar acá. Había algo de miedo, un ruido ausente, como cuando uno de estos milicos dispara un arma vacía; algo de asco, de cansancio, una desconfianza que me estaba haciendo daño, que no me dejaba tranquilo. Pero no era sólo eso: era mi familia, quizás; los amigos, la ausencia de minas, la onda, la falta de onda, la mala onda que lo está dominando todo de una manera tan sutil que los hace a todos creer que nada puede estar mejor, sin darse ni cuenta, sin darnos ni cuenta aunque tratemos.

Estaba asustado, intranquilo. Sólo quería llegar. No me gustaba la idea de que la patrullera supiera dónde vivía. Después pensé: igual lo saben, lo saben todo. Como cuando aterrizamos en Pudahuel y el avión estaba tan lleno que la fila para pasar por Policía Internacional no avanzaba nada y ese hombre que estaba justo delante mío, chaqueta de tweed y anteojos y una pinta de intelectual que no se la podía, le mostró su pasaporte al huevón del computador que apretó unas teclas. Y la pantalla se llenó de datos, y fue justo en ese instante, cuando estaba abriendo mi bolso de mano, que miré al tipo. Él se dio vuelta y me miró también, como si yo fuera lo único que existía en la tierra, como si fuera su hijo o su hermano, y fue tremendo e inquietante porque me di cuenta de que tenía miedo pero estaba feliz a pesar de todo; de alguna manera lo había logrado. En eso la alarma sonó y unos reclutas con cascos y metralletas lo rodearon y uno me empujó hacia atrás y varios funcionarios con pinta de tiras le quitaron el bolso, le revisaron el pasaporte y yo sólo miraba, lo observaba todo, queriendo tragar lo que veía, lo que jamás me hubiera imaginado; y el tipo, me daba pena el tipo, ni siquiera me había dado cuenta de que

venía en el avión el tipo, empezó a gritar «déjenme entrar, déjenme entrar, es mi país, tengo todo el derecho
de entrar», pero una bofetada lo hizo callar y entre la
sangre que le saltó de la boca murmuró «está enferma,
está enferma», pero ya se lo estaban llevando, desapareció tras una puerta y yo me quedé mudo, hasta que el
traidor de la computadora me gritó que avanzara y yo
le entregué mi pasaporte tiritando y él sólo tecleó mi
nombre y me fijé en que aparecía un Vicuña pero no
era yo, ni siquiera un pariente, pero ni así pude respirar tranquilo, sólo aceptar resignado el timbre en una
de las hojas del pasaporte y la mirada del tipo que me
dijo «eso es todo, pasa no más y mejor que te quedes
callado, cabrito».

Despierto tarde pero eso es fácil, lo difícil es no creér-
melo, es sacar fuerzas para inventar algo, ver si vale la pena seguir en cama o saltar y brincar y abrir las mini-persianas, como si yo fuera ese imbécil del comercial de
margarina. Miro el reloj. Falsa alarma: no es tan tarde.
Apenas las diez. Pero hay sol, harto sol, un sol como el de
Rio. Por un segundo creo que voy a quedarme pegado,
así que salgo de la cama (no brinco) y abro al fin las mini-persianas y Santiago se ve bastante raro, todo despejado y claro, y verde y lleno de árboles con las hojas nuevas
y flores y hasta la cordillera se ve entera, cero smog, con
un buen poco de nieve allá en el Colorado, creo.

     Esto es sospechoso: no hay nadie. Ni la Car-
men. Hoy es sábado. Y esta mierda debería estar repleta, pero no pasa nada. El refrigerador está vacío: deben
estar en el Jumbo. O fueron asesinados por algún Hijo

de Sam criollo y llevados al Médico Legal, pero, como estaba durmiendo tan profundamente, no quisieron despertarme.

Obviamente, me duele la cabeza. Dos Mejorales con un poco de jugo de pomelo Soprole. Algo de quesillo, medio amarillento y ácido. En la ducha, me afeito las pelusas con un espejo redondo de dos lados: uno normal, donde me veo peor de lo que tenía contemplado, y otro que lo agranda todo en forma exagerada, lo que me obliga a percatarme de un punto negro justo en un ángulo de la nariz. Esto me hace acordarme de la Miriam. Me jabono harto, pero no me caliento, y salgo, me visto, me peino hacia atrás, como si fuera Travolta o algo peor, y me doy cuenta de que estoy absoluta y aterradoramente aburrido.

En la pieza de la Francisca encuentro la última *19* y la hojeo un rato, pero siento un repentino asco por la cantidad de imbecilidades que he asimilado en mi corta vida: el divorcio de dos de los Abba, los orígenes religiosos de Donna Summers, la afición a las drogas de Peter Frampton, el futuro post *Familia Partridge* de David Cassidy y otros datos igualmente imprescindibles. Lo que más me deprime es reconocer que soy un adicto a la sección «Querida Márgara», que escribe una tal Márgara Urzúa. Es, obviamente, lo peor de la *19*. Mi obsesión por ella debe ser edípica porque la mina es vieja, como de la edad de mi madre. Según la Francisca, es más loca que una cabra, tiene varios divorcios a su haber y una hija muy rica que se mete con todos ya que la Márgara es incapaz de controlarla, porque no va a estar haciéndose la cartucha en la vida real si no lo es en su columna.

Me llevo la revista a mi pieza, me tiro sobre la cama aún sin hacer y enciendo el equipo: irrumpe esa horrorosa canción *Píntame con besos* de Albert Hammond, ésa que el más creído de todos los de *Música Libre* dobla día por medio. En realidad, es la mejor alternativa de fondo para leer basura, así que asumo mi decadencia y dejo que suene y hasta me preparo para Air Supply o Andy Gibb. Abro la revista, hojeo el ranking y busco la sección fetiche. «Querida Márgara» es lo mejor: el único lugar donde uno capta lo que realmente está pasando y llega a darse cuenta de que hay cualquier gente en la misma. Pero, eso sí, «Querida Márgara» no tendría tanto éxito si no fuera por la foto. Es mi teoría y hay varios que están de acuerdo, incluyendo el Lerner y mi prima Camila, que estoy seguro fue la que escribió una muy comentada carta en la que una mina le anunciaba a la Márgara que había perdido la virginidad sin sentir culpa alguna, en una muy estirada fiesta de quince años a la que me invitaron pero no fui.

La teoría respecto a la foto tiene dos partes. Una es la de la credibilidad: nos asegura que la comadre existe. Incluso mi madre dice ubicarla, porque hacía yoga en el instituto de una amiga suya y era compañera de curso de una hermana del tío Sandro. Por eso uno le cree; no como en la *Coqueta* o *Intimidades,* esas revistas enanas y tropicaloides que leen las minas en clases y se creen lo precursoras porque hablan de secreciones vaginales, aunque en el fondo son tan conservadoras y tan últimas como *Temas de Hombre* de *La Tercera,* que es realmente lo peor.

La otra parte de la teoría es más masculina, más sexual, pienso. La Márgara es lo que se llama una vieja tirable. En la foto está sentada en el suelo, en un cojín, con una malla apretada. Es algo plana. Por lo que escribe se nota, de todas formas, que le gusta el hueveo y le sobra experiencia (pero ahora le falta).

Además, en esa misma foto aprieta a un perro salchicha que tiene los ojos saltones y mira a la cámara, delatando un cierto goce que es como difícil de explicar pero calienta. Cosa de leer sus consejos para percatarse de que está obsesionada con huevones jóvenes. Por eso la leemos. Y por eso le escribimos, yo cacho.

Lo que pasa es que incita. «Tira los cagados», como se dice. Pero por escrito, lo que es más novedoso. Con el Nacho leímos la carta que le atribuimos a mi prima Camila (que tiene trece pero es bastante potable). Ella lo niega pero todo calza demasiado bien porque un primo del Nacho estuvo en la fiesta ésa, que fue en un fundo por Pirque; ahí estaba la Camila, muy pasada, atinando demasiado con un jugador de polo argentino que se juraba lo mejor. En la carta, la Camila dice que fue «un rugbista uruguayo», pero se delata cuando cita demasiado la onda con los caballos (mi prima, por cierto, es equitadora y usa esos apretadísimos pantalones blancos) y el lugar geográfico («había unas palmeras, lo que me hizo pensar que estábamos solos en una isla...», escribió la muy puta). El asunto es que el Nacho y yo decidimos inventar otros dos casos para ver si la Márgara contestaba las cartas (donde incluía sus «consejos para la vida») o si todo eran inventos de las periodistas. Después de fumarmos unos pitos, cada uno agarró lápiz y cuaderno y nos lanzamos a escribir.

La del Nacho era obviamente la más extraña y cinematográfica: dos amigos se disputan una mina que se embaraza de no se sabe cuál de los dos, ella aborta y se mete con el hermano mayor de uno de los que la embarazaron, que es médico y la ayuda con lo del raspaje. El hermano menor se enfurece y se mete con la polola del médico, pero, al descubrir que la tipa es algo lesbiana y está tratando de seducir a la mina que abortó, se droga tanto que termina acostándose con el amigo, quien, confundido, engancha y se enamora de él; al final, el amigo principal (el del hermano médico que perdona y redime a la lesbiana) le cuenta todo a la mina, vuelve con ella y se casan apurados y terminan siendo padres de unos mellizos regordetes; el otro tipo, desesperado de celos por partida doble, se vuelve maricón (es un dependiente que no puede olvidar ni al amigo/amante ni a la mina), así que sale con unos milicos millonarios que le pagan con cocaína y ropa súper fina, pero pronto se da cuenta de que todo es un asco y se inyecta aire en el baño del Red Pub.

El Nacho la escribió como si fuera él quien terminó convertido en padre de los mellizos regordetes, y la verdad es que la carta era superentretenida pero poco creíble. Según él, todo era verdad y parte del cuento estaba basado en lo que le pasó a un compadre del Craighouse. Puede ser. Hay tanta distorsión dando vueltas que a veces ni siquiera uno sabe en la que está metido.

Mi carta, en comparación, era mucho más cartucha, pero más romántica, creo. Aunque no me la creí ni yo. Era sobre una tipa (la escribí como si yo fuera la mina) que amaba a su pololo por sobre todas las cosas (le puse Matías), pero que aún no se acostaba con él porque creía en la virginidad. Pues bien, su mejor amiga, que es algo «suelta», según sus cánones, ama a Matías. Es más, es el amor de su vida y por eso es tan suelta, anda con uno y con otro para tratar de olvidarlo (y eso que nunca lo ha tocado). La que escribe —firmé Antonia— está seriamente enrollada porque la madre de su amiga le confidencia, llorando, que Sara (la amiga, un homenaje al tema de Fleetwood Mac)

tiene cáncer y está a punto de morir, aunque no se lo
va a decir para que viva sus últimos días en la más
completa de las felicidades. La duda de Antonia (que
es católica y buena persona) es si abandonar a Matías
(que obviamente se metería con Sara) para facilitarle
el camino a su mejor amiga y permitirle que así co-
nozca el verdadero amor, antes que sea demasiado
tarde. Ésa era la pregunta, el dilema, que sólo Márgara podía responder.

Obviamente, no me contestó. Al Nacho, menos. Jamás fueron publicadas. Pero igual sigo leyendo
su columna porque es divertida y uno nunca deja de
sorprenderse o creer que tal o cual carta es de alguien
que uno ubica (la tipa sólo contesta las del barrio alto,
me he dado cuenta). Como la carta de este último número, por ejemplo: una minita que no sabe si ir o no
ir a un intercambio estudiantil. «Todos me dicen que
los americanos son muy liberales y que voy a terminar
dejando mi moral chilena de lado con tal de ser acep-
tada por mis compañeros de curso gringos, y eso me
asusta...» Debería responderla el Papelucho, pienso,
que ya no se asusta con nada. La Antonia, estoy seguro, le diría que no fuera, que se quedara acá. Ella niega leer la *19* y la sección de la Márgara, pero la lee como todos: me acuerdo de que estaba furia cuando supo de mi carta y que la había firmado «Antonia». Le
parecía, lejos, lo más vil y último que le podían hacer.
Desde entonces —me consta— lee a la Márgara, aterrada de que la carta sea publicada con atraso y que su
nombre (pero no su apellido) aparezca impreso.

—¿Aló? Buenas... ¿Estará Antonia? —pregunto mientras amarro mis yellow-boots.

—La señorita Antonia salió —me contesta la
empleada a través del teléfono. La señal es pésima.

—Ah... No llegó anoche...

—¿Cómo no iba a llegar? Salió ahora. De tiendas, creo. ¿De parte de quién?

—No, no importa... De Ricardo —miento.

—Usted llamó ayer. Le di su recado, joven.

—Gracias. ¿Habrá ido a Providencia?

—Parece que sí. Se iba a juntar con unas amigas. Pero vuelve a almorzar. Tarde, eso sí. A esa hora la puede llamar.

El reloj dice las 11:14 y le creo. Cierro la *19* y la dejo en el lugar donde la encontré. En el bar, saco una botella de Stolichnaya y trago un poco, hasta tiritar.

—¿Así que volviste alcohólico? País de mierda ese Brasil. Yo le dije a tu madre que no te dejara ir. Una prima mía se arrancó de los upelientos y se fue para allá. Terminó bailando pilucha en un bar, mostrándoles las tetas a esos negros degenerados.

Es la Carmen: fea, esquiza y arbitraria como siempre.

—Espero que tu prima no tenga tu pinta.

—Déjame trabajar, será mejor. Hay invitados a almorzar. Viene esa loca de la Loreto. Esto ya parece restorán. Estoy más choreada, por la puta. ¿Vas a quedarte a almorzar o vas a salir?

—Voy a salir. Pero vuelvo. Supongo. ¿Y dónde está todo el mundo?

—Yo estaba comprando mariscos en ese boliche de la otra cuadra. Tu madre y tus hermanas están en el Jumbo y en la peluquería. Depilándose, las perlas. Como les sobra la plata... Don Esteban, en una reunión en el Country: no viene a almorzar.

—Fue a jugar golf, ¿no?

—¿Quién soy yo? ¿Kojak? No tengo idea. Llevó sus palos, eso sí.

—Da lo mismo. Chao. Anótame bien los recados. Y aprende a escribir.

—Ándate a la mierda, será mejor.

Providencia con Lyon, Paseo Las Palmas, el epicentro
mismo, está repletísimo, como tiene que ser. Es uno
de los pocos lugares que salvan. Puros edificios nuevos
y locos y cantidad de gente conocida comprando ropa
o dando vueltas.

El sol cae sin problemas, tranquilo y sin rollos.
Entro a una óptica supermoderna. Hay varios afiches
de un muy bronceado Julio Iglesias con anteojos, san-
cochándose junto al mar. La mina que atiende anda
con una de esas horribles chombas peludas que ha
puesto de moda la Gina Zuanic en la tele. Le pido que
me muestre unos Ray-Ban. Me gustan. Ella me dice
que me quedan bien. Como aún ando con plata, los
compro. Igual están caros. Después le voy a tener que
pedir a mi viejo que me reponga el billete. Cero problema. Supongo.

Camino hasta la cancha de patinaje en el hielo pero hay puros pendejos, minas como de la onda de
la Camila, luciendo minifaldas superchicas para seducir a huevones más grandes. Decido virarme: camino
hasta los Dos Caracoles, tomo el ascensor que nadie
usa y subo hasta la punta del primero; decido bajar mirando cada boutique. Ando con la idea de que estoy
cerca de ella: no rechazo ninguna posibilidad mate-
mática. Pero no está. Sigo. Camino dos cuadras.

El Pumper Nic está lleno, como todos los sá-
bados. El aroma a papas fritas, a grasa, me penetra. Me

gusta. Es el olor de Estados Unidos, pienso. Olor a progreso. Me acuerdo del Paz, me acuerdo de Orlando y Disneyworld, de Miami, del McDonald's y el Burger King y el Kentucky Fried Chicken y el Carl's Jr. y el Jack in the Box. El Pumper Nic —el nombre me parece patético, demasiado tercermundista— no está tan mal pero es una mala copia, eso está claro. No es auténtico.

Lo único verdadero allí es la Antonia, que está parada en la entrada que da al Drugstore. Sola.

—Antonia... Te andaba buscando —le digo.

—Estoy esperando a la Flavia Montessori. Se supone que iba a llegar hace media hora. Para mí que me dejó plantada. Quizás se acostó muy tarde.

—Fue a la fiesta de Cox. La vi con la Pelusa Echegoyen. Yo después me viré. El Chico Sobarzo casi corrió por la Kennedy.

—Qué constructivo...

—¿Y tú qué hiciste anoche?

—Fui al cine. Fuimos con Gonzalo.

—Ah... ¿Qué viste?

—*Castillos de hielo,* nada especial. Ésa de la patinadora ciega —añade como ida—. Una campeona de patinaje en el hielo que... Bueno, me iba yendo. Da lo mismo... Quiero ver si encuentro unos pantalones. Además, le prometí a la mamá no llegar demasiado tarde a almorzar...

Después, con esos ojos suyos, me dice:

—¿Me acompañas, Matías?

Yo caigo redondo, no creyéndome la sorpresa.

—Claro. Vamos. Adonde quieras.

—Por aquí cerca, tonto. No te pases películas.

—Ya me las he pasado. Pero no te preocupes: estoy acostumbrado.

Me gusta caminar con la Antonia, es un hábito que practico poco, pero me podría acostumbrar. Sería perfecto: caminar y caminar con ella, agarrar el mismo paso y marchar juntos, como esa vez que fueron los pacos al colegio y nos obligaron a marchar y saludar a la bandera y a cuadrarnos y a aprendernos de memoria la canción *Orden y patria*. A la Antonia, que siempre ha sido alta y perfecta, le dieron un par de guantes blancos que la hacían parecer una actriz de cine antiguo, me acuerdo. A ella le tocó liderar a las patrulleras escolares alrededor de la cancha de fútbol; era tarde, el sol estaba bajo y la luz era de un color parecido a mi estado de ánimo. En ese instante, con la brisa vagando por ahí y su pelo no muy largo reflejando el brillo de sus ojos, supe que ella era lo que yo deseaba, lo que deseaba pero nunca iba a alcanzar porque chicas como la Antonia no se fijan en tipos como yo. Definitivamente.

O quizás sí. Es difícil saberlo. Uno no puede andar analizándolo todo ni menos expresando lo que siente, porque no hay onda más mala que decir «bueno, tú sabes que te amo», y que ella te diga «sí, yo te quiero mucho, pero como amigo».

Qué horror.

Definitivamente: yo antes no era así.

—¿Qué piensas comprarte? —le digo.

—Pantalones, creo. Vamos a FU's.

Es obvio que algo le atraigo. Pero también le repelo. Y viceversa. Por eso somos el uno para el otro y por eso no pasa nada. Odio casi todo lo que hace, detesto cómo piensa, me deprimen su moral y su familia, me saca de quicio su cartuchismo, me fascina cómo le cae la ropa, me calienta su inteligencia. Y eso de que se niegue a cambiar de punto de vista, a aceptar que yo quizás tenga algo de razón. Su voz me deja gateando, lo reconozco, y su sonrisa, cuando está enojada, me trae los mejores recuerdos. Es mucho mayor de lo parece y sé que si nos casáramos, por ejemplo, jamás me abandonaría ni me sería infiel, tan sólo dejaría de hablarme, de celebrar mis estupideces, me borraría de su mente y listo. No es tímida, sino demasiado segura de sí misma como para andar publicándolo. Su orgullo y su ego son tales que jamás va a reconocer su necesidad de afecto. O que echa de menos cualquier cosa. O que no se la puede sola.

—¿Cómo me quedan?

—¿Cómo crees? —le digo—. No soy el más objetivo.

—No me jodas, ¿ya? ¿Están bien o muy apretados? Dime.

—Están perfectos. En serio.

—Bueno. Te creo.

Cierra las cortinas y yo miro hacia General Holley. Miro las rubias pasar, cargando sus bolsas, lamiendo esos helados de máquina que ahora todo el mundo lame. Las cortinas no cierran del todo y alcanzo a verle algo de piel, una pierna; sabe que la estoy observando pero no parece importarle, hasta diría que le gusta. Eso es típico en ella: sí y no, recibir pero no dar, transformar todo —besos, miradas, regalos, confesiones, toqueteos— en accidentes, en casualidades que no merecen mayor análisis.

—No se lo cuentes a nadie —me susurró una vez, después de darnos nuestro mejor beso, en la cocina de su casa, mientras preparábamos el té y yo molía una palta.

«Actitudes extremadamente chilenas», diría la Cassia. En la playa, en Rio, le expliqué mi relación con la Antonia. Ella me cagó diciéndome que, primero que nada, no era una relación y que, dos, la tipa era demasiado chilena, y que se podía imaginar cómo funcionaba todo por aquí. Pero es fácil mirarlo todo desde afuera. La Cassia no sabe ni entiende ni cacha que no todo puede ser suelto y relajado y «hola, cómo te llamas» y acostémonos y todo sin rollo, cada uno hace lo que quiere y punto. Eso es allá, no acá. No en General Holley, no en Vitacura, no en el Área Metropolitana, creo. No es que aquí no pase nada. A veces pasa demasiado. Pero no se nota. No sirve. Agota.

—Te apuesto a que te da lata volver a clases —me dice mientras esperamos su micro en la esquina de Los Leones.

—Algo. Igual no creo que haya muchas, porque a partir del miércoles tenemos vacaciones de nuevo. Son tres días y te apuesto a que suspenden también las del martes por toda la cuestión política. Los del NO van a salir a hinchar.

—Deberían balearlos a todos para que dejen de molestar. Yo lo único que quiero es que el plebiscito pase pronto, porque de ahí nos vamos a ir directo a Vichuquén.

—¿Vas a pasar el Dieciocho allá?

—Sí.

—Tú siempre te pierdes las cosas más entretenidas.

—¿Pasar el Dieciocho en Santiago te parece entretenido?

—Da lo mismo. No lo entenderías. Era sólo un plan. Ahí viene tu micro.

—¿Qué vas a hacer en la tarde?

—Vegetar, creo.

—Hagamos algo. Podríamos dar una vuelta en bicicleta. ¿Te parece?

—Seguro.

—Ándate en bici a la casa, entonces.

—¿Estoy obligado?

—¿Qué crees?

Aún es temprano para volver a casa. Entro a Circus a mirar discos, revisar el listado de la *Billboard,* que cada día me obsesiona más. McClure aparece por detrás. No hay forma de hacerme el tonto, no puedo escapar. Asumo.

—Hola, huevón, ¿qué tal? Mi vieja me dijo que pasaste anoche por la casa.

Por los parlantes suena *Little Jeannie* de Elton John. El tema es horrible y el compadre que atiende no debería ni tocarlo, pero la canción está en el número cinco, así que lo mejor es ir acostumbrándose. Miro a McClure: se viste como estudiante de ingeniería. Pero no se ve tan mal.

—Verdad. Pasé por ahí. Estaba un poco pasado. Espero que tu mamá no se haya dado cuenta.

—Jamás. No cacha ni una. Además, te ama.

—Sabia elección —le respondo, no sé por qué.

El compadre que atiende (polera negra con las caras de los Kiss estampadas) saca el disco y lo guarda. Yo lo miro y le sonrío irónicamente. Eso lo desconcierta un poco: se da cuenta de que alguien que usa ese tipo de poleras no puede tocar —ni en broma— a Elton John. Levemente urgido, pone en la tornamesa el nuevo álbum de Billy Joel, que no es tan malo pero tampoco es lo que corresponde como música de fondo a un encuentro como éste.

—¿Y en qué andas? —le pregunto a McClure.

—Parando el dedo. De repente compro algo. Cambié los cruzeiros que me sobraron, así que ando cargado.

Revisamos los discos a la venta. Importados, obviamente. *Empty Glass* de Pete Townshend me cautiva (arribismo intelectual producto de leer *Rolling Stone* a horas indebidas, me doy cuenta). También está *Duke*, de Genesis, pero tendría que escucharlo porque sin el Peter Gabriel el grupo ya no es lo mismo. McClure, que está obsesionado con la moda a pesar de su conservadurismo, analiza en detalle *Eat to the Beat* de Blondie y también *In the Heat of the Night* de la Pat Benatar (lo que es un avance, ya que por lo menos las dos son rockeras y están más que tirables, en especial la Deborah Harry).

Pero lo que a ambos realmente nos atrae es *The Blues Brothers*, porque canta el mismísimo John Belushi. McClure y Lerner y Nacho y el Papelucho somos quizás los únicos en Chile que vimos *Los hermanos caradura* en el cine Metro, porque la película duró apenas tres días. Estábamos muy volados cuando la vimos y el disco es como un símbolo, porque Belushi es genial y, como afirma el Alejandro Paz, *Colegio de animales* es un clásico indiscutible, aunque a mí sólo me pareció para cagarse de la risa y un reflejo de lo que a nosotros nos gustaría vivir, no más.

De repente, en medio de Belushi y Electric Light Orchestra, me percato de que estoy bastante en buena con McClure y que no es tan, tan despreciable como yo quiero que sea. Es más: cualquiera que nos viera diría que somos lo yunta. Y no estarían tan errados, creo.

Es más que simpático, es como fácil estar con él (mil veces más que juntarse con el Nacho, eso está claro). Como que no molesta a nadie. Excepto a mí, obvio. De ahí la contradicción de sábado por la mañana. Antes éramos más amigos, íbamos al cine, nos intercambiábamos resúmenes de Ciencias Sociales o fórmulas de Química, nos dejábamos caer de paracaidistas en las fiestas. Eso fue antes de lo de la Antonia, claro. O mejor dicho, desde que la Antonia se fijó en él, porque Gonzalo —como todo el mundo— se había fijado siempre en la Antonia. El tipo es humano, no es su culpa. Pero eso no lo redime. Lo odio igual y algún día tendrá que pagar. Dudo que se acuesten, eso sí. Eso está más que claro y es un gran alivio, lo reconozco. Tampoco enganchan en esto de los discos. Ella anda con él para sacarme celos, concluyo.

—¿Los compro o no? —me interrumpe.

—Si tienes la plata, seguro.

Decide llevar *The Blues Brothers*, la banda sonora de *Gigoló americano* (incluye *Call Me*) e *In Through the Out Door*, ya que aspira a tener todos los discos de Led Zeppelin, opción que me parece más que válida. Viendo todos esos discos brillantes bajo sus envoltorios de celofán, reconozco un cierto estado de ansiedad —¿o de enojo?— y decido llevarme algo para no ser menos. Sin pensarlo dos veces, compro el de Christopher Cross para la Antonia (a McClure le digo que es para mi hermana) y *Breakfast in America*. El Nacho una vez me dijo que era el mejor título de la historia y que Supertramp nunca iba a poder superar un álbum como ése. También compro la otra copia que queda de *The Blues Brothers* como parche-antes-de-la-herida: si McClure sique viendo a la Antonia (y todo indica que quizás sea así), dudo con toda el alma que me invite a su casa a escucharlo.

Salimos de Circus. A cada segundo hace más calor y el ánimo es como de Fiesta de la Primavera, antes de que la suspendieran porque a todo el mundo le daba por tirarse huevos y bolsas de agua con harina.

—Tengo que cortarme el pelo —me dice Mc-Clure—. ¿Me acompañas?

Acepto y decido incluso cortarme el pelo de nuevo, porque el corte surfista no es para el colegio y no quiero que la inspectora me amoneste. Nos vamos caminando rumbo a Yamil. Tranquilos, cero apuro. Cruzamos entre las cientos de minas apostadas frente al Drugstore y al Pumper, pero yo estoy en otra:

—¿Qué hiciste anoche? —le pregunto en la más inocente.

—Fui al cine. Una película muy mala. Y cartucha. Sobre una campeona de patinaje en el hielo que queda ciega pero igual sale adelante. Copia exacta de *Una ventana al cielo.*

—¿Fuiste solo?

—No, con una mina. A ella, por supuesto, le encantó. Hasta lloró al final.

No sé si seguir explorando el tema. Hasta el momento está diciendo la más pura y santa verdad. Falta el nombre no más. La pregunta que debería venir a continuación es «¿qué mina?» o «¿la conozco?».

—Me cargan las minas que lloran con las películas hechas para llorar —le digo.

Miro al suelo y sus zapatillas Adidas, y pienso que sería muy riesgoso e incómodo obligarlo a mentir. Y que sería aun más bomb si se confesara y me dijera algo así como: «Sí, fui con la Antonia y atracamos de lo lindo y está tan rica, y creo que estamos superbién. Hasta me dejó tocarle una teta antes de bajarse del auto». Prefiero ni saberlo. Pero el silencio —la curiosidad— me está matando.

Él se larga a hablar:

—Me acuerdo que una vez llevé a una tipa a ver una de policías y el malo, un actor que nadie conoce, le recordó a un ex pololo que se fue a vivir a Australia, y me acuerdo que la mina lloraba y lloraba cada vez que aparecía el actor en pantalla. Fue una verdadera tragedia. Salió con la nariz congestionada. Para nunca más.

—Es rara esta cuestión de llorar —le respondo—. Una noche estábamos con la Antonia en su casa viendo en la tele esa película *Ella vivirá,* que tiene música de Jim Croce, y fue bien embarazoso, me acuerdo, porque yo me puse a llorar antes que terminara y ella me pilló y yo traté de hacerme el duro pero ella también estaba llorando y, no sé, fue como buena onda, como que me tocó. Creo que nos unió. Incluso ella me confesó que cada vez que escucha *El tiempo en la botella* se acuerda de mí. A pesar de todo.

La anécdota, por cierto, es mentira. Y funciona. McClure está pálido, cortado. Entre muerto de celos y de enojo. Es obvio que oculta algo y su crianza católica le pesa. Cientos de personas pasan junto a nosotros, y seguro él debe sentir que casi todos se dicen a sí mismos: «Eso es lo que se llama un tipo mentiroso». Pero no es sólo eso: son celos de la peor calaña, porque McClure tiene más que claro que, si bien ha habido poco entre la Antonia y yo, la cuestión ha sido profunda. Más profunda de lo que él jamas va a lograr. Y casi le digo que hoy voy a ir a andar en bicicleta con ella, pero me parece una mala táctica.

Seguimos caminando: estamos por llegar a las Torres de Tajamar. Nadie habla. En todo caso, pienso, es verdad que lloré viendo *Ella vivirá,* así que la mentira no es tan grave.

Yamil, por supuesto, está lleno, pero una minoca que más parece puta que asistente nos dice que
en veinte minutos. Nos sentamos y nos sirven un es-
presso a cada uno y nos dan el *Penthouse* a McClure y a
mí el *Hustler*. Hojeo la revista un rato y me quedo pegado en un reportaje de una madre comiéndose a su hija
en posición 69. Ambas son rubias, están llenas de aceite y tienen las vaginas rosaditas. Después la minoca me
llama y me sienta y me coquetea y comienza a lavarme
el pelo, a masajearme como si estuviéramos en un sauna. Tanto masaje me calienta un poco. McClure está al
lado mío, lleno de espuma. Sigue mudo. Distante.

Después la minoca me seca un poco el pelo y
me pasa una *Oui*.

—Ya, amigo —me dice uno de los peluque-
ros—. ¿Cómo te lo corto?

La pregunta me pilla desprevenido. Casi le digo «rápame». Cuando uno anda mal, hace bien cortarse el pelo. Mejora el ego. O lo arruina, si uno no queda conforme. McClure sigue picado, ni escucha.

—No me queda del todo claro. Algo así como... como John Belushi en *Los hermanos caradura*.

McClure me mira.

Y se ríe.

Mi tía Loreto les quita la cáscara a los camarones como
seguro les saca el preservativo a todos los tipos con
que se ha metido. Esto es una especulación de mi parte, pero estoy seguro de que es verídica. Absolutamente. La pobre es medio puta, pero ahí esta su gracia, supongo.

—Odio a la gente que confunde los camarones con los langostinos —parte—. O los langostinos con las gambas. Son tres cosas distintas. Los camarones son lo que los gringos llaman *prawns*, ¿no?

—Sí, Loreto —le responde mi madre, que algo sabe de mariscos—. *Fried prawns*. Con salsa agridulce. La muerte. ¿Tú sabías que la mejor comida china del mundo no se come en Pekín sino en Londres?

—Yo pensaba que era en San Francisco, fíjate.

Mi tía Loreto ha viajado. Pasa arriba de los aviones. También ha vivido afuera. Se arrancó de Allende. Lo cuenta como anécdota porque en realidad es algo embarazoso. Ella y el tío Sandro y la Judith, su hija, que ahora estudia Biología Marina en Iquique porque odia a su madre, abandonaron Chile el 11 de agosto del 73. Aún no había llegado el barco al puerto de Los Angeles cuando bombardearon La Moneda. Su diáspora, como dice ella, duró un mes. Pero tuvieron que quedarse algún tiempo. Como dos años. La Judith aprendió a hablar como toda una Valley Girl. Después regresaron con BMW, refrigerador de dos puertas, con esa cuestión para el hielo, varios televisores en color, etcétera. Internaron todo sin pagar derechos. Aprovecharon una ley, una ley de Pinochet para incentivar que volvieran al país todos los que se fugaron del terror rojo. Mi padre siempre criticó esa ley. «Claro, premian a los cobardes que se arrancaron y a los que nos quedamos peleando con los comunistas ni siquiera nos dan las gracias», opinaba. Pero yo creo que no era una cuestión ideológica sino de envidia: de la envidia que siente por ese BMW azul-cobalto que se trajo el tío Sandro.

—¿Y cómo está la Judith? —le pregunta mi hermana Francisca a la tía Loreto mientras unta otro camarón con esa salsa golf que preparó la Carmen.

—Atroz. No viene nunca a Santiago y anda con una melena que le llega hasta aquí. Ahora le dio por practicar el surf. Después de estudiar quiere partir de vuelta a California.

Me acuerdo del Papelucho. Debería conocer a la Judith. Serían tal para cual. Por lo general, la estupidez y los pelambres de la tía Loreto me entretienen. Pero mirándola bien, a la luz del sol que entra cruel y calurosa por los ventanales, rebotando en la ensaladera y los cubiertos de plata, se ve más vieja. Ajada, incluso. No está perfectamente maquillada y ya no luce su característico bronceado andino. No se ve sexy. Anda sin escote, debajo de la falda tiene un rollo de grasa y sus brazos pecosos parecen más blandos. Un año atrás no podía sentarme cerca de ella sin calentarme. Y no porque fuera fabulosa: más bien porque lo provocaba. Ya no. Algo la ha abollado. Pero no es el divorcio. Eso fue hace tiempo. Es otra cosa.

Para mis padres el caso Sandro Giulianni-Loreto Cohn no es un asunto fácil de manejar. Él es socio de mi padre y la tía Loreto es íntima de mi madre. Así que o viene uno o viene el otro, porque ambos no se toleran. Una vez se toparon y el escándalo fue grande. Para nunca más. La tía Loreto no le habló a mi madre en meses. Su tesis tenía cierta lógica: no podía ser amiga de alguien que era, a su vez, amiga de un ser que ella detestaba. Segun la tía, eso indicaba no sólo hipocresía sino falta de carácter. «No me interesa juntarme con alguien que se entretiene y confía en un tipo de la calaña de Sandro», le dijo a la entrada del ascensor justo antes de abandonar, hecha una furia, el cumpleaños de mi padre. La tía Loreto había llegado a la fiesta y el tío Sandro estaba con una feroz rubia.

—Bien rica tu ensalada, Rosario —continúa la tía Loreto—. Me tienes que dar la receta, mira que ahora me ha dado por comer sólo verduras y cosas que no engordan. Estuve metida con la Scarsdale, pero me aburrió. Espero que el plato de fondo no tenga muchas calorías. De un tiempo a esta parte, te digo, las únicas calorías que tolero son las del vodka. Y el gin.

Ya no se entrega del todo, la tía Loreto. Perdió su antiguo sentido del humor. Ahora se guarda las cosas, pienso. Antes no hablaba, expulsaba. Era una cosa compulsiva. Siempre he sido bueno para escuchar a través de las paredes y mi conclusión es que mi madre ya no es tan amiga suya. Me molesta un resto la relación entre ambas. Mi madre dice apoyarla porque la entretiene, pero igual la critica bastante. Detesta su forma de vida: eso de ir de amante en amante, de meterse con quien sea. Y es cierto: la tía Loreto se vende por un trago en el Red Pub o La Rosa Negra. Vive metida en el Regine's. El tipo que más le ha durado fue un mendocino medio proleta pero pintoso, quince años menor que ella. Usaba chaqueta de jeans sin polera y se juraba lo máximo. La caficheó todo un verano. Pero por lo general sus conquistas no pasan más allá del desayuno.

—Matías, querido, disculpa lo curiosa, pero, ¿eso no es lo que se llama un chupón, el que tienes en el antebrazo?

Acuso el golpe y me sobresalto. Huevón. Me tapo la marca aludida con la mano y, en la fracción de un segundo, desenrollo la manga de mi camisa.

—Fue un golpe no más —miento.

Nadie me cree. Probablemente estoy rojo. Urgido. Recuerdo de la Cassia, me doy cuenta. Pero me callo.

—¿Estás seguro, Matías? —insiste la tía Loreto, que al parecer no estaba tan interesada en los camarones después de todo—. Muéstramelo más de cerca, mira que yo he visto algunos de éstos en mi vida.

La Francisca murmura algo a la oreja de la Bea y ésta se ríe.

—No, si es un topón. Choqué con la puerta de un auto. Te juro, tía.

—Mira que hay que tener cuidado con estas cosas —continúa la tía Loreto en la más desubicada—. Está bien la pasión pero nunca tanto, no sé si me explico. En especial en una mujer. Estas cosas no desaparecen así como así. Tampoco las mordidas o las clavadas de uñas.

Mi madre no ha hablado pero noto que le incomoda el tema:

—Si Matías dice que no es un chupón, no lo es. Ya basta, Loreto. No lo martirices. Además, él nunca habla nada de nada. Todo lo oculta. Quién sabe dónde se hizo eso porque, que yo sepa, no está pololeando con nadie. Prefiero ni saber dónde ha estado este niño. Además, tú sabes, él me ignora por completo. A estas alturas, podría ser abuela y ni siquiera lo sabría.

Después le hace una señal a la Carmen, que estaba espiando, para que levante los platos. Mi madre habla de mí como si no estuviera presente, pienso. La Francisca, que anda todavía con el buzo de gimnasia, juega con las migas del pan. La Bea sigue cagada de la risa.

—Son todos así, Rosario. Es la edad. La Judith es igual. Y la pobre sí que me ha salido suelta. La sangre italiana de su padre. Napolitana, para más remate.

Esto de hablar mal de terceros reactiva a la tía, que se agarra el pelo e intenta hacerse un moño mientras conversa. Sus manos son largas, pecosas, pero sus uñas nada tienen que ver con su personalidad. Son como las de una enfermera, veo. Pálidas, con algo de brillo, sin color. Con la servilleta, seca sus labios. Ésos sí que destacan:

—Olvídate las peleas que hemos tenido con esta niñita —continúa—. Lo que más me da rabia es que es una rebeldía por las puras, porque lo que yo le proponía era simplemente tomar la píldora y que se acabara el cuento. Pero no, tiene que alegar: que es poco natural, que igual es una forma de aborto y otras estupideces por el estilo. Yo, que de cartucha no tengo nada, le dije: «Mira, Judith, prefiero un miniaborto celular que tener que internarte en una clínica y pedirle el favor a algún médico conocido. Eso es mucho peor, te digo. Eso sí que es un trauma. Y te lo digo por experiencia. Así que si vas a estar de cacería, preferible que andes con escopeta». Hasta el día de hoy, no sé si me ha hecho caso.

Miro a la Francisca y está pálida. Se produce un momento de silencio que sólo se quiebra con el ruido de la puerta y el ingreso al comedor de la Carmen, con la bandeja repleta de bifes con espinacas y zanahorias.

—Por suerte, en mi caso Matías es hombre. Así que, por mucho que meta las patas, a fin de cuentas no es problema mío.

—Sí, de acuerdo, Rosario, pero... ¿y las niñitas?

La tía Loreto es mucho más viva de lo que quiere hacernos creer. Y sabe mucho más de lo que debería. O lo intuye. O será que todo es tan obvio. Cuando se trata de temas de moral, gana siempre. Sus escándalos son públicos: nadie la puede criticar más. Eso le otorga una coraza. Y le permite disparar desde un púlpito. Si tiene una misión en la vida, es desenmascarar la verdad tal cual es.

—Es una cuestión de educación, no más —le responde mi madre, algo ofendida.

—¿Tú crees?

La Francisca está notoriamente incómoda. Yo también. La Bea, por suerte, se limita a escuchar en la más morbosa. Miro a mi madre, me fijo en sus aros, pero ella me rehúye. Respiro hondo y me preparo para su respuesta. Diga lo que diga, no me va a sorprender:

—Estoy segura. Es una cuestión de confianza, nada más. A mis hijas eso jamás les podría ocurrir.

Sin querer, noto que mis ojos están clavados en la Francisca. Trato de enfocar a la Bea.

—No hay que escupir al cielo, querida.

Miro las espinacas. Nadie las ha probado. Quiero retirarme, decir «se me quitó el apetito», encerrarme en mi pieza. De verdad no tengo hambre. Sólo quiero irme, salir de allí.

—Es verdad, tía —interrumpe la Francisca—. Es sólo una cuestión de confianza.

Ahora miro a la Francisca. La miro fijo. No puedo creerlo.

—Claro —le digo—. Es una cuestión de confianza. De confianza y nada más.

Me acerco a la orilla y miro hacia abajo. Ahí está todo Santiago: mi barrio, lleno de árboles y edificios blancos, con balcones y ventanales, el Club de Golf Los Leones, con sus trampas de arena, esa cicatriz que es la Avenida Kennedy, el hipermercado Jumbo, el cerro Calán y su observatorio plateado, la cordillera que termina abrupta y seca allá por donde vive Cox.

—¿Seguimos?

—Bueno, ya —le respondo. Si de mí dependiera, no le diría nada, después de lo que sucedió.

Estamos en la cima del San Cristóbal, la Antonia y yo. En realidad, no estamos; ella está, yo no. O quizás es al revés: el que estoy acá arriba soy yo y ella es la que está en otra parte. Da lo mismo. A mí, al menos, me da lo mismo.

Ahora vamos bajando, pero sin echar carreras. Ya no. Competencias de autoconfianza no son precisamente lo que necesito. Ella anda en su Torrot roja y yo en mi Benotto siempre-fiel. Ella con unos calcetines largos, con bizcochos, que se ha puesto sobre los jeans celestes para protegerlos de la grasa de la cadena. Yo ando con un short. Me lo puse creyendo que hacía calor, pero a pesar del sol igual tengo un poco de frío. Estoy helado, más bien. Y triste. En esta parte del cerro el viento parece sureño: húmedo, frío, aromático. Es un auténtico bosque. Me gusta estar acá porque los árboles tapan la vista y si uno se concentra hasta podría creer que está en Caburga, o en Ensenada, o a un costado del lago Esmeralda. Pero para eso hay que estar concentrado. Y yo no lo estoy.

O quizás lo estoy demasiado. Pero concentrado en otra cosa. En ella. Ella ocupa toda mi mente. Ocupa mi mente en mala. A veces la detesto. Ojalá no me ocurriera, pero no lo puedo evitar.

Hace una hora —¿cuarenta minutos?— llegamos algo sudados, pero con ganas, hasta la piscina Tupahue. Fue una pedaleada rica, entretenida. Partimos de su casa, cruzamos el río y subimos por La Pirámide. En la piscina, volteamos las bicicletas, apoyándolas en el asiento y el manubrio. Después nos tendimos un rato en la ladera donde está esa especie de torreón español, junto a la Enoteca, que se supone es un museo o algo así. Nos recostamos en el pasto un poco mojado, como todos los pastos de Chile, a tomar algo de sol. Mientras yo absorbía los rayos (debilísimos, comparados con los de Ipanema), la Antonia jugueteaba con la rueda delantera de su media-pista. Con una mano la impulsaba y con la otra sujetaba un yuyo bastante grande y amarillento, sometiéndolo a la tortura de los rayos, que caían como guillotinas sobre él. Yo me estiré varias veces y puse cara de sueño, o de un tipo sexy, y me levanté la polera para jugar con los pelitos que parten de mi ombligo y bajan, pero ella no acusó recibo. Era como en esas películas italianas sobre tipos que quieren perder la virginidad pero no saben cómo calentar a la mina.

Pero calentar era una meta muy grande. Lo que yo quería era un mínimo de atención, quizás algo de romanticismo, o eso que ahora denominan intimidad. Ella sólo jugueteaba con su rueda y su yuyo. Hasta diría que en su cara había un resto de lata. Lisa y llanamente. Aburrimiento puro. O quizás no era eso. Quizás se había olvidado de que estaba a su lado y ni el rosa-fosforescente de mis shorts era capaz de desviar su atención. Está pensando en McClure, concluí. O en alguien. O en sí misma. Desde que salimos de su casa, casi no ha hablado, recordé. O había hablado ese tipo de cosas que es preferible no hablar: «¿Doblamos en ésta o en la otra?»; «hace calor, ya va a llegar el verano»; «acuérdame, a la vuelta, de echarles aceite a los piñones».

Allí en esa ladera pensé en estas cosas. Y otras por el estilo. Estar a su lado (que creo es, justamente, donde deseo estar) equivale a estar aun más solo. Nueve de cada diez veces, nuestra comunicación se va a pique. Y estar con alguien y no hablar es mucho más notorio y molesto que estar solo y callado. Cuando estoy con ella, sólo pienso en mí, en mis carencias, en todo lo que es malo y me deprime. Es tal el vacío que me deja solo, sin chance. Aislado. En la bomb. Y es una sensación muy desagradable, porque me hace sentir poca cosa. Siento que se aburre conmigo. Que le falta algo. Que no le basto. Por eso su mente escapa, se aleja de mí. Me gustaría que fuera al revés: que fuese ella la que se siente no tomada en cuenta, dejada de lado, y pensara que no es ella lo que realmente deseo y le viniera un ataque de celos. Pero no me resulta. Eso es una prerrogativa (palabra de la Luisa) de aquéllos que no están enganchados. El que está enamorado —o agarrado— no puede opinar demasiado, tan sólo cruzar los dedos y esperar lo mejor. Esperar, por ejemplo, que alguien como la Antonia lo tome a uno en cuenta, le dé esa mínima cuota de atención necesaria para mantener la obsesión viva. Como aceptar salir a andar en bicicleta con uno y después no hablar.

—Me fumaría un pito —creo que dije en algún momento.

Fue un deseo espontáneo. Uno de esos momentos en que el pensamiento parte desde el cerebro a la boca sin pasar por ese filtro que uno lleva dentro y que tantas veces lo ha protegido. Llevábamos un buen rato ahí en silencio, al sol, yo consumiéndome en pensamientos mala onda y un leve, pero muy real, anhelo de querer aprovechar ese momento, de tocarle el antebrazo, de morderle aunque fuera un poco uno de sus lóbulos sin aro. Quizás por eso quería un pito, un pito decente, *maconha do Amazonas,* no cáñamo ni semillas de San Felipe. Un pito que me relajara, que me cambiara la frecuencia, que me permitiera acercarme a ella sin tener que pensarlo dos veces.

—Me fumaría un buen pito —agregué—. Como los de Rio. Sería rico, ¿no?

La rueda dejó de girar y el yuyo quedó atrapado entre los rayos. Un poco más abajo, un tipo barría la parte más honda de la piscina vacía. La Antonia me miró con esos ojos que tiene y, antes de que dijera nada, ya sabía que había errado. Pero no sabía cuánto.

—Eres la persona más egocéntrica que he conocido en mi vida.

Punto. Así de rápido, así de gratuito.

Yo cerré los ojos por un segundo, para tratar de absorber el golpe lo más privadamente posible, pero pronto me di cuenta de que era inútil, porque no era enojo lo que deseaba ocultar sino dolor y eso cuesta mucho más.

—No me lo dices como una virtud de la cual deba estar orgulloso, ¿no?

—Quién sabe, Matías. Hay cierto tipo de gente que lo único que desea en la vida es llegar a ser como tú.

—Me cargan estas conversaciones.

—Y quién está conversando. Es sólo una opinión.

—Claro.

Es raro esto. Todo se me nubló tan rápido que pensé que estaba lloviendo. Sentí que ya no necesitaba este tipo de cosas. No le venían a mi personalidad. O, mejor aun, que simplemente me negaba a enganchar en relaciones así. Estaba por sobre esta clase de ataques. Si era egocéntrico, lo era a mucha honra. Prefiero ser egocéntrico, autosuficiente, equidistante, da lo mismo. Cualquier cosa, pero no ser como ella. Nadie me entiende, ésa fue la conclusión. Así y todo, quién era ella para andar opinando de lo que no le importa.

—Es más, Matías. Egocéntrico y desubicado. Sólo piensas en ti. En ti y en tus drogas y en llamar la atención y ser el número uno y no perderte una ni quedarte fuera de lo que sea que esté de moda. Tu vanidad me aplasta. Tú crees que no te conozco. O crees que voy a andar haciéndote caso y fumar marihuana sólo para complacerte, para que después vayas y les cuentes a todos que me corrompiste. Te equivocas, huevón. Estás a años luz de lograr algo así.

—Era sólo una idea. Ni siquiera tengo pitos. Y ni siquiera había pensando en convidarte.

—Típico de ti, ¿viste? Si hasta lo confiesas.

—Mira, Antonia, nada personal, pero este tipo de cuestiones me aburre. Si fuéramos pololos, lo entendería. Si estuviéramos casados, como mis padres, hasta sería necesario para evitar crímenes mayores. Pero esto sí es lo que yo llamo desubicación. O sea, ni siquiera estamos enamorados...

—Quién sabe...

Eso me mató, pero no se lo creí.

—Lo dudo —le dije.

—Ya basta... Si no te has dado cuenta de que estás enamorado de mí, entonces no sé quién lo va a hacer por ti. Tu egocentrismo no tiene límites, veo.

—Hey, calma. No tienes por qué entrar en la dura.

—¿Viste? Ni siquiera te diste el trabajo de escuchar o preguntarme qué sentía yo.

—No, si eso está claro —le dije.

—Nunca se puede apostar por nadie.

Hubo otro intermedio de silencio. Ella no se atrevió a mover la rueda. Aún conservaba su belleza, pero se veía detestable. Y quizás era verdad: yo le gustaba. O me amaba. Pero su propio egocentrismo me convertía a mí en un niño de pecho. Ella sí que no cedía. Y si había una gran diferencia entre ambos, era que yo no le hacía daño. No intencionalmente, al menos. Nunca le tiraba mierda ni la usaba como punching ball.

Me acordé del entierro del Óscar Sobarzo. Mi madre me prestó su auto y pasé a buscar a la Antonia

a su casa. Andaba con un abrigo azul, largo, de hombre. Para variar, casi no habló, tan sólo comentó lo espantoso que era saber que uno iba a ser enterrado a
pocas cuadras de un barrio tan horroroso como Reco-
leta. «La pura idea me da escalofríos», dijo.

A la vuelta del sepelio, en medio de una niebla heladísima y negra, me sentí lo suficientemente en
confianza para soltar una opinión bastante personal:

—Pensar que murió sin alcanzar a ser alguien
en la vida.

—Como si tú fueras mucho —me acuerdo
perfectamente que me respondió ella, sin siquiera desviar los ojos del auto del Lerner, que iba más adelante.

Absorto, la fui a dejar y no le hablé en varias
semanas. Después manejé hasta la esquina de su calle y
ahí me puse a llorar. Un poco, pero me puse a llorar.
De ahí me fui a la casa del Julián Longhi, donde
habíamos quedado de juntarnos todos los del curso.
Allí me topé con el Nacho, que se fijó en mis ojos y me
preguntó si estaba muy mal. «No», mentí, «sólo con pena. No tanto por el Óscar, sino por mí. Mientras lo me-
tían en el nicho pensé que si yo hubiera sido el muerto, probablemente nadie hubiera asistido. Es una estupidez, pero me afectó.» El Nacho sonrió con aire de
complicidad: me dijo que había pensado exactamente
lo mismo. Después nos juntamos todos en el living, alrededor de la chimenea, y la mamá del Julián trajo
queques y kuchen y café, y alguien puso un cassette de
Simon y Garfunkel, y me acuerdo que esa tarde se dio
una onda muy relajada, triste pero cálida, como que todos nos unimos y ahí me di cuenta de que la ausencia
de la Antonia no se notaba, que nadie la echaba de menos, que sencillamente su presencia no venía al caso.
Entonces me levanté, sin llamar la atención, y me fui al

baño a llorar lo que aún tenía dentro, porque si hay algo que no soporto es ver a un tipo llorar en público.

—Quizás tengas razón, Antonia. Yo qué sé. Quizás no se deba apostar por nadie.

—¿Viste, tonto?

—No me trates de tonto, ¿quieres?

Volteé mi bicicleta a la posición normal. Ella me miró y estuvo a punto de esbozar una sonrisa. Me alegro de que no lo hiciera.

—¿Vamos? —le dije—. Me dio frío.

Eso fue hace una hora. O unos cuarenta minutos.

Pero da lo mismo, realmente da lo mismo. No tiene ni la más mínima de las importancias. En serio.

Esta sensación la conoces bien. Te ha acompañado tantos años como los que tienes, ¿no? Siempre está ahí, nunca desaparece del todo, busca el momento preciso para reaparecer y hacerte recordar que sí, que es verdad, que no eres igual al resto. Eres peor. Aunque, si hicieran una encuesta, probablemente el resultado sería el contrario. Tú mismo dirías que estás sobre la media, la Flora Montenegro y la Luisa siempre te lo recalcan, pero quizás sea ése, justamente, el problema. Eres peor, pero nadie lo sabe: ése es tu secreto. Es una cuestión de desigualdad, de no saber amoldarse, de ser distinto, nada más. ¿Quién sabe? Pero da lo mismo: igual duele, igual incomoda, igual te aleja de todos, igual alejas a todos.

Vamos, Matías, cambia de tema, desvía tu atención, esto no te conviene, no lleva a ninguna parte, maneja un poco más lento, ¿quieres? Hay algo en ti, una

suerte de rabia, un odio, una carencia, algo que te asusta, cualquier cosa, que no te permite entrar en el juego,
dejarte llevar, cerrar los ojos y disfrutarlo. Es por tu egocentrismo, recuerda. Si no fuera por él, ahora estarías
con la Antonia. Pero eso es imposible. No por ella. Por
ti. Quizás tenga razón. Tú eres el intolerante, el que no
se entrega, o se esconde, o todos esos clichés que siempre andan rondando, jodiendo, recalcando tu diferencia: eres un solitario, un parqueado, un egocéntrico...

Basta. Esto no lleva a ninguna parte. O, por lo
menos, a nada nuevo. Has caído en este trance antes y
siempre has salido peor de lo que entraste, ¿no? Entonces basta, cambia de onda, de frecuencia, aléjala de
tu mente, piensa en otra cosa...

Es de noche, la fiebre del sábado ya se desató,
hay bastante tráfico en Las Condes, los autos llenos de
parejas que se besan en los semáforos. Tú estás solo, pero no por eso mereces morir. Sientes que te miran desde los autos. Opinan: pobre huevón, parqueado el sábado por la noche. Pero eso es sólo la cáscara. En realidad, no ven, no ven absolutamente nada.

El Canta Gallo está a tu derecha y al otro lado
el puente para cruzar el Mapocho y llegar al Mampato.
De ahí se sigue a oscuras en dirección a La Dehesa, donde tampoco hay nadie, así que sigues derecho, rumbo a
El Arrayán, sigues y sigues, pero no hay caso. El día te
ha parecido interminable. Eterno, inútil, traicionero.

Pero imagínate que estás en Rio, rumbo a Leblon, São Conrado, Tijuca, con la brisa caliente que
sopla dulce y... Basta... Aterriza.

Enciendes la radio: hay un jingle espantoso que
llama a votar SÍ. Pero no, no más... Votarías NO, lo sabes:
pero te faltan cuatro meses... cuatro meses para la mayoría de edad. O casi. Da lo mismo, te da absolutamente lo

mismo. Cambias la radio. En la Carolina, Neil Dia-
mond canta *September Morn*. Lo dejas. No tienes ganas
de oponerte, sólo de seguir. Pero el camino se acaba.
Tan sólo hay rocas y árboles y curvas y un acantilado;
se oye el río que cruza rápido bajo las piedras. Eso te
asusta. Mejor volver. Bajar. Bajar hasta las entrañas de
esta ciudad amurallada que a veces desconoces y que
no te sirve.

El reloj del tablero señala las 21:44. Tempra-
nísimo. Demasiado tarde. No hay nada que hacer. Te
has quedado fuera. No sabes qué está ocurriendo, cuáles son los planes, qué mierda han preparado los elegidos esta noche. Fiestas, reuniones, hotdog parties,
orgías, garitas de póker. Lata, lata, lata.

Pasas frente al edificio donde vives, pero sabes
que ellos no están. Las ventanas se ven oscuras, excepto
la del pasillo. Sientes unas ganas tremendas de parar el
auto, subir, llenar la tina y sumergirte en el agua caliente, siempre a oscuras, hasta desaparecer. Pero ésta no es
tu casa, eso crees, y sigues, bajas soplado por Nueva Costanera, pensando en otra casa que queda por ahí, en
una fiesta a la cual una vez fuiste, nunca sabrás por qué.

Pones la Concierto, que a fin de cuentas es la
única radio que existe. Thelma Louise canta con toda
su energía *Don't Leave Me This Way*. El barrio te recuerda levemente a la Antonia y la letra, te das cuenta,
no es tan huevona, hasta podrías identificarte, en especial con eso de *I can't survive, I can't stay alive without
your love, don't leave me this way...*

Luz roja. La canción es una mierda, ni se acerca a lo que tú sientes. Seguro que todos los que van al
Liceo 11 lo pasan mejor que tú.

Ahora estás frente al cine Las Condes, no te
queda claro cómo llegaste hasta acá y eso que no has

tomado nada, a estas alturas el papelillo *origami* debe estar atrapado en una cañería bajo la casa de Cox. La función de cine ya empezó. Miras el lienzo inmenso que trata de reproducir, en la más patética, el afiche de *Castillos de hielo,* la película de la Antonia, ésa de una patinadora ciega. Te ríes. Pero ni tanto.

Aceleras a fondo, metes cuarta y sientes como si sobrevolaras Santiago al pasar sobre ese nuevo puente que eleva Apoquindo por sobre Vespucio y la nueva terminal del Metro. Pero ni Apoquindo ni Providencia son muy entretenidas a esta hora. Pasas frente al Juancho's, pero el neón no te engaña y es aún muy temprano para entrar, debe estar vacío, salvo por el gran Alejandro Paz de Chile y sus tragos y sus obsesiones yanquis y capaz que hasta esté esa mina, la Miriam, pero nadie más.

En la Concierto, alguien que seguro es adicto se la juega y pone *Highway to Hell,* justo el tema que —crees— tocaron esa noche en el departamento de la pelirroja en Leblon. La energía que emana de los parlantes te da ganas de seguir manejando. En Isidora Goyenechea doblas, pero estás obligado a frenar, aquí sí que hay acción. Algo espectacular, raro, sobra gente. Hay policías y puros Mercedes y BMW y Volvos estacionados y un ambiente que decididamente es como de noche de Oscar, como de Hollywood. Entre los árboles ves el neón del Regine's y todo te queda claro, todo te queda más que claro.

Oyes un bocinazo, miras hacia atrás y un Saab gris enciende las luces altas. Por el retrovisor se nota que el que maneja es naval. Quizás el viejo del Nacho. Pero no, no es. Pasa al lado tuyo y miras a la vieja escondida en su estola gris que se pierde en el asiento. Decides estacionarte y salir a inspeccionar. No tienes demasiado que hacer y te parece entretenido. Además, tus padres están acá. No se lo perderían por nada del mundo.

A una cuadra del Regine's hay un almacén-botillería bastante ordinario y antiguo que desentona con el perfil jet set que ha agarrado la zona. Entras y hay un viejo con pelos en los oídos que mira *Noche de Gigantes* en un televisor blanco y negro, situado en una repisa, entre los tarros de Milo y leche condensada Nestlé. El ambiente es peligrosamente ñuñoíno y no puedes dejar de acordarte de ese nazi-antisemita del Guatón Troncoso y su asquerosa familia. El viejo no se ha dado cuenta de que entraste. Si tuvieras un revólver seguro le dispararías justo en la nuca para que sus sesos y toda la sangre quedaran salpicados en el mostrador, reluciente de chocolates y chicles importados. En la tele, Don Francisco anuncia algo sobre la Teletón y no deja hablar a Umberto Tozzi, que tampoco sabe mucho español así que realmente da lo mismo.

Miras la sección fiambres y aunque todo se ve algo añejo te dan ganas de comer torrejas de lomito ahumado. Umberto Tozzi se larga a cantar *Claridad,* el hit en español del momento. Recién entonces el viejo se digna mirarte. Lo miras de vuelta como si fuera tu empleado y le pides cien gramos de tu antojo y dos petacas de pisco-sour Capel.

Cruzas la calle y te instalas en un escaño oculto de la plazoleta que da a Goyenechea. Por cada torreja de lomito, tragas un gran sorbo de pisco, tibio. Uno tras otro, los autos se alinean como los cadetes en la elipse del Parque O'Higgins.

Tu madre ha hablado de esta fiesta toda la semana, lo recuerdas. Por eso, ese vestido rojo con el que tanto hueveó y que tu viejo le dijo era muy caro.

Después se calló, cuando se le ocurrió comprarse un frac justo para la ocasión. Y es que hoy es la famosa y anunciada Fiesta del Rojo y Negro. La revista *Cosas* no habla de otra cosa desde hace varios números.

Tus viejos se hicieron socios del Regine's antes de que se instalara en Chile, según tus cálculos. Compraron acciones, como hicieron para ingresar al Country Club. Por eso entran gratis a esta fiesta. Son como los anfitriones, aunque hay hartos socios que, seguro, también querrán entrar. La Regine, la verdadera, la de carne y hueso, la de las fotos, viajó especialmente de París para asistir a esta fiesta. Esto lo sabes por tu vieja, que se lo comentó a la tía Loreto. «Va a estar todo el mundo», le dijo. El requisito para entrar es ser socio o estar invitado y vestir, claro, de riguroso rojo y negro.

Miras tus yellow boots y tus Wrangler de cotelé celeste. Cagaste, no puedes entrar. Así que observas: de un Camaro muy ostentoso se baja un tipo con una pinta de maraco que no se la puede y ayuda a descender a la tipa ésta, a esta huevona conocida, la que sale en la tele y vino al programa de Raúl Matas. Es la Amanda Lear. Leíste algo acerca de ella en el *Temas de Hombre* de *La Tercera,* que salió ayer. Es una tipa alta, inmensa, dicen que es hombre. O sea, que lo fue pero ya no. Ella dice que no, que no lo es, ni lo ha sido, pero que no le teme al desnudo y que está dispuesta a empelotarse siempre y cuando alguien le pague diez mil dólares. La Regine le pagó tan sólo cinco mil, eso leíste, así que es dudoso que se desnude en la fiesta, para desgracia de tu padre.

Tu lomito ahumado llega a su fin. Aún te queda una petaca. Los autos siguen llegando. Tus padres no se ven por ninguna parte. Seguro que ya están dentro, tomándoselo todo, mirando de cerca o escuchando lo

que habla el huevón del George Maharis, que ya no salva a nadie, que sólo es una reliquia embalsamada que vive, todavía hoy, de la fama que le dio la serial ésa —*Ruta
66*— que veías cuando eras chico y tu viejo te decía «ya,
Matías, a acostarte, mira que tienes colegio mañana».

O quizás tu vieja, que seguro se ha encontrado
con hartas amigas y con la tía Lorena, está criticando el
vestido rojo que seguro tiene puesto la Paloma San Basi-
lio, que viajó desde Caracas sólo para asistir a la fiesta y
vuela de regreso mañana, cuando tú y los demás estén
en la iglesia bautizando al pobre del Felipe, tu sobrinito,
que no sabe lo que le va a tocar, qué culpa tiene él de
que sus padres sean gente como tu hermana Pilar y el
Iriarte. Tu viejo, algo borracho con el Chivas, orgulloso
de su humita roja y su frac reluciente, debe estar apoyado en el bar, fumando sus Gitanes, mirando de reojo a la
Giannina Facio, que seguro estará bronceada y exquisita
y sin sostén, enfrascada en una conversación inútil pero
muy rentable con el George Hamilton. Él también estará bronceado, seguro. Gracias a los rayos ultravioletas a
los que se sometió después de filmar *Amor al primer mor-
disco,* esa cagada de película sobre vampiros y modelos
neoyorquinas que bailan al son de la onda disco. La viste en el cine California —sí, allá en el corazón de Ñuñoa— con Lerner y el Nacho, justo antes de esa fiesta
donde te atracaste a la huevona de la Valeria Reyes, que
estaba más que borracha y creía que el ponche a la romana estaba infectado con yumbina la muy estúpida.

La segunda petaca está vacía y la tiras con todas tus fuerzas contra un poste: la botella estalla en
mil pedazos pero ni así quedas conforme. Tus padres
son unos huevones, piensas, y te sientes culpable por
el solo hecho de pensarlo. Pero es la verdad y las verdades hay que decirlas, eso te han enseñado. Es raro,

concluyes, medio ebrio. ¿Por qué, si es tu familia la que está enferma, eres tú el que caga? Es como un mal partido de fútbol. Todos juegan y patean y diseñan pases pero el arquero eres tú. Y como has practicado todos los días, no has faltado a ningún entrenamiento, te has transformado en el mejor arquero de todos. Siempre atajas, nunca te meten un gol, la pelota no llega jamás a la red o rebota. Siempre la agarras, mientras los demás celebran en el medio campo y se alejan lo más rápido posible. Eres el mejor arquero de todos, es verdad, pero también el más huevón. Lo que a ti te conviene, amigo, es que te metan un gol.

O abandonar el partido.

La duda es la siguiente: ¿me voy o no me voy? Lo que necesito confirmar: ¿estoy aburrido o esto es una cierta pasión que sólo te hiela la sangre y por eso no me doy cuenta? Si esto es la felicidad, ¿por qué pienso en otra cosa, por qué me siento inútil, de sobra, de más? ¿Por qué tantas preguntas, por qué tanta lata, por qué algo tan irreversible? ¿Por qué, por ejemplo, tanto hielo en mi Frambuesa Andina o tan poco queso en mi hamburguesa con queso?

El Bowling no es el mejor lugar para comer, desde luego. Ni para jugar a los bolos. O «palitroques», como dice el Tata Iván, pero no por eso debo caer tan bajo, creo yo. No sé por qué estoy aquí. He estado demasiadas veces desde que se inauguró y aún no entiendo lo que me hace volver. Nunca he jugado a los bolos, por ejemplo. Ni jugaría tampoco. Ni conozco a alguien que lo haya hecho. Éste es sólo un lugar de reunión, nada más. Típico que uno se junta acá y después parte a otro lado. O si uno anda sin panorama (como yo) y desea encontrarse con alguien (como yo), entonces lo normal es venir como a esta hora, pedir una bebida y hacerse el distraído mirando a la tropa de huevones que juegan al bowling, para que no parezca todo tan patéticamente obvio.

Ya nadie me llama por teléfono, pienso. Esto no es del todo cierto, porque el propio Nacho me llamó mientras estaba en el San Cristóbal, para preguntarme si tenía algún plan y si quería salir con él. La Francisca anotó el recado, pero me pareció tan decadente esa dependencia del Nacho que ni siquiera me di el trabajo de devolverle el llamado. Además, es cosa de minutos y aparecerá por aquí. Y si no, seguro que se aparece por el Juancho's. Igual me voy a topar con él en algún momento. Es como mi destino, creo.

También me llamó Cox. Con él sí hablé. Tenía una proposición que hacerme. Yo quería hablarle mal de la Antonia, pero no era el oyente más adecuado. Así que lo escuché, semiatento: él se ponía con la Blazer de sus viejos, más la bencina, yo podía conseguirme las llaves del departamento en Reñaca y podíamos rajar para allá, a pasar el día. Un poco de playa y hueveo antes de volver a clases el lunes.

—Tengo que hablar con mi viejo primero —le expliqué.

—Habla y después me llamas.

—Es que mañana bautizan a mi sobrino, el Felipe. Yo soy el padrino. Va a haber feroz almuerzo.

—Mejor. Seguro que ellos no lo van a ocupar.

—No sé. Igual no podríamos partir tan temprano. Esta cuestión del bautizo es como a las once de la mañana.

—Llegamos en una hora veinte si acelero firme. La Blazer tiene radar, así que es fácil despistar a los pacos. Antes de almuerzo estamos tirados en El Cementerio.

—¿Quién iría?

—Los típicos: tú, yo, el Lerner. Podríamos decirle al Nacho, ¿te parece?

—Supongo.

—Bueno, ¿y?

—Déjame hablar con esta gente y te llamo.

—Apúrate.

Mi padre estaba tratando de anudarse la corbata de humita roja, que resaltaba como sangre recién volcada contra el frac impecable. Estaba todo engominado, como si fuera argentino, y tarareaba algo que estoy seguro era *How Deep is Your Love?*

—Padre —le dije—, ¿me prestas el departamento de Reñaca?

A veces lo trato de «padre». Es en venganza por lo de «cabrito».

—¿Vas a llevar a alguna mina?

—No, unos amigos.

—No van a ir mujeres.

—No, si no es para ir a alojar. Es por mañana. Para cambiarnos. Y comer. Vamos a ir por el día. Aprovecho de regar las plantas.

—¿Y el bautizo?

—Voy a ir.

—¿Y el almuerzo?

—Déjate de joder. Bautizamos al Felipe y parto. No esperarás que me quede todo el día en la iglesia confesándome o algo así. El almuerzo me da lata. ¿Qué preferirías tú? ¿Ir a Reñaca a huevear con tus amigos o almorzar con los abuelos y toda la parentela?

—Está bien. Me convenciste, cabrito.

—Gracias, padre.

Después me acerqué a él y noté ese típico aroma suyo cuando mezcla su crema de afeitar Barbasol con demasiado Azzaro.

—Deja... Yo te la anudo.

Mientras le anudaba la humita, se quedó quietísimo y obediente, como un niño recién levantado al que están preparando para ir al colegio. En mi caso, claro, mi madre era la que me anudaba la corbata.

—Ojalá vaya la Giannina Facio a la fiesta —me comentó.

Yo di un paso atrás y lo miré:

—Si algún día quebraran todas tus empresas, podrías dedicarte a modelar.

—¿En serio?

—En serio.

En la pista número cinco del Bowling, una pareja cuarentona, obviamente no-casada, se dedica a besarse cada vez que uno de los dos lanza la pesada bola y bota uno que otro pin. O «palitroque», da lo mismo.

Me acerco al mesón de plástico y miro las fotos retocadas y sobreiluminadas de hamburguesas crujientes y jugosas, con torrejas de tomate muy rojas y hojas de lechuga que parecen recién cosechadas, más falsas que los competidores de bolos de esta noche. Un tipo con espinillas, bastante asquerosas, me pregunta qué quiero. Yo me lo quedo mirando, a él y sus pústulas, y siento unas ganas incontrolables de pagarle lo que sea para que me deje reventárselas. Creo que uno de los grandes placeres de la vida es apretar y apretar una espinilla que está en su punto y después sentir cómo la grasa estalla y salta al espejo del botiquín, dejándolo todo asqueroso y ensangrentado.

—Dame un café. Y una Coca-Cola.

—¿Nada más?

—Nada más.

Pago más de lo que hubiera pagado por la misma mierda en otro local y vuelvo a mi mesa, que ahora está ocupada por dos pernos con cara de estúpidos y de vírgenes. Me siento detrás de ellos, mis ojos enfrentando el estacionamiento, mis oídos enfrentando a estos dos clones de Jerry Lewis en su etapa más bomb.

Tomo un poco de la Coca-Cola y vacío el café en el vaso de plástico, que se derrite un resto con el calor. La espuma gruesa y cafesosa que se forma con el experimento es formidable y me recuerda una vez que preparábamos con la Luisa Velásquez y la Antonia el examen final de Ciencias Sociales en la casa de la Luisa. Tomábamos café con Coca-Cola para no quedarnos dormidos, aunque al final lo único que hicimos fue criticar y hablar de nuestros lamentables compañeros de curso.

Estar solo en un lugar público puede ser muy incómodo y molesto, pienso. Me carga. Lo odio. Me baja una especie de paranoia. Siento que todos me miran. La soledad, aunque sea momentánea, es mal mirada en este país y puede ser considerada hasta un delito político. No ocurre lo mismo en Rio, al lado del mar, en esas mesas al aire libre. O en el mismo Juancho's, que está a oscuras y donde por último está el gran Alejandro Paz de Chile para conversar y desviar la atención. Lo verdaderamente último del Bowling de Apoquindo son sus luces fluorescentes. Las detesto. Hacen que todo brille y parezca buena onda cuando la verdad es que no pasa nada de nada. Como con estos pernos sentados ahora detrás mío:

—¿Y tu hermana?

—Está en el sur. Con el Presidente. Recolectando votos.

—Mi papá va a ser vocal. Le tocó en el Liceo 7.

—Ahí nos debería ir muy bien. Por lo menos un 90 por ciento para el SÍ.

—¿Tú crees que vamos a ganar?

—No me cabe ninguna duda.

—Yo también lo creo.

—Es obvio que la gente está contenta. Además, nadie ha leído la Constitución. No se va a votar por eso. Se va a votar por el General Pinochet.

—¿Irá a resultar eso de un festival de la canción por el SÍ? Tu hermana algo me comentó.

—No creo que haya tiempo. Pero hay cualquier cantidad de artistas de nuestro lado que han expresado públicamente su apoyo. Hoy salió en el diario. Están la Scottie Scott, el Pollo Fuentes, Willy Bascuñán, Francisco Flores del Campo. No sé quién más.

—Por lo menos gente famosa. Y buenos cantantes.

No puedo creerlo. Siento un tremendo deseo de escupirles, de sacudirlos para ver si suenan. Por eso este país está como está, pienso. Ésta es la mayoría. Gente que cree que el Pollo Fuentes es lo máximo. Que trata a Pinochet de «General». No tienen ni veinte años, qué les espera a los cuarenta. Está cada vez más claro que mi opinión no vale. A veces creo que ni siquiera soy de acá. Que todo esto es una mala película y yo soy apenas un extra. Algo simplemente no calza.

Pero hay algo peor: cada vez tengo menos ganas de averiguar qué es.

Miro el vaso: sólo queda un poco de espuma seca pegada al fondo. Alzo los ojos, con ganas de ver exactamente qué cara tiene el más nerd de los nerds, pero me topo con la del Gonzalo McClure luciendo su corte de pelo Yamil y su típico chaleco abotonado Yacaré. A su lado, varias caras conocidas. Y la Antonia, claro.

—Matías, qué buena onda. ¿En qué andas?

—Esperando al Nacho Detmers. Se ha demorado demasiado —miento.

—Nosotros estamos haciendo hora. Quedamos en juntarnos con la Pelusa Echegoyen y unas amigas suyas. Tiene un dato. Una fiesta por Manquehue con Bilbao.

McClure habla en plural, me fijo. «Nosotros» aquí y «nosotros» allá. No habla en nombre del grupo. Habla refiriéndose a los dos.

—¿Podemos sentarnos acá?

—Seguro.

McClure hace una seña y el grupo se acerca. La Antonia anda con los jeans FU's que compró conmigo y un blazer de paño verde que no sólo la hace verse mayor sino absolutamente exquisita. Con ellos anda el Julián Longhi, que luce un cortaviento lila bastante rico. Junto a la Antonia, como buenas chaperonas, la Flavia Montessori y la Rosita Barros con su peinado Príncipe Valiente.

—Hola —me dice la Antonia, en un tono que delata cierta culpa. O desprecio. Le tiene la mano tomada al McClure, me fijo.

No se sientan todos donde yo estoy, porque no caben. Las minas se sientan más allá de los nerds.

—Hoy hablé con el Nacho —me comenta el

Longhi—. No me dijo que iba a venir para acá. Estaba recuperándose de la farra. Me dijo que habían jalado cualquier cantidad. Que tú habías internado varios gramos. ¿Por qué no contaste?

—A veces el Detmers habla demasiado. No había tanto y ya se acabó.

—Qué mala onda

—Sí, mala onda —le contesto sin demasiada convicción.

—¿Quieres ir a la fiesta, Matías?

—No, gracias, Gonzalo. Tengo otra movida.

McClure es un imbécil, concluyo. Es algo objetivo. Quizás no sea antipático y tenga hartos discos, pero nadie puede ser tan, pero tan huevón y no darse cuenta. O jurar que no pasa nada Eso es más triste aun. O quizás no quiere darse cuenta. Da lo mismo. Es culpable igual. Sea cual sea la verdad, soy, técnicamente hablando, su enemigo. No puede invitarme a ninguna fiesta así como así. Existe eso que se llama dignidad. Amor propio. Venganza. El odio, como el amor, hay que cultivarlo; si no, se corre el riesgo de olvidar por qué odiamos, en primer lugar. Pero a McClure le interesa sólo la reconciliación. Seguro que es una lata en la cama. Ni siquiera debe sudar.

—Permiso —le digo—. Voy a comprarme una cerveza. ¿Alguien quiere algo?

—Regálame un paquete de papas —me dice el patudo del Longhi.

—Yo no regalo nada. Si quieres te lo traigo.

—¿Qué te pasa?

—Nada. No me pasa nada.

Me acerco una vez más al mesón naranja. Por los parlantes se escapa una música tipo Ray Coniff, bastante apestosa. El tipo de las espinillas está insertando

empanaditas fritas de queso en un sobrecillo mancha-
do de grasa que tiene dibujados unos palitroques.

—Una cerveza, compadre.

La Antonia no tarda en aparecer. Sabía que lo
haría. Que no dejaría pasar este encuentro fortuito así
como así. Apoya sus manos en el mesón de tal modo
que la noto enojada. Muy enojada.

—Matías, no me tomes a mal, pero sería más
que agradable y civilizado si no nos topáramos tan a
menudo. Con vernos en clases ya es más que suficiente y molesto. Yo no voy al Juancho's ni se me ocurriría
ir. Así que, ¿por qué no dejas de venir al Bowling? Sabes muy bien que éste es mi local. Siempre vengo aquí.
A Gonzalo le encanta.

—¿Tu local? No tenía idea, lo siento. Aunque
entiendo por qué le puede atraer a tu novio.

—No es mi novio.

—Pero lo será. Eventualmente. Acuérdate de
mí.

El tipo de las espinillas me pasa la cerveza. La
Antonia le pide empanaditas fritas.

—No es por meterme en tu vida, Antonia, pero no puedo entender por qué andas con ese imbécil.

—Menos mal que es tu amigo.

—Sí, lo es, pero no por eso voy a negar que el
huevón es simple. De que es latero, es latero. Y aunque
me da no sé qué decirlo, creo que es un imbécil. Fíjate no más cómo nos mira. Ni siquiera se da cuenta de
que estamos hablando de él.

—Y tú te crees muy inteligente. Tu promedio
no te da ni para un 5,0 y así y todo juzgas a la gente por
su intelecto.

—Eso es mentira y lo sabes. Si así fuera, nunca me hubiera metido contigo.

—Ándate a la mierda.

—Ya me fui. Qué rato.

—Estoy mal, Paz. Muy mal.

    —Te he visto peor.

    —Si no es sólo el trago.

    —¿Quieres otro?

    —Pero tómate uno tú también.

    —No le digas nada al Toro, que si me ve tomando me echa.

    —¿Qué hora es?

    —Las cinco y media.

    —Media hora para que termine el toque de queda, Paz. Necesito dormir. En un rato más tengo un bautizo.

El Juancho's se ve semivacío y el Chalo está tocando el disco entero de The Cars. Igual hay suficiente gente para que al Toro le convenga mantenerlo abierto. Tiene permiso de los milicos. Por eso abre de toque a toque: toda la noche. Los que se quedan empiezan a aburrirse; les da claustrofobia. Así que toman y toman. Como yo. Gastan y gastan plata.

    —Otro vodka-tónica para ti y un Cuba Libre con ron blanco de Puerto Rico para mí.

    —Un Chile Libre...

    —Aún no...

    —Inventa la receta. Tiene que tener pisco. La patentas, la guardas en una caja fuerte y cuando este viejo culeado deje el poder o se muera, en veinte o treinta años más, la estrenas en una feroz fiesta en La Moneda o algo así.

—Estás muy subversivo, Matías. Me decepcionas.

—A eso me dedico últimamente, a decepcionar.

—Conozco esa sensación.

—Paz, tienes que ayudarme. Soy tu cliente favorito. Consígueme algo de jale. Con el Toro. O con este huevón del Chalo.

—Te puedo dar una pastilla. Gratis. Se supone que es para los que están a dieta. Te inyecta energías. Y te quita el sueño. Y el hambre, lógico.

—Pásatela.

La pastilla no es una pastilla sino una cápsula, mitad verde, mitad blanca. Hecha en casa, eso se nota.

—Pensé que eran amarillas y azules.

—Ésas son otras.

Me la trago con el vodka, que está más que tónico.

—Si tuviera mi propia casa, Paz, así como tú, partiría al tiro y nadie podría sacarme de ahí. Me encerraría. Tranquilo, en buena. Cero problema. Sólo vería a la gente que tengo ganas. No me encontraría con nadie mala onda. Me dedicaría a rezar. O a quemar incienso. No sé, entraría en la onda vegetariana. Mística.

—¿Tan mal estás?

—Mal no. Solo. ¿Entiendes? Me siento... me siento aburrido. Solo. Como que no pasa nada. No me pasa nada. Sólo huevadas deprimentes. O apestosas.

—¿Aislado?

—Algo así.

—Leí en la *Rolling Stone* una entrevista a un rockero que aquí no conoce nadie y me impresionó su grado de alienación. ¿Sabes lo que significa alienación?

—Qué te crees. Si sé, como Pink en *The Wall*. De eso se trata el disco, ¿no?

—Algo así. El tipo las tiene todas y cualquier cantidad de minas pero está apestado, porque la fama sólo le trae problemas y nadie entiende sus letras, que son sobre alienación y problemas por el estilo. Entonces, el tipo se larga a hablar de la soledad y dijo algo que me impresionó. Dijo que cuando está solo, nunca se siente aislado. Sólo se siente aislado cuando está rodeado de gente. Es loco, ¿no?

—Loco pero cierto. Consígueme el disco. Necesito escucharlo. Ese tipo sabe de lo que está hablando: me siento aislado cuando estoy con gente. Genial.

—Es como Salinger, Matías.

—¿Quién?

—El autor de ese libro que te presté. Deberías leerlo. Es sobre el vivir apestado. Sobre no poder integrarse.

—¿No es difícil, entonces?

—Te va a encantar.

El vodka-tónica llega a su fin. Aún no piensa en amanecer, aunque aquí no hay ventanas para darse cuenta. Huelo mis manos: olor a mina. A mina mojada y caliente. A pito, a Néctar Watts, a sudor.

Dejo el bar, miro al Chalo y me escondo en un sofá de cuero empotrado tras un poste. Dos tipos muy aburridos bailan y ensayan pasos al son de un negro que canta algo inentendible.

Cierro los ojos pero no puedo dormir.

Después del Bowling me vine al Juancho's. Ya estaba lleno y el gran Alejandro Paz de Chile me tenía un recado del Nacho, que ya había pasado por aquí y me invitaba a la casa de un tal Rusty, a quien no conozco. Rápidamente empecé a tomar vodka-tónicas. Al tercero ya estaba ido, dispuesto a cualquier cosa, casi en buena, desechando a la huevona de la Antonia. Dejé de hablar con el Paz sobre el hermano alcohólico de Jimmy Carter y su romance con Margaux Hemingway y me dediqué a mirar, así en la penumbra, casi en el anonimato, a los que bailaban en la pista. Ahí estaba la Miriam. O «Vasheta». La vi de inmediato y me quise esconder. Ella dejó de bailar con un tipo de anteojos y se acercó a mí.

Bailamos unos diez temas. Lo suficiente para que mi camisa quedara empapada. Después nos fuimos y hacía tanto frío que preferí no hablar, porque salía demasiado vapor de mi boca. Nos fuimos a su casa, cada uno en su auto. Casi la choco, porque la seguía demasiado cerca y hasta me pasé una luz roja en plena Providencia con tal de no perderle el rastro.

La casa estaba medio escondida entre los árboles, creo, estaba en una calle que da a Ricardo Lyon. Era una casa vieja, pero inmensa, como para una embajada o un instituto de computación.

—¿Y tus viejos, a qué hora regresan?

—Están en Tel Aviv. Estoy sola.

—¿Qué hacen en Tel Aviv?

—Abuelos. Parientes. La típica peregrinación anual.

—Me encantaría ir a Israel.

—Una lata. No te pierdes nada.

Abrimos el bar, que estaba en una pieza como para hacer fiestas, con unos horribles cuadros de figuras geométricas, y yo decidí seguir con el vodka. Por suerte había Stolichnaya y un extraño vino de ciruela kosher que casi tomé. No había tónica, pero sí botellas y más botellas de Néctar Watts, así que inventamos un trago nuevo. La Miriam encendió el equipo y puso un cassette con lo mejor de Donna Summers. También encendió, no sé por qué, la calefacción central a todo lo que da.

Creo.

Yo bailé un poco, porque el trago me estaba afectando y me invadió una extraña sensación de estar en lo errado, pero a la Miriam, que andaba con pantalones de cuero café, le dio por hacer coreografías y cantar la letra completa de *Bad Girls* y acostarse en la mesa de centro y pararse luego a toquetear las lámparas. Esta mujer está loca, pensé, antes de tirarme en un sofá inmenso de terciopelo y quedarme dormido.

—Hey, ¿qué te pasa? —le dije, pero antes de abrir los ojos sentí la típica sensación de tibia humedad y esa leve cosquilla que da el contacto con la lengua.

Después abrí los ojos. No estaba soñando. Donna Summers estaba al máximo —*Love to Love You Baby*— y había menos luz, tan sólo una lamparilla fabricada con una botella de pisco peruano, de ésas de cerámica negra que parecen moais. Hacía un calor espantoso. Yo tenía los pantalones abajo, hasta la rodilla, también los calzoncillos y todo, y la Miriam me lo estaba chupando. Pero yo seguía adormecido. No pasaba demasiado.

—¿Despertaste?

Estaba borracha. Y desnuda. Le toqué el cuello y estaba todo sudado. Pensé decirle algo pero no se me ocurrió qué.

—Sácate el resto —me dijo.

La miré pero no podía verle el cuerpo, tan sólo la espalda, que parecía eterna, blanca, en el sofá de terciopelo.

—Hace un calor increíble —le dije.

—Seguro.

Me levanté, desabroché mis yellow-boots, me saqué el resto de la ropa sin importarme demasiado si me estaba mirando o no, y caminé hasta el bar en busca del Stolichnaya, sintiendo cómo la saliva, con la que me empapó, bajaba por mi muslo. La botella estaba abierta, así que tomé directo de ella y observé fijamente la cara del indio del pisco peruano. Un reloj de pared señalaba la una y media.

—No hemos tirado, ¿no?

—No aún, Matías.

—Buena onda. Entonces fue sólo un sueño. Estoy medio borracho.

—Yo también.

—Se nota.

Me senté en uno de los pisos del bar, enfrentándola. Ella seguía en el sofá, ahora de espaldas, manoseándose.

—Ven.

—Voy.

Así que fui. No había demasiado que perder. Me daba lata besarla, así que me fui directo al cuello, que seguía sudado y con olor a un perfume que no ubico. De ahí decidí bajar.

—Ponte al revés.

Nos reacomodamos. La mina me daba risa: sus lengüetazos eran más cómicos que otra cosa. De repente cruzó las piernas por sobre mi cuello y quedé sin aire, mi nariz toda resbalosa y un pelo en la lengua, que al final me tragué.

—Esto no está resultando —le dije.

—Tú no estás. Yo sí.

—Es verdad.

—Vamos a una de las piezas.

Partimos a la pieza de sus viejos. Ella desapareció y yo me tiré sobre la cama, que era inmensa y daba a un ventanal frente a un tremendo castaño, iluminado de amarillo desde abajo. Había un teléfono con teclado: sentí ganas de llamar a alguien, pero no se me ocurrió a quién. Estaba oscuro, excepto por la luz amarilla que rebotaba en las hojas del árbol. Ella volvió y me pasó un pito muy delgado y largo y un encendedor que decía John Player Special. Era baja y no del todo flaca. Tenía un rollito a la altura del ombligo, que le molestó que mordiera.

—Estás rica.

—No me huevees.

Encendió el televisor y puso un video con el tracking como las huevas y el sonido pésimo. Era sobre un equipo de fútbol americano que está en las duchas. Los tipos miran a escondidas a las cheerleaders, que están en los camarines del lado, hasta que una de las rubias se da la vuelta. Al final, acaban tirando bajo las duchas, entre el vapor. La protagonista, en tanto, masajea a un negro con un aceite para los músculos que lo deja todo brillante... Yo fumaba el pito muy lentamente mientras con los dedos de la otra mano intentaba tocarle sus trompas de Falopio. Empecé a calentarme un poco. Así que apagué el pito, aspiré hasta el fondo el olor de la marihuana quemada y nos pusimos a trabajar.

Decidí besarla porque sin besos me cuesta que pase algo. Pero seguía borracho. O en otra. El negro aceitoso penetraba a la rubia, de pezones rojos, sobre un escaño de madera. La Miriam comenzó a lengüetearme la espalda; yo miraba la tele. Estaba bien. Rico.

—Te doy un masaje.

—Ya.

—¿Como el del negro?

—Ya.

—Espera. Voy a buscar Hawaiian Tropic. Aceite con olor a coco.

—¿A coco?

—A coco tropical, huevón.

Ya estaba caliente. Flotando gracias al pito, al vodka, a la luz amarilla del castaño.

—Se me acabó. Pero tengo esto.

Era un tubo de Calorub.

—Mi padre es un adicto —me dijo—. Siempre me pide que le esparza un poco.

Abrió el tubo y un intenso olor a eucaliptus opacó el nuestro. Puso un montón de crema en su mano y comenzó a masajearme la espalda. El olor era fuertísimo. Como a pasta de dientes. O a chicle de mentol. A pastillas Halls. La crema estaba helada, como el piso de un baño, pero a medida que ella lo iba integrando a mis poros, se iba entibiando. Y me llenaba de calor. Era total.

—Dame un poco a mí. Yo también te quiero echar.

Al poco rato, la frazada de la cama estaba aceitosísima y nosotros brillábamos con el mentol líquido. Había olor a hospital y ella estaba sobre mí, ensartada, y yo le masajeaba sus pechos tremendos con esta crema loca que a ambos nos tenía más que despiertos.

—Estás resbalosa, loca. Y rica. ¿Te gusta?

Ella cerró los ojos, subió un poco y se dejó caer suave pero certera.

—Gol —le dije.

—Off-side, más bien.

Cerré los ojos y por mucho que lo intenté, no pude imaginarme a la Antonia en esa posición.

—No te salgas. Aún no me voy.

—Me aburrí.

Y se bajó. La agarré del muslo, se lo apreté y le besé el ombligo pasado a mentol. Ella se sentó, abrió el tubito, puso un poco en sus dedos y me tocó.

—Estás pegote.

—Tú estarás. Es más tuyo que mío.

—No seas asqueroso.

Después me tomó en sus manos y comenzó a pajearme, llenándome de esa crema helada. Se sentía bien y su mano se deslizaba segura, experta. Hasta que la reacción química estalló. Acabé casi llorando en su pierna y pegué un grito que estoy seguro despertó a los vecinos. Pensé que me moría. El calor del mentol parecía sacado de un brasero. Era un ardor como nunca había sentido antes. Intenso y vivo, eléctrico. Apareció en un segundo y era como limón en los ojos. Horrible.

—Eso te pasa por experimentar —me dice el Paz—. Te lo mereces.

Son las seis de la mañana y el Toro acaba de abrir la puerta que da a El Bosque, por donde se cuela un poco de luz. Estoy de nuevo tirado en el sofá de cuero, en pleno Juancho's.

—¿Y te duele?

—Ya no. Me duché y se acabó. Pero aún siento el olor. Y un leve calorcillo que no es normal.

—Y ella, ¿qué te dijo?

—Nada. Ni siquiera me dio las gracias.

Ya no queda nadie. El Chalo pone el último disco —*Upside Down* de la Diana Ross— y parte al bar a servirse un jugo de naranja con vodka. El Paz también se va y abre la caja registradora. El Toro enciende las luces y el local se ve espantoso y chico. Yo me levanto y, sin saber muy bien por qué, me instalo en la pista. El vidrio del cubículo del Chalo refleja mi imagen. No me gusta lo que veo. Y me largo a bailar. Primero bailo suave, tranquilo, reprimido, pero después me digo que en realidad da lo mismo y agarro más vuelo.

—Matías, esto se acabó —me dice el Toro.

—Tienes razón —le digo—. Esto se acabó.

DOMINGO 7 DE SEPTIEMBRE DE 1980

El sueño se estira más o menos así: sueño que estoy durmiendo, soñando un sueño donde hay un tipo que tiene sueño, que se aferra a la almohada, que no quiere despertar porque justamente tiene sueño y está seguro de estar soñando un sueño que supera con creces todo lo que le ha tocado vivir hasta la fecha. Su manager ha entrado a la pieza del hotel. Lo sabe por el olor del habano que impregna sus sábanas. El manager le dice que se despierte, que se levante, que tiene una conferencia de prensa.

El tipo es un rockero y tiene el pelo largo, pero se parece sospechosamente a mí. Sueña en inglés, sueña que tiene sueño, sueña que está en otra parte, sueña que realmente no está solo, que esto es sólo una etapa, que hasta se puede salvar. Pero el manager le habla sin parar, tanto que no le queda sino abrir los ojos. El sol del desierto entra por la ventana y lo golpea, como si de pronto una piedra rompiera el vitreau de una iglesia que reposa en penumbras a plena luz del día. Después, el rockero que se parece a mí consigue levantarse de la cama de tres plazas y se mira en el espejo, pero no le gusta lo que ve. Bajo una lámpara, se fija, al lado de una billetera rosa fosforescente, en una cómoda de madera que parece de mármol, hay una botella de Stolichnaya, un vaso de plástico desechable semivacío y un espejo con varias líneas de cocaína en desorden, que lo atraviesan como las cuerdas de una guitarra eléctrica que hubiera quemado sus fusibles. La ventana es inmensa, ocupa toda la pared. Desde ahí arriba, la ciudad se ve horrible, sin luces, calcinándose bajo el sol. El rockero sopesa la posibilidad de suicidarse, de lanzarse al vacío y caer frente al moai que da la bienvenida al Hotel Tropicana, el de la postal, el mismo en el que una vez se alojaron sus padres, se acuerda.

Hasta ahí llega el sueño: después todo se detiene. Todo. No avanza. Sigue y sigue y sigue. La imagen del rockero, la imagen de mí mismo en la ventana, mirando la ciudad de Las Vegas que se extiende inútil, eterna bajo el sol, pensando en la posibilidad de lanzarse al vacío, de caer frente al moai falso, de concreto, y estallar. Nada más. Ésa es la imagen. Una imagen que se estira. Que no avanza

—Matías, despierta. El desayuno está listo. Recuerda el bautizo.

Es la voz de mi madre pero yo sigo soñando. Soñando un sueño que no avanza. Que se estira.

—Matías, te llaman por teléfono. Te llama Cox.

Es la voz de la Francisca. Abro los ojos, entra una luz radiante. Casi como si estuviera en Las Vegas, pienso. La Francisca está vestida en tonos pasteles. Elegante. Estoy en Santiago.

—Te ves pésimo. No deberías acostarte tan tarde.

—Si sé —le digo.

—No se nota.

—Tráeme el teléfono.

—El teléfono no se puede mover mucho de su sitio porque la Bea lo tiró al suelo y quedó medio malo. Mañana viene un hombre a arreglarlo.

Me levanto y sigo el cable del teléfono. Está en la pieza rosada de la Bea, que ya hizo la cama y no se ve por ningún lado, por suerte. Me dejo caer en el cubrecama con vuelos y coloco una muñeca Porotín con piyama amarillo-pato sobre mi estómago.

—Hola, ¿qué quieres? Estoy cagado de sueño. Ni dormí.

—Te anduvimos buscando. ¿Dónde terminaste?

—Después te cuento.

—¿Sexo?

—Más de lo que crees...

—Uno de estos días te vas a pegar una infección que no te la va a quitar nadie.

Dejo a un lado el Porotín y levanto el borde de mi espantoso piyama de algodón celeste para ver cómo amanece. No veo piel quemada ni irritación ni cosas raras.

—¿Y? ¿Vamos a ir? —me interrumpe Cox.

—Vamos. Hablé con mi viejo. Cero problema. Tendrías que pasarme a buscar, eso sí. Frente a la iglesia de El Golf, ¿sabes dónde está?

—Una prima mía se casó ahí.

—Ahí, entonces. A las once y media. El bautizo es a las diez y media.

—Es un poco raro que bauticen en domingo, ¿no?

—Es una cábala de mi hermana. Una huevada. Bautiza a todos sus hijos cuarenta y cuatro días después de nacer. Como el cura es conocido, le acepta el hueveo. Y le cobra. Una vez fue de noche. Porque son cuarenta y cuatro días a partir de la hora del nacimiento.

—Gente rara.

—Si sé.

—A las once y media, entonces.

—Exacto.

Vuelvo a mi pieza y me dan ganas de seguir durmiendo. Reviso mi camisa y encuentro la otra cápsula verde con blanco que me regaló el gran Alejandro Paz de Chile. Rumbo a la cocina me topo con mi madre, que anda vestida como para un matrimonio. Le está arreglando el pelo a la Bea, colocándoles una cinta o algo así a sus rulos horribles.

—Apúrate, Matías, que no puedes llegar atrasado. Mal que mal, eres el padrino.

—Si ya les avisé a mis guardaespaldas, madre. El tiroteo será después de la ceremonia.

Mi madre no ha visto la película. O si la vio, no se acuerda. Nunca se acuerda de las películas que ve o de los pocos libros que lee. Siempre está pensando en otra cosa.

En la cocina, la Carmen prepara panqueques como si estuviéramos en los Estados Unidos. Después de un viaje a Miami, mi madre quedó obsesionada con el *brunch* y los desayunos en grande. Mi padre, por ejemplo, le echa mermelada de frutilla y jugo de naranjas al champaña. Es su rito dominical.

Abro el refrigerador y busco algo que me sorprenda. Encuentro un tarro abierto de leche evaporada Nestlé, que me encanta. Le doy un buen sorbo y me trago la cápsula verde con blanco del Paz, no sin antes sentir algo de culpa y bastante malestar por lo que estoy haciendo: drogándome a esta hora demencial para tener fuerzas. Para seguir adelante.

Dejo el tarro vacío sobre la mesa. Por la cortina amarilla se cuela un montón de luz. El tarro brilla. Tiempo atrás, antes de todo esto, antes de las cápsulas verde-con-blanco, antes del Calorub y el vodka, del Regine's y el Juancho's, mi madre hacía postres con leche evaporada. Era su mejor regalo durante la época de Allende: bavarois, rojos o anaranjados, incluso verdes; espumosos, más concentrados en la parte de abajo, siempre perfectos. En esos días la jalea era más fácil de conseguir que la leche evaporada, me acuerdo. Mi madre me mandaba de la mano de la Fresia, una vieja empleada mapuche, a hacer la cola en el Almac, que estaba cerca de la casa donde vivíamos. «No peleen con los upelientos», nos decía. No siempre lo conseguíamos, claro. Una vez alguien le dio el dato de un almacén con tarros de sobra; nos subió a la Francisca y a mí al auto —un Fiat 125 azul marino— y partimos a un barrio antiguo, quizás por Avenida Matta. Mi madre compró dos cajas de leche evaporada a un precio exorbitante, el del mercado negro, pero nos dijo que no importaba, que valía la pena, que ella no iba a tolerar que sólo comiéramos chancho chino, que los comunistas podían destruir muchas cosas, dejarnos en el desabastecimiento más absoluto, pero no le iban a quitar el placer de prepararles a sus hijos unos bavarois como la gente.

A través de la puerta que da al comedor veo a mi padre en el sofá, leyendo el Cuerpo B de *El Mercurio,* revisando si tal o cual aviso económico salió publicado o no. La Carmen sigue cocinando: mi madre ya casi no entra a la cocina.

—¿Quieres huevos o panqueques?

—Nada. Todo me da asco. Quizás un té. Pero con limón.

—Me hacen hacer panqueques los muy conchudos y después no se los comen. Tu padre dice que está a dieta.

—Carmen, es domingo. Cállate. Reza o algo. Seguro que tienes algo que pedir.

—Lo que yo quiero no se lo puedo pedir a Dios.

—A Dios se le puede pedir lo que sea. Total, nunca responde.

—La gente como tú se va al infierno.

—No, Carmen, nos vamos al cielo. Después del infierno, si uno lo aguanta, se va al cielo. Directo.

El tarro vacío de leche evaporada ya no brilla. Y la Carmen, que no entiende, que no sabe, lo tira al pote de la basura. Donde siempre debió estar, pienso.

El día está perfecto, tanto que la estúpida de mi hermana Pilar no puede evitar el comentar que esto solo prueba la existencia de Dios y que al Felipe simplemente lo espera lo mejor. El día, la verdad, está increíble, pero no por eso va uno a dejar sus convicciones de lado. La lluvia de anoche, corta pero torrencial, la misma que transformó el viaje entre la casa de la Miriam y el Juancho's en algo aterrador, dio paso a uno de esos fenómenos meteorológicos que nunca son anunciados en la televisión, porque simplemente son imposibles de predecir.

El cielo está tan azul-paquete-de-vela que todo parece un mal comercial de línea aérea. Quizás por eso ninguna nube se atreve a colarse en el panorama. La cordillera está como nunca: enteramente nevada, con esa nieve tipo merengue recién batido que refleja y refracta el sol tibio que cae recto sobre ella. Hay un brillo tal, que sólo se puede andar con anteojos oscuros. Y ver a la familia reunida frente a la iglesia, en este parque lleno de árboles con hojas nuevas que gotean, todos con sus respectivos anteojos de sol, enreda las cosas porque, más allá de las connotaciones cinematográficas, y de sentir que todo esto parece más un funeral de la mafia que un bautizo, no puedo sino reconocer que nos vemos bien, atractivos, envidiables, todos en tonos pastel, contra ese fondo increíble. Llega uno a pensar que Santiago es una de las ciudades más bellas y luminosas del mundo.

Pero ya no hay sol ni calor ni brillo de nieve. Estamos ahora dentro de la iglesia. O a un costado de ella. En eso que llaman sacristía. En mis manos está el Felipe, pelado al rape, en la más *skinhead,* envuelto en una frazada celeste que le hace juego a mi camisa. Me sorprende lo poco que pesa y lo bien que me siento al tenerlo cerca mío. El chico es tibio y está despierto y se nota que es curioso. A veces me mira y siento que está de acuerdo con todo lo que pienso; hasta me lo imagino dándome a entender que yo podría ser su padre, porque el suyo es tan huevón y sus hermanas lo latean. Y me parece que, más allá de esta ceremonia, que es una lata, sin ninguna importancia real, lo del compromiso sí vale: que yo (que casi no lo conozco y por primera vez lo tengo en brazos) he firmado un contrato y que, pase lo que pase, estoy dispuesto a cumplirlo porque a partir de hoy Felipe va a estar ligado a mí, voy a ser responsable de él y haré lo posible por rescatarlo antes de que sea demasiado tarde.

Estos pensamientos me ponen medio nervioso y siento que mis brazos tiritan y que el Felipe, que es tan absolutamente chico y frágil, se tambalea, pero nadie se da cuenta porque todo esto es interno, me doy cuenta. Y diga lo que diga la Antonia, no soy tan horrorosamente egocéntrico; si me dan la oportunidad, si me doy la oportunidad, hasta puedo hacer algo bueno. Así que miro lo que tengo entre mis brazos y la sonrisa sin dientes del Felipe me embriaga tanto, me hace sentir tan seguro y útil, tan indispensable y correcto, que todo se detiene por un instante, todo se relaja y me parece perfecto.

Entonces habla el cura. Con ese sonsonete de los nuestros, habla de Cristo como si hablara del Sebastián o Diego. Lo miro y su cara me sorprende. No es el cura de siempre. Es otro y me parece irremediablemente atractivo y en paz. Tiene los mismos rasgos del Felipe, un rostro algo infantil, algo ajeno, algo salvador. No puede tener más de veinticinco, calculo, y la sola idea de que yo pudiera ser el que está ahí, con ese traje solemne y esas manos tan cuidadas, me parece entre fascinante y aterrador. Tiene el pelo corto, castaño y lacio, pero con onda. Tiene pinta de modelo, de alguien que ha jugado polo en Europa, que ha estudiado en varios de esos colegios cubiertos de hiedra que hay esparcidos por Nueva Inglaterra. Mientras habla y alarga el ritual que le da poder, se deleita en saber que es el centro de la atracción. Noto cierta perversidad en eso de lucirse pero no entregarse; pienso que eso de mantener una distancia, de ser inalcanzable, le atrae. Es de nadie, excepto de Cristo, claro, que es un mito suyo, una idea que se le metió en la cabeza en alguna fiesta, un refugio perfecto, el mejor amigo, que no molesta ni presiona, el doble que lo aceptó, que lo dejó vivir una nueva vida, aislado, redimido, ajeno a todo.

Mis hermanas están absortas y la mina que está junto a mí —una prima de mi cuñado—, y que es ahora la madrina de Felipe, ni siquiera lo sujeta; tan sólo mira al cura, a este sacerdote pálido y sereno, con un hoyito en el lóbulo que ya se le cerró, a este tipo que nadie sabe qué hace aquí, bajo esa cruz imponente que lo acerca y lo aleja de nosotros.

El llanto de Felipe, que se retuerce en mis brazos, me saca de ese estado extrañamente teológico y molesto. El bautizo ha transcurrido sin que me diera cuenta. La Pilar me quita a Felipe y me siento, por un instante al menos, perdido. Hasta que este cura decide mirarme fijo y, no sé por qué, me hace la señal de la cruz y me bendice.

Aún es temprano, falta un rato para que aparezcan el Cox y compañía. Ahora estamos en la nave central, que no es muy bonita, ni siquiera hay un Cristo, tan sólo una Virgen y unos dibujos horrorosos, obra de algún estudiantillo de arte que seguro era pariente del que construyó la iglesia.

La misa de once está en lo mejor: la gente reza y recita oraciones que se sabe de memoria, se persigna y canta. Pienso en el sol y el brillo del exterior, pero no puedo abandonar el recinto así como así. El cura de hace un momento, el que antes usaba aro, ya no está. Se lo echa de menos, porque el compadre que está ahora ahí enfrente no se ve muy convencido del asunto, parece más bien un inspector de colegio reprimido ganándose unos pesos extras. Pero en la homilía, en lo que habló, agarró algo más de fuerza, cuando insinuó eso de que el país vive un momento crucial, que Dios sólo desea lo mejor para todos, que ojalá la próxima semana no debamos lamentar la pérdida del orden establecido.

Estoy sentado al final, cerca de la puerta, con mi bolso Adidas apoyado en esa plancha de madera que nunca he sabido cómo se llama, donde la gente acostumbra a poner sus rodillas cuando la culpa es demasiado grande. Desde este lugar, la vista es privilegiada. Y lo que veo me interesa.

Ahí están, todos apiñados, escuchando absortos a este cura de verdad y no a «ese alumno en práctica que nos pusieron», como dijo mi madre, quien dependiendo del período se pone más, o menos, religiosa. O católica, mejor dicho. Lo extraño de todo este asunto, eso de ver a mi madre orando y diciendo frases como «escúchanos, Señor, te rogamos», es que, mal que mal, mi madre no es católica, apostólica ni romana. Ni siquiera latina, si me quiero poner analítico y riguroso. Mi madre es judía, de pura cepa. Igual que yo. Ley del vientre. Así funciona. Yo soy el único Vicuña judío, pero si yo tuviera un hijo con la Antonia, por ejemplo, él no lo sería. Con la Miriam, sí, pero eso sería demasiado asqueroso y prefiero ni imaginarlo. Felipe sí que es judío, como yo, porque la Pilar lo es. Y lo es porque mi madre es hija de mi abuela Regina, que puede ser muy beata pero es más judía que el Muro de los Lamentos. El Tata Iván, por cierto, también lo es. O sea, esto no es una casualidad. Es una cuestión de sangre, de genética. De sangre, claro, pero no de tradiciones, de fe o de apellidos. Es una cuestión de conveniencia. Este «secreto de Estado» que, por cierto, no lo sabe todo el mundo. La Pilar no lo sabe; el Guillermo Iriarte, mi cuñado, odia a los judíos y le daría un ataque de furia si lo supiera. Lo del antisemitismo del Iriarte lo sé porque él mismo me lo dijo. Hasta se lo ha dicho al Tata que, sin siquiera arrugarse, le respondió que era complicado hablar de este asunto, porque la gente tendía a manipular el problema del racismo, pero, entre-tú-y-yo, la verdad es que los judíos no son de fiar porque nunca se radican del todo en los países a los que llegan.

El Tata está ahora ahí adelante, lo más cerca posible del cura, haciéndose el que reza para quedar bien ante la concurrencia, que a esta hora es muy jet-set. A su lado está mi abuela, con su rosario favorito. Quizás por eso le puso a mi madre Rosario, porque le pareció simbólico o algo así. Por eso no se llama ni Ruth ni Edith, creo. Mis abuelos son lo peor, me doy cuenta, pero son los únicos que tengo. Los del lado Vicuña murieron cuando yo era chico, en un accidente aéreo al sur de Argentina.

Los abuelos Jaeger, en tanto, ni siquiera sospechan que los miro en menos o que me parecen medio patéticos, porque ellos tampoco saben que yo lo sé. Deben creer que soy más bien descariñado o que sigo estancado en lo que ellos aún denominan «la edad del pavo». Lo más complicado de todo el asunto es que no los odio del todo. Mi abuela Regina, en verdad, es una perra y esa onda medio fetichista con los rosarios me revuelve el estómago. Su perfume, no tan sólo pastoso sino dulzón, la retrata medio a medio. Pero lo que más me molesta de ella es que es objetivamente fea. Es baja, tetona, con demasiadas pecas y tiene el pelo levemente granate, que asusta. No habla, grita. Cuando toma la palabra, todos deben callar. Y a pesar de todos los años que han transcurrido, y de todo lo que esta mujer ha conversado, aún no logra superar su horroroso acento centroeuropeo.

El Tata, por otra parte, tiene el don de ser simpático, afable, un tipo ejemplar, que encanta a las señoras y deleita a los banqueros. Tiene la pinta de un príncipe refugiado y sus ojos son tan azules que a veces enfurezco al comprobar que sus genes no fueron capaces de virar mi propia herencia del color verde al azul casi cobalto de sus ojos. Su acento es casi perfecto y su porte impresiona. A su lado mi padre parece un petiso. Otra cosa que me atrae de él es su inconcebible e inimitable elegancia. Siempre me atrajo su prestancia y buen gusto y me enorgullece eso de que tuviera más mundo que ese tío embajador decadente por el lado Vicuña. Después, cuando lo averigüé todo, su aspecto comenzó a obsesionarme, porque me pareció que era —lejos— el más vil y el más reptil de todos los posibles. Pero también el más difícil, porque, dígase lo que se diga del Tata Iván, hay que reconocer que es un actor de primera. Si hasta se parece a Rex Harrison en *Mi bella dama,* como dice mi madre, que lo idolatra y le teme. Quiso ser otro y lo fue. Subió tan rápido en la sociedad chilena que a nadie se le ocurrió tildarlo de arribista sino de aristócrata. Por eso ahora reza, comulga, le desea la paz a su prójimo, dona plata. Luego saludará a todo el mundo a la salida de la iglesia, especialmente a las damas, que lo siguen venerando a pesar de su edad, que no representa, y su actividad, que ya no ejerce.

La historia que todo el mundo conoce de mi abuelo es más o menos así: nació en Budapest, Hungría, a comienzos de siglo. Su padre era médico y su madre una actriz inglesa que se enamoró de este estudiante de medicina que le enviaba flores después de la función. De esa unión nació mi abuelo y, como hiciera su padre, estudió medicina. Pero en vez de convertirse en cirujano a secas decidió seguir el consejo de su maestro e internarse en el campo de la cirugía plástica —o reparadora—, que se había puesto tan de moda después de la Guerra del 14.

Mi abuela, por su lado, nació en Pécs; sus padres eran adineradísimos comerciantes relacionados con el arte. Se conocieron y bastaron tres meses de noviazgo para que se casaran: él tenía casi veinte años más que ella. Después de una luna de miel en Viena y Salzburgo, partieron a Inglaterra, donde mi abuelo siguió estudiando. Estalló la guerra y se vinieron a Chile, buscando horizontes mejores.

Ésa es la versión oficial. Y hay gente que se la cree. Iván Jaeger Mills y Regina Soth Szabó de Jaeger, impecables y encantadores inmigrantes húngaros, descendientes de la burguesía educada y hasta ligada a los mecanismos del poder que hacía funcionar eso que en el colegio nos hacen memorizar como el Imperio Austro-Húngaro.

La verdad es otra. Y la supe por casualidad.

Por casualidad y porque este tema ha conseguido que viva siempre con las antenas paradas. El antisemitismo, por ejemplo, lo huelo a un kilómetro y, viviendo en Chile, paso con la nariz ocupada. Sé más del judaísmo de lo que debería. Siempre me ha interesado. Deben ser los genes, la sangre, no lo sé, pero todo lo judío me llama poderosamente la atención.

El tema me obsesiona. Quizás por eso no me resistí a esta loca de la Miriam: más allá de su calentura, me llamó la atención que me aceptara (aunque fuera por un rato), ya que eso implica desafiar todas las leyes anti-*goyim*, que son muy severas. Esto lo sé porque lo he vivido. La Judith, la hija de la tía Loreto, me presentó una vez una niña de «la colonia», de nombre Mijal, que era increíblemente bonita y tenía cualquier plata. Pues bien, nos empezamos a ver, y a besarnos, y hasta hubo algo más, pero sus padres me prohibieron la entrada a su feroz departamento y la Mijal, al final, no volvió a llamarme. Después supe que estaba saliendo con un tipo llamado Robi Silverman. Ahora que sé la verdad, me da algo de risa y bastante más rabia porque, en este caso, el que sufrió de racismo fui yo.

Y es que, de un tiempo a esta parte, desde que lo supe, así está mi vida: ni aquí ni allá, al medio y al lado, ni dentro ni fuera. Soy el único al tanto de este secreto que avergüenza a todos, pero a mí me llena de orgullo. Y de poder, creo.

Esta revelación —porque para mí lo es— se produjo por casualidad. Y gracias a mi tesón. Estábamos almorzando donde mis abuelos. Era feriado, el 21 de mayo. Increíblemente, mi familia celebra ese día. Y eso que no somos marinos ni creemos en las causas perdidas. Es una extraña tradición que, ahora que lo pienso, quizás se deba a que Hungría es un país mediterráneo y a que eso de celebrar el mes del mar y el Combate Naval de Iquique con un almuerzo familiar les parece irresistiblemente exótico. La empleada de mi abuela es chilota y famosa por sus paellas, que son como los curantos. La excusa, en realidad, es comer arroz con mariscos.

Después de almuerzo, me hallaba hojeando un *National Geographic* en el escritorio del Tata Iván cuando sonó el teléfono. Lo atendí; era una voz en inglés. Llamaban de Londres. De parte de la señora Rachel Rothman. Querían hablar con el doctor Istvan Rothman. Le dije que estaba equivocada. Entonces la voz dijo «Istvan Jaeger». Pregunté de parte de quién. La voz me dijo que de parte de una abogada: Mrs Janice Ashmore. La que hablaba era su secretaria. Volví al living y le dije al Tata que lo llamaban de larga distancia, de Inglaterra. Que era una abogada. Él se paró y desapareció en su escritorio. Mi abuela se puso nerviosa. Entonces yo dije:

—Preguntaron por un doctor Rothman.

Mi abuela y mi madre palidecieron a la vez, pero el resto siguió con el café y los chocolates de La Varsovienne.

—Era un amigo de tu abuelo. Muy querido. Ojalá no sean malas noticias —dijo mi abuela, con un acento que me pareció más forzado que de costumbre.

Esa misma tarde llamé a la tía Loreto Cohn. Estaba deprimidísima. Detesta los feriados, porque no hay nada que hacer. Le dije que había conocido a una niña y que deseaba saber si era judía.

—¿Por qué? —me preguntó.

—Porque... como yo soy *goy* y todo eso.

—¿Qué apellido tiene?

—Rothman. Raquel Rothman.

—Más kosher que la Golda Meir. Pero no la ubico. ¿Hija de quién es?

—Es argentina. Del barrio Once. Buenos Aires —le dije.

—¿Te piensas casar con ella?

—No, tía, era sólo curiosidad. Gracias.

—Cuando quieras.

Esa tarde esperé a mi madre. Cuando llegó le serví un trago y me senté frente a ella.

—¿Por qué me miras tanto?

—Estaba viendo si tienes cara de húngara o no.

—Tengo cara de chilena, Matías.

No sabía bien qué decirle. De tanto masticar el asunto, había confundido mi discurso. Así que opté por jugármela al ciento por ciento:

—¿Por qué nunca me dijiste que éramos judíos?

Mi madre quedó verde. Y se tomó el trago al seco.

—¿Qué?

—Eso: por qué nadie me había dicho que era judío. Esa llamada del otro día, la de Inglaterra, me pareció extraña. Istvan Rothman. Así que hablé con el Tata y él me lo confesó. Pero quiero saber tu versión.

—¿Te lo contó?

—Sí —le mentí.

—No puedo creerlo. Pero bueno, ya lo sabes. ¿Qué más quieres?

—Detalles.

—¿No te los dio el papá?

—Es mentira. No le he preguntado nada. Era una corazonada. Necesitaba saberlo. Ahora lo sé.

Ni siquiera vi venir la bofetada. Y me dolió.

—Nunca me vuelvas a mentir en tu vida —me dijo enfurecida.

—Tú tampoco, señora Rothman.

Desapareció del living en un segundo y no la vi más en todo el día. A la mañana siguiente ingresó a mi pieza. Se notaba que no había dormido.

—Mira, huevón —me dijo—. Ya que lo sabes, espero que sepas guardar el secreto. No tengo nada contra los judíos, mis padres tampoco. Pero era una cuestión de vida o muerte. Y han salido adelante. Las religiones, por si no lo sabes, se eligen. Es una cuestión de creencias. Da lo mismo el nombre. No porque antes iban a la sinagoga tenían que morir. Y te ruego que no andes publicando todo esto, mira que aún hoy uno nunca está del todo seguro. Ni tu padre ni tus hermanas lo saben. Ni siquiera mi hermana Lorena. Es más, ni mi madre sabe que yo lo sé. Es todo lo que puedo decir. Y espero no volver a tocar el tema mientras viva.

—¿Quién es Rachel Rothman?

—Hermana de mi padre. Murió hace unos años. Dejó una herencia y ahora lograron ubicar al papá.

—¿Y el Tata qué dice?

—No lo sé. Jamás se lo preguntaría —dijo y salió de mi pieza.

Esa tarde fui a la Embajada de Israel a pedir unos folletos.

No me dejaron entrar.

—Me duelen los tríceps —me comenta Lerner como si fuera lo más natural del mundo.

Yo lo miro con hastío. Trato de distinguir lo que le duele.

—Te juro. Los tengo de piedra. Para mí que me los torcí.

—Es imposible que alguien se tuerza los tríceps. O los bíceps, ya que estamos en esa zona.

—No sé. Igual voy a hablar con mi entrenador. Me metí a un gimnasio, no sé si te conté.

—No, pero igual no quiero saberlo.

—Estás livianito de sangre, Matías.

—Livianísimo.

El Lerner viaja a mi lado, en la Blazer del papá de Cox, rumbo a Viña, destino final Reñaca. El que maneja es Cox. Por la ventana veo el típico paisaje local de lomas y cerros y álamos y vacas y casitas de campo. Estamos entrando al valle de Casablanca. El día sigue perfecto. Acabamos de comer nuestras respectivas empanadas de pino, que compramos más atrás, en un puesto a la orilla del camino, con un horno de greda, más un afiche de Pinochet y del SÍ. La Blazer está pasada a cebolla y comino.

Respiro.

Increíblemente, no hay música. La radio no agarra ninguna señal y el tocacintas está malo. El Nacho va adelante y mira de vez en cuando por el espejo retrovisor, para ver si su tabla no se ha caído de la parrilla. Nadie habla, sólo se oye el leve ruido del motor. Dan ganas de hablar, para romper el silencio, pero no se me ocurre qué decir. Lerner sigue tocándose los músculos, gastados de tanto entrenarlos:

—El tipo del gimnasio dice que es un efecto secundario natural. Por falta de uso. Y eso que soy como deportista. Así y todo, hay músculos que nunca se usan. Tuve que pedirle a mi vieja que me echara Calorub para aliviar el dolor.

—Cuidado, el Calorub puede ser dañino para la salud —le digo, pero nadie se ríe.

El Patán, que apareció de paracaidista, ya que no lo invité, está al otro costado del Lerner y enrolla un pito sobre mi bolso Adidas, lleno con mi ropa del bautizo.

—La marihuana me tiene aburrido —le digo.

—¿Campaña antidroga?

—No, pero los pitos me están lateando. Es como una excusa. La gente los fuma para creer que se droga, pero realmente no pasa nada. No con la hierba chilena, al menos. Además, es típico que un pito se fuma entre tres o cuatro. Es más onda que droga.

—Y está bien —dice el Lerner—, porque tampoco se trata de drogarse hasta convertirse en adicto.

—¿Eso te lo enseñaron en el gimnasio?

—Nada que ver. Pero es mejor sentirse bueno y sano que andar borracho o hecho un zombi. Lejos. Fumar y tomar y drogarse y correrse la paja hacen mal.

—Correrse la paja no hace mal —opina Cox, sin despegar los ojos del camino ni el pie del acelerador—. Es lo mismo que tirar. Sólo que a solas.

—Bueno, quizás —le responde Lerner—. Pero los excesos hacen mal. O sea, yo no estoy en contra de ellos, nunca tan cínico, pero comer salvado de trigo con yoghurt y hacer gimnasia y andar en bicicleta es más que recomendable. Te tranquiliza.

—Lo de andar en bicicleta está sobrevalorado —le digo, pensando en la Antonia.

El Patán enciende el pito de la discordia con cara de «no te voy a convidar»:

—Nada personal, Matías, pero si no te gustan mejor aprovechar lo poco que hay entre los que sí lo saben apreciar.

Lerner lo mira y se ríe:

—A mí tampoco me vas a convidar, ¿no?

—No.

—Me parecía.

A orillas del camino hay un silo pintado como si fuera una caja de Mejoral. Me duele un poco la cabeza. Abro la ventana y la brisa tibia entra con fuerza. Con olor a alfalfa o avena. O algo así.

—Este pito no está nada mal, Matías —me dice el Nacho, que no ha hablado demasiado, lo cual me alegra pero a la vez me molesta—. Deberías probarlo.

—Si esto no ha sido una declaración de principios —me explico, algo lateado—. No tengo nada personal contra los pitos. Me encanta el olor, qué sé yo. Tan sólo me carga eso de que la gente se crea el cuento de que se están drogando, que están violando la ley. Las huevas. Para evadirse hay que usar cosas más pesadas. Y tener algo de lo cual evadirse.

—Estás loco, Vicuña.

—Yo creo que tiene razón —me apoya el Nacho que, mal que mal, algo sabe del tema, creo.

—Exacto, man. Si le pones, mejor ponerle de verdad. Y jugársela. Las drogas blandas, cosechadas, me latean. No sirven de nada.

—O sea, los pitos y el peyote, por ejemplo, son malos.

—Odio a la gente que se pega la volada en la San Pedro. Me revienta. Eso de ir hasta el desierto y llegar a San Pedro de Atacama a dedo para secar el peyote y volarse con los gringos, y las holandesas con sus chombas peruanas o bolivianas, me parece apestoso.

—Se nota que no has ido, Vicuña.

—Ni pienso ir.

Debería cambiar de tema. Hablar del cura y el misticismo, o de mi judaísmo, pero siento que no me puedo correr. Estoy en la mira, como siempre. Aún no entiendo cómo llegamos a este tema. Tampoco estoy convencido de mi postura. Pero todos están en silencio, esperando una respuesta. Decido atinar.

Respiro.

Cebolla, comino, marihuana, avena, alfalfa, Azzaro.

—Los alucinógenos —me embalo— no son verdaderas drogas. Son mediadores para hacer otra cosa. No son realmente una ayuda. Es más como un experimento. Un juego. Ni Morrison ni la Janis Joplin murieron por hongos o peyote o lo que sea. Es una cuestión más sicodélica. Es un viaje, como se dice. Se puede viajar pero siempre regresas. Eso creo yo.

—¿Pero le has hecho al ácido? —me pregunta Cox—. Eso sí que distorsiona, dicen.

—Sí, lógico. Lamí una estampita de ésas en Rio. Con la Cassia. En una orgía que hubo en la casa de una pelirroja decadente que actuaba en una teleserie.

Esto último es mentira pero suena bien.

Al Nacho, lo sé, esto le provoca un ataque de envidia. Siente que se lo perdió. Que todo el mundo fue a la fiesta y no lo invitaron.

—Ahora es mucho más fácil conseguir ácido en Chile —dice—. El Rusty trajo cualquier cantidad de láminas de Estados Unidos.

—El Preguntón, el de la tele, le hace al ácido —opina el Lerner.

—¿Qué? —pregunto.

—En serio. Me lo dijo mi hermano. Conoce al actor que hace el papel.

—¿El Preguntón? ¿Ese buzón rojo medio maraco del Canal Siete?

—El de *Ya somos amigos*. El de la Tía Patricia.

—Tu hermano conoce gente muy rara —le digo.

—¿Pero no era Florcita Motuda, el cantante, el que estaba dentro del buzón? —pregunta Cox.

—Era, pero ya no. Ahora es otro tipo. Nadie lo conoce —responde el Patán que, se nota, ve más programas infantiles de lo que le conviene.

—Créanme o no, me da lo mismo —dice el Lerner urgido—. Pero es verdad. Fíjense. Cuando la tía Patricia deposita una carta y el buzón se larga a bailar, ése es el momento en que está en otra. Algunas de las cartas no llevan estampillas normales sino estampitas, que le consigue una productora amiga de mi hermano. El tipo las lame mientras está en cámara pero nadie se da cuenta. Y los pendejos alucinan con sus gracias.

—No te creo —le digo.

—No me creas. Me da lo mismo. Pero es verdad.

—En este país todos están corruptos —opino.

—¿Y tú no?

Me callo un segundo. Miro el paisaje, los pinos que anuncian la cercanía de Viña y Valparaíso. El Nacho se muerde las uñas. Cox escucha expectante.

—No, yo no.

—¿Tú no qué?

Nadie entiende nada, pienso.

—Yo no nada —les digo.

—Menos mal —opina el Patán—. Lo único que falta es que Vicuña se transforme en un cura o algo peor.

La idea me queda dando vueltas un par de kilómetros. Pero la descarto, no sin algo de nostalgia por eso que nunca voy a vivir.

—Oye, Patán, ¿tienes un pito? Cambié de idea —le digo.

Todos se ríen.

A mí no me parece nada cómico.

Pero me río igual.

Estoy en la arena, tumbado, raja, pegoteado por el sol primaveral, que me penetra por los poros, sin fuerzas siquiera para meterme al mar y flotar un rato hasta desaparecer. Sigo aburrido, lateado. Incluso pensar me agota. Esto lo tengo más que asumido y me preocupa. Pensamiento que me ataca, conversación en la que me enfrasco, opinión que escucho, párrafo que leo, todo me da lo mismo, todo me agobia, es angustiante y me molesta. Estoy aburrido, apestado. No me atrevo a pensar. Pensar me da ideas. Cierro los ojos para absorber los rayos del sol. Tengo olor a aceite de coco, a Hawaiian Tropic Dark Tanning, sin filtro, extra rápido. Me gusta mi cara brillosa por el aceite, sentir su oleosidad, pegote y resbalosa, invadiendo mis poros, alentando al sol para que ingrese tranquilo y deje su huella color cobre. Es lo único que verdaderamente me interesa. Es mi estado natural. Tendría que haber sido surfista, concluyo. Como el Nacho, que está ahora mar adentro, con un traje de goma negro con franjas verde-limón, sobre una tabla rosada, montando unas olas tremendas que revientan demasiado rápido. Cerca de él reaparecen cada tanto otros dos: el Papelucho, que anda con un traje negro-con-naranja —me recuerda el Fiat 147 del Óscar—, y el tal Rusty, un gringo con el pelo muy largo y amarillo que nadie sabe quién es, pero todos lo aman e idolatran. Estoy en la arena, sobre una toalla que dice Sheraton Brickell Point y que encontré en el departamento, atento a estos tres huevones que entretienen al resto de los que están aquí tirados, en este rincón de Reñaca que todos, no por casualidad, denominamos El Cementerio.

El sol ya no está tan alto pero la resolana es total, absolutamente increíble, y estoy seguro de que he conseguido broncearme otro poco o al menos mantener mi tono tropical. No todos están asoleándose. Los únicos que están en el agua son el trío californiano que, como esto del surf es nuevo, tienen realmente convulsionado el ambiente. La terraza, el paseo, están llenos, eso sí. Repletos. Típico domingo fuera de temporada, con buen tiempo.

Cambio de tema:

Cox está tomando Johnny Walker Negro con Coca-Cola. El Lerner y el Patán también. A mí me ofrecen pero ya he tomado suficiente. Me molesta esto de que tomen de un termo gigantesco que bajaron del departamento. El termo es de mi vieja, el Johnny Walker de mi viejo y la Coca-Cola la compramos en el Long Beach. Parecemos argentinos, pienso. O algo peor. Odio a los mendocinos y los sanjuaninos que invaden

Reñaca y Viña y todo el litoral cada verano. Odio que tomen mate y anden con tetera —o *pava*, como le dicen— y preparen ese brebaje en la playa, ante el espanto de los chilenos, que preferirían morirse antes que hacer un picnic en público. En ese sentido, mi viejo tiene razón: deberían cobrar por entrar a Reñaca. Debería ser propiedad exclusiva de los vecinos que han invertido bastantes dólares en sus edificios-escaleras. En realidad, no es muy agradable tomar el funicular y bajar y encontrarse con miles de argentinos que se creen los dueños del lugar y vociferan, con ese acento horroroso. Además, se acaparan a todas las minas, eso es lo que más me molesta. Caen al tiro. No se hacen ni de rogar.

Como las tres que ahora duermen a mi lado: la Maite Daniels que anda con un traje de baño negro, sin sus trencitas a lo Bo Derek; la Pía Balmaceda que trata de broncear sus pecas; y la Flavia Montessori, que no tiene malas piernas pero es absolutamente plana. La Maite es lejos la mejor, cacho. Tomó demasiado a la hora de almuerzo. Apareció por el departamento con sus amigas, justo cuando estábamos por comernos los erizos y machas en esa mesa eterna que mi vieja ha instalado en la terraza. Cox les avisó. Están alojadas las tres en la casa de la Balmaceda, la de sus abuelos: justo arriba de la Playa Negra, en Con-Con.

—Está surfeando bien el Nacho, ¿no? —me interrumpe Cox, que lleva puesto el pantalón del buzo de gimnasia y una polera sin mangas que dice Rio.

—Seguro —le digo, delatando una suerte de orgullo que no me queda del todo claro de dónde viene porque, la verdad de las cosas, el Nacho me tiene más que apestado y, si de mí dependiera, quizás no le hablaría más. Así de aburrido me tiene. Por ejemplo, con esto de hacerse el que nadie lo toma en cuenta, cuando el huevón esta más apernado y metido en lo que tal vez sea el grupillo más insoportablemente engreído e influyente del momento.

—Ese Rusty es muy cómico —opina el Patán mientras lame un Danky 21.

No estoy muy de acuerdo con esta opinión. Desde el momento en que el Papelucho apareció, sin previo aviso, en el departamento —en mi departamento— con el tal Rusty Ratliff, resolví declararles la guerra mental a los tres.

Decididamente, el Papelucho es una mala influencia, no conduce a nada bueno. Siempre que estoy cerca de él, siento que me mira en menos. Podría jurar que me odia y que le habla pestes de mí al Nacho, y éste, como es tan patéticamente débil e influenciable, se cree el cuento de que el Papelucho es realmente su amigo. Y lo que es más lamentable, se cree que estando a su lado y cerca del Rusty, que es todo rubio y yanqui, sube de nivel, mejora su cotización, aumenta sus probabilidades de trascender. De trascender siempre y cuando yo no participe. Porque, ahora que lo pienso, me parece más que sospechoso y mala onda eso de que el Nacho, en un afán quizás independentista que me parece muy poco leal, esté dividiendo su mundo. Como que una cosa es su pasado, su familia y yo, que mal que mal soy como su hermano, y la otra estas nuevas juntas: más pasajeras, más locas, más bulliciosas. Más fáciles e insoportables, también.

El Nacho es lo peor, un bomb, pienso. Un traidor. Sube a la Blazer con cara de cordero degollado y no habla. Yo me preocupo y dejo de pensar en la Antonia, y los judíos, y la Miriam, y mi vida futura, para concentrarme en él, intento darle un espacio, y quizás después instalarnos en la terraza del departamento, a mirar Reñaca y los cerros de Valparaíso y el mar con sus yates y los barcos de guerra y —quizás— la Esmeralda, en la que nunca se embarcó, y sentarnos en esas sillas de lona con una cerveza, y el equipo con la música a todo lo que da, y quedarnos así, al sol.

Pero él, que algo ha aprendido de mí, se las trae. No haría mala dupla con la Antonia. Parecen cortados por la misma tijera. Dicen una cosa y actúan de otra forma. Ambos quieren un pedazo de mí. Y mientras más quieren, menos les doy.

Abro los ojos: más allá de esa muralla que forman los jugadores de paletas, estalla el mar. Y todavía más allá, el trío de gringos sigue adelante con su show. Esto del mar y la camaradería y los amigos y, no sé, la lealtad o eso que uno cree que lo ata para siempre a alguien, me hace acordarme de ese libro que nos hizo leer la Flora Montenegro para Castellano, cuando decidió asignarle un libro distinto a cada dupla. Ella eligió las duplas y los libros. A mí, lógico, me correspondió con el Nacho y nos tocó hacer un informe —un análisis, más bien— de *Los jefes/Los cachorros*, de Vargas Llosa. *La ciudad y los perros* es, todo el mundo lo sabe, el libro favorito del Nacho. Viéndolo ahora en el agua, lamento no poder estar allá adentro. En el agua suceden cosas importantes, se me ocurre. Como en *Día domingo*, que fue el cuento que más le gustó al Nacho, porque tenía que ver con el agua y la competencia.

Me levanto y me dirijo al mar. Entro y mi cuerpo se paraliza por el frío. Esto no es Ipanema, me percato. El agua está glacial y me electrocuta lo suficiente como para dejarme anestesiado. Me lanzo contra una ola y siento que mi sangre se vacía y se la lleva la corriente, pero después la ola disminuye su altura, reaparezco en la superficie, tomo aire, siento la sal en mis labios y grito para recuperar el latido y seguir adelante. El Nacho, el Rusty y el Papelucho están un poco más adentro. Nado. Nado bajo el agua, capeando las olas, abriendo los ojos, viendo tan sólo la revoltosa oscuridad del Pacífico.

Sigo nadando, cada vez más seguro, cada vez con menos frío. Hasta sentir que mis pies ya no topan el fondo. Los miro, pero ya no están. La playa, los cerros, mi edificio, están lejos. Demasiado lejos. Y el Nacho y su tabla están ahora en la playa. Los otros dos también. Están donde yo estaba.

Decido volver a la costa, tratar de volver a tocar la arena con los pies. Nado un poco, evitando que alguna corriente me arrastre hacia donde desemboca el estero. Siento la piel azulada y el aceite de coco ya no impregna mi cuerpo. Miro una vez más hacia la playa, y diviso cómo la Maite y la Pía y la Flavia Montessori secan las tablas con una delicadeza admirable y observan al Rusty como si fuera un ídolo pop. También veo que el Nacho toma del termo y el Papelucho se seca con mi toalla. Me siento ausente, claro. Inútil. Me podría ahogar y nadie se daría cuenta, creo. Y la sola idea de pensarlo me llena de pudor. Y odio. Y lata. Nadie es imprescindible, se me ocurre. Prefiero estar afuera que adentro. Nado de espaldas, rumbo a la corriente. Pero la corriente ya no está.

Así que floto, a la deriva, como si fuera una misión, mirando al cielo, pensando en eso de que uno se siente solo cuando está con gente; cuando uno está solo, en cambio, hasta puede que se sienta acompañado.

La mujer que viaja junto a mí en el bus duerme profundamente. Por suerte no ronca. Las luces están apagadas y la densa oscuridad es rota, sólo de vez en cuando, por los focos de los demás autobuses, camiones y autos que pasan en dirección contraria. Después de ese control policial antes de llegar a Peñuelas, me quedé profundamente dormido. Y como me dio frío, abracé mi bolso Adidas. Pero llevo ya un buen tiempo despierto. Inquieto. Desperté por el calor. Afuera está helado. Se nota porque los vidrios están empañados. Debemos ir por Curacaví, pero no estoy seguro. Con la mano le hago una seña al sobrecargo y le digo, muy bajito, que me traiga una Cachantún, porque la sed me está matando. Me la trae, con pajita y todo, pero está tibia.

Quizás esto sea un error, pienso. Esto de haberme alejado del grupo sin avisarle a nadie, lo de simplemente desaparecer sin dejar rastro alguno. Pero estaba apestado, no aguantaba más y sentí que sería mucho más sincero y honesto de mi parte seguir mis impulsos y arrancar. Pero arrancar —creo— no es la palabra. Más bien me fui. Me viré, dejé de estar allí, quise estar solo. Mejor solo que mal acompañado. Así que una vez que sentí que ya no deseaba estar con todos ellos, me hice a un lado y tomé mi camino.

A partir de ese momento, no hice más que pensar en todos ellos. Llegué a mi departamento, lo ordené un poco, regué las plantas y lo sentí demasiado vacío, así que lo cerré y tomé una micro hasta Viña. Caminé y caminé por sus calles sin veraneantes; la ciudad me pareció más patética y provinciana de lo que jamás había imaginado.

Era tarde y me sentía aburrido. No tenía nada que hacer. En un almacén de 4 ó 5 Norte me compré una botella de pisco-sour y me la fui tomando en el camino, hasta que llegué al rodoviario, que está como en la parte más fea y peligrosa de Viña. Por suerte había pasajes, aunque sólo había un bus. Tuve que esperar diez minutos a la intemperie. Por fin partió. Era el último bus de la noche a Santiago. Me salvé por un pelo.

Pero uno siempre se salva justito. Si es que se salva, claro. A veces, uno siente que ese dardo venenoso viene derecho hacia uno y uno ni siquiera se agacha. O la presión aumenta y aumenta a tal grado que a uno le queda más que claro que el control ya lo perdió; lo importante, en ese caso, es perderlo con dignidad. Pero cuesta.

Ocurre, por ejemplo, con esto del Nacho. Increíblemente, ya no me toma en cuenta, considera que soy un lastre, que no tengo lo que se necesita para ingresar a su pandilla acuática. Quizás tenga razón. Pasa que simplemente no trago al Papelucho ni al Rusty Ratliff. No me interesa estar asociado a ellos. El Rusty, que tiene el pelo rubio y enredado, entre cafesoso y amarillo, largo y perdido, se jura lo mejor. Es un ídolo. Si hasta el mismo Alejandro Paz está rendido a sus pies y habla de lo genial y *cool* que es este tipo, que siempre anda con una barba de cuatro días, casi transparente, que viene —esto mata al Paz— del San Fernando Valley de Los Angeles. De un barrio llamado Encino que se supone es el lugar de los elegidos. Surfeaba en Malibu y en Zuma, cuenta. Pero ahora está en Chile y cultiva su yanqui-power y la gente le cree. Todas las minas babean por él. Según Cox, ya se ha tirado a varias. El Papelucho, que alguna vez fue divertido, ha pasado a ser su discípulo, su brazo derecho.

El Nacho, por lo que veo, está a punto de caer. Lo sé porque mientras almorzábamos y el Rusty encendía pito tras pito y hablaba con ese acento que sabe explotar tan bien y se sacudía el pelo como si fuera el único en la tierra con una melena así, le pegué una mirada como de complicidad, como diciéndole: «¿Y este huevón de dónde salió, man?». Pero él desvió la mirada, la esquivó en la más certera y, sin pensarlo dos veces, se unió al gringo en forma definitiva, o eso me pareció.

Después partimos todos a la playa y estaba ese termo con whisky y Coca-Cola y el olor del Hawaiian Tropic y el sol que rebotaba en la arena. Nada más, creo. A excepción de la Maite Daniels, claro, que estuvo bastante rara. Rara e intrusa, ansiosa, y con esa típica carga de energía enervante que expelen las minas cuando desean algo con un tipo y no toleran la posibilidad de que la cuestión no sea recíproca, que el huevón no las pesque, no le interese. Ni para culear.

He perdido la paciencia, veo. Casi todos los pasajeros del bus duermen. Dentro de un rato estaré de vuelta en Santiago. Por la mañana volveré a clases, al uniforme, a los cuadernos. A Tercero Medio.

Cambio de tema. Vuelta a la playa:

Salí del mar helado como un ventisquero y unas nubes traidoras se dedicaron a tapar el sol. Tuve que correr un rato por la orilla y, eventualmente, acercarme al grupillo, tirarme sobre la toalla y cerrar los ojos. Nadie me preguntó cómo estaba el agua. Estaban todos enfrascados en un horroroso y estúpido juego llamado algo así como «Sí o No», pero no tiene nada que ver con el plebiscito que viene. El Rusty, que llevaba puesta una polera bastante rica que decía Bob Marley: Survival African

Tour 1978, estaba a cargo del juego. Era el turno del Nacho. Yo seguía con los ojos cerrados, sintiendo cómo la
brisa salina me secaba, escuchando, queriendo entender el apestoso jueguito, que era más o menos así:

—¿Muerto?

—No.

—¿Hombre?

—Sí.

—¿Estadounidense?

—Sí.

—¿Artista?

—Sí.

El Nacho pareció confundirse. Creyó que el
tipo era pintor o escritor y, no sé por qué, preguntó si
el personaje en cuestión tenía un apellido extranjero.
Le dijeron que sí y ahí sí que se urgió, porque se fue
por la tangente. Por lo que yo sé, el Nacho no es precisamente un experto en poetas norteamericanos de
origen polaco o húngaro. Entonces abrí los ojos y quise unirme al juego, pero como no sabía cuál era el
nombre del compadre, me dediqué simplemente a
observar. Y ahí me topé con la Maite, que me estaba
mirando de una manera muy rara y molestosa. Así que
me puse mi polera de The Clash. Obviamente, le llamó la atención al Rusty.

—¿Te gustan?

—Sí —le dije—. En especial ese tema *I'm so bo-
red with the USA*.

El huevón no acusó el golpe. La Maite se rió
un poco y me miró.

—¿Baila? —preguntó el Nacho.

—Sí.

—¿Lo he visto bailar?

—Sí.

La Maite se acercó a mí y encendió un cigarrillo con el convencimiento con que lo haría alguien
que está a punto de ser famoso.

—¿Lo he visto bailar en persona?

—Ojalá —respondió la Flavia, que es más tonta que un tarro de atún.

—Es «sí» o «no». No se puede usar otra palabra —le respondió enojado el Rusty que, como buen
gringo, se toma los juegos muy en serio.

—No, entonces. No lo has visto bailar en persona.

—¿En el cine?

—Sí —le contestó Cox.

«Es John Travolta», me dijo al oído la Maite.
Después me invitó a que la acompañara hasta el Long
Beach a comprar un helado.

—Venden helados de pisco-sour, te juro.

Claro, pensé: Travolta es un apellido extranjero. Italiano. Pero el Nacho debe pensar que es un bailarín ruso. Alguien clásico. Debería preguntar si además canta o actúa.

—¿Canta? —preguntó.

Me sentí más tranquilo.

Después nos fuimos con la Maite por la terraza, rumbo al Long Beach. Ella pidió su barquillo de
pisco-sour y yo un cucurucho de papas fritas, para pa-
liar el frío. Luego nos sentamos en un escaño a mirar
la gente que pasaba. El sol empezaba a retirarse.

—Así que, bueno, cuéntame. ¿Qué onda con
la Antonia? ¿Se acabó o no? ¿La viste el fin de semana?
Sé que el viernes fue al cine con el Gonzalo.

—¿Cómo sabes que fue con él?

—Hablé con ella por teléfono. Antes de partir
a la fiesta del Cox.

—¿Por qué no me lo contaste?

—No me preguntaste. Si ni hablamos. Tú andabas muy raro. Como hoy.

Tendría que haber parado la conversación ahí. Jamás hay que dejar que una mina dé por sentado que uno estuvo o está de determinada manera. O permitir que venda la imagen de sincera cuando lo único que hace es manipular la más mínima información. Pero ya era tarde y el que calla, otorga. Le debí haber respondido: «La rara eres tú». Pero tenía curiosidad. Necesitaba hablar con alguien. Aunque fuera ella: la Maite Daniels, la mujer menos confiable del país. Así que dejé que todo fluyera.

—¿Y qué opinas del Gonzalo? Yo encuentro que McClure es como para ella —dijo.

—Lo peor.

—¿Celos?

—Mira —le dije—, ya que estás aquí, en la del detective, te voy a dar mi opinión. Así se la puedes transmitir a tu amiga Antonia. Dile que me apestó. Que ya no pasa nada. Que ya no podría pasar nada. Especialmente si está saliendo con el McClure. No tanto porque salga con otro, sino justamente por salir con él. Digamos que no me interesa salir con alguien que sale o ha salido con el McClure. Incompatibilidad de caracteres. Dime con quién andas y te diré quién eres.

—Eso no es tan cierto.

—¿Cómo que no?

—Una no siempre anda, o se enreda, con alguien que está a su altura.

—Es verdad: me olvidaba de lo nuestro.

—¿Lo nuestro? No seas cursi.

—Cursi, no. Eso lo tengo claro, Maite.

—No me queda tan claro.

—A ti nunca nada te queda claro.

Es raro pero el sexo, digan lo que digan, une a la gente. Crea un lazo extraño. Aunque sólo haya ocurrido una vez.

—No sé cómo me metí contigo —me dijo.

Era obvio. Sabía que iba a decir algo así. Las minas siempre dicen cosas así.

—Ni siquiera me acuerdo —le respondí haciéndome el *cool*.

—Mentira.

—Está bien —le dije—. Me acuerdo que te cagaste al Nacho. Que lo cagamos.

—¿Se lo dijiste?

—Uno puede cagarse a alguien sin que lo sepa. La cagada es la misma. Al final, claro, todo se sabe. Pero éste no es el caso.

—Menos mal, Matías. Te mato si se lo dices.

—¿Me vas a decir que todavía te gusta?

—No, pero no me gustaría quedar mal con él.

—No te gustaría que dejara de pasarse películas contigo.

—Puede ser.

Miro a la Maite. Bajo su polera diviso el traje de baño. Trato de recordar su cuerpo. Nunca lo vi del todo. Tocarlo sí, pero vi poco.

—¿Te acostarías conmigo ahora? —le pregunto.

Ella me mira y se hace la dura, la difícil.

—No, no creo. Quizás. Tendría que estar muy enojada. Igual no niego que hay onda entre nosotros.

—Yo creo que no la hay. Definitivamente.

—Más de la que hay entre tú y la Antonia.

—¿Te ha hablado de mí?

—Me dijo que la tenías aburrida. Harta. Que a veces eras tierno y todo, pero que no te la jugabas por ella. Que sólo pensabas en ti. Que eras demasiado egocéntrico.

Sentí que me daban un golpe. Pero el dolor era más leve que el acostumbrado.

—Así que lo tenía ensayado —le dije—. Todo esto.

—No sé, pero yo, de alguna manera, estoy de acuerdo. Eres bastante egocéntrico. Por eso eres atractivo. A tu manera, claro.

—¿Qué significa «a mi manera»?

—Te enojaste, Matías.

—No estoy enojado.

—Yo te conozco. No me mientas.

—Que esto te quede claro, Maite: tú no me conoces. No podrías aunque quisieras. ¿Y sabes por qué? Porque no me interesa que me conozcas.

—Tú no dejas que te conozcan. Punto.

La dejé hablando sola. Bajé a la arena y caminé por la franja mojada hasta El Cementerio. Ahora era el turno de la Flavia Montessori. Su personaje era Yoko Ono.

—¿Vamos a Ritoque, Chona? —le dijo Rusty al Nacho. El Rusty cree que dar vueltas las sílabas es divertido. Al Papelucho le dice Cholu. Al Patán, Tanpa. A mí me trata de Matías. Por suerte. Nunca tanta confianza.

—¿Dónde aprendió español este huevón? —le pregunté al Lerner.

—El viejo trabaja para la Firestone. Ha vivido en España, en México. Y en Venezuela, creo. Va al Nido de Águilas. Tiene cualquier plata.

—Me imagino.

Al rato nos subimos todos en la Blazer de Cox y a un feroz jeep negro con neumáticos Firestone del propio Rusty.

—Apurémonos antes que oscurezca. Te echo una carrera, Cox.

En la Blazer subió la Pía Balmaceda. En el jeep, el trío acuático, la puta de la Maite Daniels y la Flavia Montessori. Antes de cruzar el río Aconcagua, paramos a comprar pisco, bebidas y unos quequitos. Yo tenía arena en el traje de baño y estaba efectivamente apestado. Pero no había mucho que hacer. Me dediqué al pisco.

Y me aislé.

La carrera, por cierto, la ganó el Rusty. Una vez allá, en medio de ese arenal sin conquistar, se decidió seguir con la competencia, porque ya todo estaba naranja y había un viento de puta madre que no paraba y el frío era cosa seria.

—Pudimos habernos bañado desnudos —dijo el Rusty.

La Maite sonrió. La Flavia no.

—*Palomita Blanca* ya pasó de moda —le contesté.

El Nacho me miró sorprendido, casi impactado de que me hubiera atrevido a contrariarlo.

—Es un libro —le dijo al Rusty—. *A book.* Hay una escena famosa que ocurre aquí. Es sobre hippies que se bañan en pelotas. Es como el Woodstock chilensis.

Cox decidió correr su Blazer por el agua. El Rusty también. Al jeep se subió el Papelucho. En la Blazer el Lerner que, la verdad, es capaz de cualquier cosa con tal de figurar y llamar la atención.

El resto nos quedamos junto a una duna. Cerca de ahí reposaba una camioneta, sin sus dueños.

—Seguro que es una pareja y están tirando más allá —dijo el Patán.

—Una pareja puede ser. Pero uno de ellos es milico —dijo la Pía.

—¿Cómo lo sabes? —pregunté yo.

El Nacho se apresuró a responder:

—Por la calcomanía Es un naval. De acá de Quinteros. Mira, adentro hay un walkie-talkie. Y una carpeta con papeles.

Al rato, volvieron todos. El Papelucho y Lerner estaban empalados de frío. Y mojados. El Rusty saltó por la ventana del jeep y cayó —perfecto— en la arena.

—Este huevón se cree vaquero —le dije al Patán, pero no me hizo caso.

—Son navales, Rusty —dijo el Nacho.

—Hay que hacer algo —agregó el Papelucho.

—Ningún problema, Cholu.

Ahí sentí que habría problemas.

—El Rusty es cosa seria —me aclaró el Patán—. Lo expulsaron de España por incendiarle el auto a un profesor.

Por suerte no se le ocurrió prenderle fuego a la camioneta del naval que estaba tirando por ahí. Menos mal que su dueño no apareció. Sólo le robaron toda la bencina, pero ni siquiera llenaron los demás estanques. El Rusty sacó del jeep una manguera gruesa, sopló a través de ella, tragó un poco de bencina y dejó que el líquido fuera absorbido por la arena.

—Estuvo mejor que esa vez en La Reina, ¿no, Tanpa?

—Mejor.

—Entonces, viremos —opiné bastante apestado.

Querían terminar todos en mi departamento. Yo les dije que no. Tuve miedo de que se enojaran o algo parecido, pero la Pía Balmaceda saltó y dijo:

—Pasemos a mi casa. Ahí se pueden duchar. Hay harta comida. Yo igual tengo que cerrar y dejar todo ordenado.

Así lo hicimos. Pero yo ya sabía que no deseaba estar ahí.

Le dije a Cox:

—Yo me voy a mi departamento. Tengo que cerrarlo.

—¿Te paso a buscar?

—Mejor no. Yo veré cómo vuelvo.

—¿Estás seguro?

—Creo que sí.

Así fue como me viré. Bajé hasta la Playa Negra y caminé hasta Higuerillas, donde había un colectivo que me dejó justo al frente de La Mela, a media cuadra del departamento.

—¿Aló?

Es mi viejo. Por suerte no tiene voz de sueño.

—Soy yo —le digo.

—¿Dónde estás?

—Estoy en un teléfono público en la Alameda. Casi esquina de Las Rejas. Sobre la estación del Metro.

—¿Volviste de Reñaca? ¿Está todo bien?

—Sí, pero no tengo plata. Tuve que volverme en bus. Y no hay micros.

—Mira, tómate un taxi y cuando llegues dile al nochero que te pase plata. Para eso hay una caja chica. Yo se la repongo en la mañana

—Bueno.

—No hay problema, ¿no?

—No.

Colgué, caminé una cuadra y paré un taxi.

—Pensé que mi viejo me iba a venir a recoger —le dije al taxista.

—¿Perdón?

—No, nada. Nada nuevo. No se preocupe. Nada que no pueda soportar.

LUNES 8 DE SEPTIEMBRE DE 1980

Un par de dilemas, serios traumas, decisiones que tomar. ¿Qué hacer? ¿Virarse? ¿Mandar todo a la cresta? ¿Escapar?

¿Qué pasaría? ¿Pasaría algo? Imagínate. Piénsalo un poco, pongamos las cosas en la balanza.

¿Qué pasaría? ¿Qué?

Y si te fueras, por ejemplo, si te marcharas sin mirar atrás, asumiendo la soledad, sabiendo que puede ser un error, un grave error, pero que igual te sentirías bien, ¿lo harías? Perderías la seguridad pero, ¿qué significa estar seguro? ¿Alguien lo está? ¿Podrías admitir, sin hacer trampas, que realmente estás seguro?

Hay preguntas que es mejor dejar sin responder, ¿no?

El día, una vez más, está soleado. Te bajas de la micro dos cuadras antes de lo indicado. Quieres estar solo antes de ingresar a clases, antes de enfrentarte a ella. Antes de enfrentarte a todos. Caminas un poco y entras, sin saber por qué, a una farmacia con un espejo gentileza de Sal de Fruta Eno. Tienes el pelo mojado. Te ves pésimo de uniforme, piensas. Te desabotonas el cuello y aprietas el nudo de la corbata, para verte menos formal y empaquetado. Más rebelde. Como esa película que viste en la tele, una noche que no podías dormir.

—¿Qué deseas de la vida? —le pregunta un profesor mediocre y reprimido a un tipo que anda en moto y usa chaqueta de cuero.

El tipo, al que le sobra onda, le responde:

—¡Más!

Fin de la escena. Gran escena. Qué quieres de la vida, cabrito. Quiero más, quiero mucho más. ¿Algún problema?

—*¿Padre?*

—*Sí, hijo.*

—*Quiero matarte.*

—*¿Madre?*

—*Sí, hijo.*

—*Quiero tirarte...*

Jim Morrison nunca pasa de moda. El farmacéutico apaga la radio y sospecha de ti. Quizás no debería tocar a The Doors a esta hora de la mañana. Quizás. El tipo debe creer que eres un *junkie,* que lo vas a asaltar, que deseas anfetaminas o *downers* o un cóctel de vitamina C con Librium. Te arreglas el pelo. Lo desordenas y ordenas y desordenas nuevamente para que parezca natural. Sientes el efecto del vodka con naranja. Buen desayuno. Deberían vender cocaína en las farmacias, piensas.

—Hola, buenos días, gusto de saludarlo. Me podría dar, si fuera tan amable, medio gramo de polvo de ángel.

—¿De Medellín o Santa Cruz?

—La boliviana es más barata, ¿no?

—La peruana es la más económica, pero desgraciadamente se nos acabó.

—Está bien. Deme la de Medellín. Hoy es un día importante.

—Sabia elección. Lo barato, al final, sale caro.

—Muy cierto.

Ahora lo que suena es la radio. Noticias. Faltan tres minutos para la campana y la entrada a clases.

Te pones tus nuevos anteojos oscuros. Se ven increíbles. Te ves increíble. El vodka fue con jugo de naranja Soprole, media galleta de soda McKay, más ricas no hay, un poco de yoghurt de vainilla, medio Valium que le robaste a tu vieja mientras estaba en el baño, maquillándose.

—¿Desea algo, joven?

—Gracias por lo de joven —le digo.

Por el parlante de la radio aflora *El Correo de Minería*. El tipo es del SÍ. Los del SÍ escuchan la radio Minería y la Portales y, los más fascistas, la Nacional. Jorge Alessandri, que nadie sabe cómo no se muere de viejo, dice que votar negativamente es un crimen contra Chile. La Yolanda Sultana predice un 75 por ciento a favor del SÍ; Shara, a la que le deben haber pagado más, dice que los astros le aseguran al SÍ un 80 por ciento, y que el presidente puede estar tranquilo.

—Deme una tira de vitaminas C —te oyes decir—. Y una caja de preservativos. De condones. Ojalá lubricados, por favor. Con puntita para guardar el semen. Si tienen espermaticida, mejor, ¿no?

El tipo palidece. En la radio hablan ahora de Jaime Guzmán. Hablan de Gustavo Leigh, que llama a votar NO. Odias a Jaime Guzmán, lo admites. A veces tienes pesadillas con él. Sueñas que te vas a convertir en su doble: blanco, transparente, virgen, cartucho, calvo, mal vestido, con esos anteojos horrorosos. El perno más perno de Chile.

El farmacéutico te trae lo que pediste. Abres tu billetera. Ahora tienes plata. Tu viejo te dejó plata en el velador, mientras te estabas pajeando en la ducha. El concha de su madre no fue capaz de irte a buscar a Las Rejas, pero lava su culpa —¿tiene culpa?, ¿sabe acaso lo que eso significa?— dejándote cualquier plata.

—Gracias, señor farmacéutico —le dices, aceptándole el vuelto.

Después corres.

Y llegas justo. Antes de la última campana.

La suerte de algunos, ¿no?

¿No?

Estoy al final de la clase. Desde mi silla-con-mesita-incluida observo. Los observo. Estamos en clase de inglés. Sé más que la profesora, que nunca ha escuchado un disco, nunca ha leído la *Rolling Stone*. La próxima hora es Biología. No debería estar aquí, pienso. Pero estoy.

—Vicuña, *would you please take off your dark glasses?*

—*Sorry, Miss, but I have an eye problem.*

Mejor dicho: *I have a problem.* Pero no digo nada, porque no deseo sacarme los anteojos ni deseo enfrentarme a la inspectora. Decido callar. Es tiempo de callar, como dicen por ahí. No tengo nada que decir. No me interesa hablar con nadie. Sólo con la Flora Montenegro, pero su clase es recién a la sexta hora. Puedo esperar. Y no hablar.

Sólo observar.

Desaparecer:

Matías está sentado al final de la clase, en la fila junto a la ventana. Desde allí domina todas las cabezas de su curso. También ve el cerro San Cristóbal. El pizarrón no es una pizarra sino un *board* blanco y, en vez de tiza, se escribe con *magic markers,* más conocidos como plumones, aunque no tienen nada que ver con esas frazadas demasiado gruesas que a alguna gente —especialmente a las mujeres— le gusta colocar en sus camas. Este tipo de pizarrones son una novedad y se instalaron recién este año. No ensucian y toda la tinta, que puede ser negra, azul, roja y verde, se borra con un pañito cualquiera. Su único inconveniente es que si uno los marca con un plumón común y corriente, la tinta se queda pegada allí para siempre. O casi. Hay que recurrir a unos líquidos importados de Alemania. Ésa es la explicación por la que aún no pueden borrar el *¡NO: fuera Pinochet!* rojo que apareció en la pizarra del Tercero B.

Matías anda con anteojos oscuros. Se ve bien. Parece un rebelde, un solitario. Escribe algo en su cuaderno, pero evidentemente no tiene mucho que ver con lo que está hablando la profesora de inglés, a la que le patina la *ce-hache* por lo que, en vez de decir *children*, dice *shildren*.

En la segunda fila, lugar dos, es decir casi encima del *board* y el escritorio de madera para la profesora, está sentada, muy atenta, la Antonia Prieto. La profesora de inglés dice cualquier cosa. *Small talk*. La Antonia, sin embargo, anota todo lo que dice. La profesora lamenta la cantidad de clases que se han perdido con las vacaciones trimestrales y el viaje a Rio de Janeiro, y anuncia que, debido a la situación política, puede que no haya clases el miércoles, como tampoco el jueves, aunque ella espera que el viernes, a pesar de los festejos, todos asistan, porque va a realizar un control de verbos. Eso porque la próxima semana habrá sólo tres días de clases debido a las Fiestas Patrias.

La Antonia sigue anotando.

Más allá, en la fila tres, lugar cinco, está Ignacio Detmers. Éste sí que es un personaje desagradable.

Patético. Él no lo sabe, claro. Él se cree que es un elegido, pero no lo es. La Antonia, en cambio, sí lo es, pero ella lo niega, lo que es casi peor. Ignacio Detmers tampoco escucha a la profesora de inglés. Lee en forma subrepticia la revista *Surfer* que, como su nombre lo indica, versa obviamente sobre este deporte, el cual consiste en pararse sobre una tabla que esquiva las olas y que, los que se juran lo máximo, no cesan de...

Levanto la vista.

—Vicuña, *can you repeat what I just said?*

—*No, I guess I can't.*

—*Please pay attention, then.*

Pero no consigo poner atención. Así que me levanto, me acerco a ella, miro a la Antonia y le digo a la vieja:

—Me siento mal. Me tengo que ir.

—*In English.*

—*I feel like fuckin' shit, Miss.*

—Abandone la sala, por favor.

—Eso era justamente lo que deseaba, Miss.

—Vaya a inspectoría. Esto es el colmo.

—¿Usted cree?

—*Please, I'm in the middle of a class.*

—*I know...*

—Fuera.

Cierro los ojos. No puedo creerlo.

Los abro: la inspectora —con ese delantal burdeos que la hace parecer aun más la empleada doméstica que probablemente es— me mira sin hablar. Me observa de arriba a abajo. Estoy en una silla, en su oficina, hojeando un número de *Coqueta* que seguro le confiscó a alguna mina. Su oficina es chica y tiene un calendario de Firestone, me fijo. El primer plano de un neumático radial y, atrás, el campo chileno floreciendo en primavera.

—Esto es el colmo, Vicuña, ¿no?

—No lo sé. No creo.

—¿Qué no crees?

—Creo que no debería estar aquí. Estoy un poco viejo para ser castigado. Y anotado en el libro. Me parece estúpido que a uno lo anoten en el libro de clases. No asusta, le digo. No creo que cambie de actitud porque me anotan.

—Esto no es cómico, Vicuña. Voy a tener que llamar a tus apoderados. Ésta es tu séptima anotación. No llevas ni dos horas del nuevo trimestre y ya estás en problemas.

—Los problemas empezaron antes...

—Una hubiera creído que el viaje de estudio los iba a calmar, les iba a saciar todas esas energías dispersas.

No le respondo, porque el tema del viaje de estudio me parece intocable, sagrado, y no estoy dispuesto a debatirlo con esta mediocre que cree que anotar a alguien en el libro de clases es algo importante.

—Voy a llamar a tus padres. No me dejas otra alternativa.

—No creo que enganchen demasiado. Ellos me criaron así.

—Lo dudo.

—En serio. Si los llama, capaz que se enojen. Sería como insinuarles que me educaron mal. Porque usted misma ha dicho que soy un mal educado. O sea, no es sólo el colegio el que queda como las huevas... perdón, queda pésimo... sino ellos. Y, le cuento, desde que ingresaron ambos a Alcohólicos Anónimos están demasiado susceptibles. Es algo tremendo pero, bueno, las familias son así y es mejor tener familias con problemas que problemas sin familia.

Me gusta esta frase: *problemas sin familia.*
Suena bien.

La inspectora me mira con cara de «qué triste es tu vida», pero me anota igual:

—Quédate aquí durante esta segunda hora de inglés. Y piensa en lo que has hecho y piensas hacer. Tonto no eres, pero no siempre son los inteligentes los que triunfan. Si sigues así, quién sabe cómo vas a terminar, Vicuña. Mira que yo tengo experiencia. Y sácate esos espantosos anteojos oscuros. Pareces un mafioso.

—O agente de la CNI, ¿no?

No me contesta. Cierra la puerta. Con llave. Si hay un terremoto o un incendio, cago. Reviso su escritorio pero todo está con llave. En otro de sus delantales encuentro una tira de Tapal, para el dolor de ovarios —sus ovarios— y un cigarrillo suelto. Pero no fumo ni tengo ovarios. Así que me siento y enchufo la estufa eléctrica que está en una esquina. Y hojeo la *Coqueta.*

Circulo por el patio vacío. Convencí a la inspectora para que, ya que me amonestó y todo, al menos me dejara ir a la biblioteca a esperar allí el recreo. Pero no quiero leer. Odio la biblioteca. Faltan libros buenos, los censurados por el Comité de Buena Decencia, los archienemigos de la Flora Montenegro. Voy hasta el quiosco, en una esquina del patio. Está cerrado; no puedo comprarme una Negrita. Me dedico, entonces, a masticar las vitaminas C que adquirí en la farmacia. Miro mis zapatos negros, lustradísimos. Me cuesta creer que aún me obliguen a usar uniforme: pantalón gris, blazer azul-marino Peval, corbata de seda para que no nos confundan con los liceanos, que ahora también usan corbatas de color.

Suerte que tengo mis Ray-Ban para protegerme.

Entro al baño. Mientras meo, leo los graffiti, casi todos referentes a las profesoras (mi profesora jefe, con sus típicos pantalones de pana, gana lejos) y a lo maraco que es el Carlitos Miller y a lo puta que es —o fue— la Ximena Santander.

Este insulto gratuito a la Ximena, anónimo como todos los insultos y rumores, me molesta particularmente. Tenía, me acuerdo, una melena a lo Farrah Fawcett, pero en versión azabache. Ya no está en el colegio, lo que es una pena porque la tipa era —es— realmente buena onda, no se dejaba atrapar por nadie y siempre hacía lo que deseaba. A pesar de que era mayor que yo, hablaba conmigo, violando esa ley que excluye a toda mujer de entablar relaciones con alguien de un curso menor. Yo estaba en primero medio y ella, con su jumper siempre ajustado y cortísimo, cursaba por segunda vez el tercero.

La Ximena era total. Increíble. Me enorgullecía ser su amigo. Me sentía su discípulo. No era que hiciéramos cosas juntos o habláramos por teléfono. Era una amistad de colegio. Y cimarra. Nos veíamos siempre a la salida de clases. Armábamos feroz grupo junto al quiosco de la señora Gladys, que siempre nos fiaba; nos dedicábamos a fumar —yo no, claro— y a hablar de la vida. Y siempre aprendía algo nuevo.

A la Santander no la paraba nadie. Eso la hacía especial. A los catorce, su vida cambió. Protagonizó uno de los choques más espectaculares de Chile. Su pololo —que era seis años mayor que ella— iba manejando. Murieron siete personas: tres en su auto y cuatro en el otro. Sólo se salvó ella. Y casi sin lesiones. Su foto fue portada de *Las Últimas Noticias*. Desde ese día, la Santander decidió vivir la vida como si fuera lo único que uno tiene. Por eso el colegio la suspendía y la suspendía. La odiaban.

Una vez nos tocó que nos suspendieran juntos. A mí por responderle a la directora. Le dije que lo que decía no era cierto. El problema es que se lo dije frente a todo el alumnado. La vieja de mierda no dejó pasar mi observación. Se cree inglesa y aristócrata; inglesa quizás, pero aristócrata en ningún caso. Aquella vez dijo que ella practicaba «la política de puertas abiertas» y que el alumno que lo quisiera podía ir a «dialogar» con ella. Yo le dije —a viva voz— que eso era falso; que si no se acordaba de esa vez que suspendieron a mi hermana Francisca por estar atracando a la salida del colegio. Fui a reclamar ante ella porque me parecía injusto que en un colegio donde había un alto índice de abortos suspendieran a alguien por el solo hecho de besarse en público. «Es que no es su pololo», me respondió la inspectora, como si «pololo» fuese un estado civil comprobable. Me suspendieron igual.

La Santander, en tanto, estaba en inspectoría por tomar pisco con Fanta en plena clase de Química. Ahí nos hicimos amigos, y cuando nos enviaron a los dos de vuelta a la casa, nos fuimos al Pumper a comer papas fritas. Me acuerdo de que nos encontramos con las mellizas Garmendia, del Villa María, haciendo la cimarra, como es típico en ellas. Estuvimos los cuatro juntos hasta pasada la hora del té. Y nos hicimos inseparables.

—Somos rebeldes —dijo una de las mellizas.

—Y nos va a ir mal —le respondió la Ximena—. Gente como nosotros nunca sale ganando. El enemigo siempre se encarga de dejar claro quién es el que manda.

Yo la miré con una admiración que, en ese instante, confundí con amor.

—Somos de la misma raza, Matías —recuerdo que me dijo—. Aprovecha mientras puedas.

La Ximena Santander, a pesar de sus pésimas notas, era un genio. Predecía el futuro:

—Algún día voy a pagar por ser como soy —me dijo esa vez.

Y así fue. Ocurrió cuando optó por tener un hijo. Tenía diecisiete, edad que a ella le pareció más que adecuada. El padre era un alemán que vino a la FISA. Vendía regadores eléctricos. La Ximena lo conoció allí: como es atractiva y alta y sabía algo de inglés, se consiguió un trabajo de promotora en el stand de Francia. En el de Alemania la rechazaron porque no era rubia. Conoció a Heinz a la hora de almuerzo. Y estuvo con él las dos semanas que duró la FISA. Yo lo conocí una vez que fui en tren desde la Estación Central, con el Nacho, a comprar chocolates importados y mirar los autos en exhibición. Nos encontramos con ella y nos presentó al Heinz, que no tenía más de veintiocho.

—En realidad, quedé embarazada. No lo tenía planeado —me dijo una tarde, apoyada en el quiosco de la señora Gladys—. Pero Heinz era demasiado bello e inteligente y quiero un hijo alto. Así que voy a aprovechar esta oportunidad que Dios me ha dado. Ya tuve una y aborté. Ahora no. Lo voy a tener y después volveré a clases.

Pero la Ximena se olvidó de que el enemigo está en todas partes y que sus padres, más el colegio y la puta de la directora, sumados al Ministerio de Educación y unos médicos inescrupulosos, se iban a unir en un frente común.

Quizás fue culpa de ella, que siempre pensaba que alguien estaba filmando un documental de su vida y, por pánico a que fuera aburrido, subrayaba demasiado cada uno de sus actos. Por eso, al día siguiente de compartir esa confidencia y ese Sahne-Nuss conmigo, pidió hablar con la directora. Le dijo, muy educadamente, que estaba embarazada de tres meses y medio y pedía permiso para continuar en el colegio, que se arrepentía de su mala conducta, que pensaba asistir hasta justo antes del parto y que, si todo salía bien, esperaba no faltar.

Obviamente, no hubo permiso. Sólo escándalo. Le dijeron que debía retirarse del colegio. Y en forma definitiva, ya que una niñita no podía asistir a clases si era madre de familia. Pero, eso sí, le recomendaron una clínica donde podían ayudarla a poner remedio a su situación. Y le dijeron que lo mejor era que se fuera al Liceo Lastarria, donde podía continuar sus estudios, en horario vespertino por cierto, tal como lo establece el Ministerio.

Al día siguiente, la Ximena asistió a clases. La sacaron de un examen y armó un griterío. No sólo eso: agarró el parlante del colegio, el que usa la inspectora, y se largó a contarle a todo el mundo su tragedia. Dos días después saltó la reja, ingresó al colegio y colgó unos afiches de cartulina donde exigía justicia, exponía su caso y acusaba al colegio de inducirla al aborto, práctica no sólo ilegal sino inmoral.

Después de que le dio una patada a la vieja de Biología, que trató de despegar uno de los afiches que yo mismo ayudé a pegar, la directora llamó a una clínica siquiátrica.

No vi cuando se la llevaron. Sé que la internaron en la misma clínica donde una vez estuvo una turca que conocí. Cualquier cantidad de gente conocida es internada ahí cada semana. Por lo que sé, abortó naturalmente debido a las drogas, calmantes y electroshocks a que la sometieron. Nunca volví a saber de ella. Estuvo unos seis meses ahí, encerrada. Después se la llevaron a Miami, donde espero que haya conseguido escapar.

Obviamente, en el colegio se la trata no sólo de puta sino de demente. A mí me parece una santa, un mártir. Pero está prohibido hablar de ella. Ni siquiera la incluyeron en la revista de fin de año. Todos opinan que fue un bochorno para el colegio. Y todos tratan de olvidar que existió. El enemigo está en todas partes, me dijo. Yo no le creí.

Ver para creer, supongo.

Suena la campana. Recreo. Por la escalera comienza a bajar el huevonaje. Estoy sentado en posición de loto, en una saliente del muro, una suerte de escaño de piedra, ideal para absorber el sol matinal. Pero eso da lo mismo. El asunto es que bajan y bajan, a montones, con un orden y una disciplina obviamente adquiridos gracias a los innumerables ensayos del famoso Plan DAISY.

Primero el grupo de las chicas malas: la Montessori, la Infante, la Pía Balmaceda. También baja, lento, peldaño a peldaño, el nazi del Guatón Troncoso. Conversa con el Chico Sobarzo, que anda con una parka color gris que brilla al sol. La Maite Daniels baja con un cuaderno y está muy ligada, de momento, al Patán y al Julián Longhi. Nada nuevo bajo el sol. La Luisa Velásquez, insólitamente, baja junto a la Antonia. Esto me parece un chiste.

El Nacho, por su lado, arma grupo con Cox y el McClure, que se hace el indiferente pero mira en dirección a la Antonia.

La panorámica, no se puede negar, es perfecta. Los veo a todos. Sé algo de cada uno de ellos. Sé cómo cada uno al menos está unido (o desunido) a mí. Pero la imagen se distorsiona ligeramente debido a los uniformes. Se ven más chicos, más inofensivos. Sin experiencia.

Hay gente que nunca se va a ver bien de uniforme, pienso. El Nacho se separa de su grupo. Va hacia el quiosco, se compra un alfajor y avanza luego hacia mí.

Yo miro el sol, directo en el centro, hasta quedar ciego.

—Hola. ¿Tienes algún problema? —me dice.

Esto puede ser un ataque o una legítima y sincera preocupación, pienso. Opto por lo primero.

—No, ninguno. ¿Y tú?

—No que yo sepa.

—Entonces, chao. Estoy meditando. Nada personal.

—Como quieras.

Se aleja y vuelve a su grupillo. Se debe sentir culpable.

—Estás como lagartija al sol.

—Lo de lagartija me gusta.

Es la Luisa. Uno de sus calcetines tiene un punto corrido.

—¿Te van a suspender?

—No, sólo amonestación. Delito menor. Igual sé más inglés que todo este patio junto.

—La vieja dijo que tienes problemas psicológicos.

—No más de los que tiene ella, te aseguro.

—Puede ser, pero te salvaste de una suspensión. Te vas a tener que ir al Marshall o el Once.

—Al menos cambiaría de ambiente.

Nos callamos un rato. Yo sigo disfrutando del sol. Miro a la Antonia. Ahora está sentada en un banquillo al lado de McClure. No se ve ninguna pasión. Parecen casados.

—Estuve hablando con la Antonia.

—¿De mí?

—No precisamente.

—¿De qué?

—Del cumpleaños de la Rosita Barros. Es hoy. Va a hacer una reunión.

—Tendrá algo que celebrar, entonces.

—No seas escéptico, Matías.

—No, para nada. Se te ocurre.

Suena la campana.

—¿Subimos?

—Claro.

La Flora Montenegro hace su entrada a la clase. Menos mal. Necesitaba verla.

Todos hablan, nadie le hace demasiado caso. La Flora Montenegro no es muy querida por los del curso. Tampoco odiada. No la toman en cuenta, no la entienden. Les cae mal, la encuentran pesada, no soportan que les ponga mala nota o les pregunte cosas que no aparecen en los cuadernos.

—Espero que se hayan sacado la arena de los oídos —parte—. Me imagino que todos lo pasaron muy bien. Veo que están de lo más bronceados.

Se ha cortado su pelo lacio y negro a lo paje y anda con unos pantalones de cotelé verde botella, y el típico delantal celeste.

—Fíjate en la chapita —me dice la Luisa.

—Ya lo hice.

Es valiente esta Flora. Sobre la solapa izquierda luce una chapita con la Mafalda y un letrerito del NO. La Flora, todo el mundo lo sabe, es de izquierda. Pero es inteligente. Quizás demasiado para alguien que recién cumplió los treinta. Estudió en París, vivió en la isla de Malta y se lo ha leído todo. Posee, además, un atractivo algo tosco y sin refinar, que encandila. Y asusta.

—Iniciemos esta semana de mentiras con algo de verdad. Les traje sus pruebas.

La Flora es famosa por premiar con malas notas y por no seguir al pie de la letra lo establecido por el Ministerio de Educación. El primer trimestre analizamos *El Quijote,* pero sólo leímos algunos trozos; más bien lo que hicimos fue trasladarlo al día de hoy y lo que se discutió fue que las novelas de caballería eran como las series policiales, como *Chips o Starsky y Hutch;* y que la gracia de este Cervantes consistió en transformar ese género. O algo así.

Pero, más allá de «*En un lugar de La Mancha...*», lo que a la Flora verdaderamente la vuela es la literatura hispanoamericana, que es tema de Cuarto Medio. Ella lo imparte igual porque la profesora que nos corresponde el próximo año es una vieja retrógrada y católica que sigue pegada en *Marianela y Niebla* y otras mierdas por el estilo. La Flora, en cambio, nos ha hecho leer novelas como *Las buenas conciencias y Boquitas pintadas y Sobre héroes y tumbas.*

—Parece que ustedes no vivieran en este país. O simplemente no saben leer. Las notas están lamentables. Antonia, ¿puedes repartirlas, por favor?

El libro en que se basó la prueba es *Casa de campo,* una novela demasiado gruesa y cara, y no muy fácil de digerir, encuentro. El autor es José Donoso y es chileno, pero vive en España porque —según la Flora— este país es tan chico, tan chismoso y agobiante que el hombre no es capaz de escribir estando acá. Lo curioso, eso sí, es que todos sus libros hablan de Chile, lo que me parece una contradicción. Según la Flora, no tiene nada de raro porque sólo en la distancia uno es capaz de ver más de cerca. Como en Rio, supongo. Miraba el Pan de Azúcar y pensaba en el San Cristóbal.

La Antonia se me acerca impasible. Me mira fijo, hace una mueca entre sarcástica y despectiva, y me entrega la hoja de oficio: un 4,9. Me salvé. Un azul. Un triunfo, ya que en el registro de la Flora un 4,9 equivale a un 6,5.

Casi todos los demás se sacaron un rojo, veo.

—Debió habernos hecho leer *Coronación*. Es del mismo viejo. Dicen que es harto más fácil —me dice la Luisa, que se sacó un 4,7.

—Más fácil y más aburrido —le digo—. La Flora dice que *Coronación* está sobrevalorado. Incluso espera que leamos *El obsceno pájaro de la noche,* que se supone es una obra maestra, pero parece que el título es muy heavy y los apoderados pueden reclamar.

Reviso mi prueba. No le gustó mi respuesta a la pregunta: *A pesar de que la novela transcurre en una época indeterminada, es obvio que Donoso hace referencia a un momento determinado. ¿Cuál es ese momento?*

La Flora escribió junto a mi respuesta:

Tanto por lo que se deduce de la lectura, como por lo que conversamos en clase, parece claro que Donoso está hablando del Golpe de Estado de 1973. ¿Te parece normal que se torture, que ocurran secuestros, que los sirvientes castiguen a los niños con autorización de los padres?

La prueba, me doy cuenta, se realizó antes de irme a Rio.

Por lo tanto, no vale.

Quizás si leyera el libro ahora, contestaría otra cosa, quién sabe.

Pero la Flora empieza a dictar cátedra. Analiza la novela. Explica lo de los primos y por qué Donoso hace hablar a los niños de una manera tan extraña y por qué el sexo no es pornográfico. Habla del autoritarismo y la represión y la caída del orden establecido y el uso de lo fantástico y lo alegórico y la forma parabólica de ver el mundo.

—No le entiendo nada a esta mina —me dice el Lerner.

El Lerner se sacó un 2,9. El Nacho, según veo, un 4,1. La Antonia, un 4,2.

Miro al Lerner.

Y se me ocurre que sí entiendo. Que hasta está hablando sobre mí. Pero suena la campana y me quedo hasta ahí.

Cambio de hora. Ya viene Biología. Después, otro recreo. Y de ahí dos horas de Matemáticas con esa anciana cancerosa y adicta al juego que no muere nunca.

La Flora se levanta, ordena sus papeles, esconde su ejemplar de la revista *Hoy* y se dispone a salir. Cuando ya está fuera, en el pasillo, me acerco a ella y le digo en voz muy baja:

—Tenemos que vernos, urgente. Tomémonos un trago. Necesito hablar.

—Hoy no puedo.

—Es importante, te juro.

—Almorcemos juntos mañana —me dice.

—¿Esta noche no puedes?

—No, no puedo.

—Está bien. ¿Dónde?

—El lugar de siempre.

—A la una y media, ¿no? —preciso.

—Perfecto.

Miro mi reloj: las 10:50. Más de veinticuatro horas.

Bajo entonces la escalera y me enfrento al recreo. Con anteojos oscuros, claro.

El frasco dice: Valium 5. *Venta exclusiva bajo receta médica. Dosis: Según prescripción médica. Marca registrada.*

La tapa de la botella dice: Coca-Cola. *Embotelladora Andina S.A. Carlos Valdovinos 560. Santiago.*

El diario dice: *El General Pinochet declaró en Talca que la nueva Constitución «nos preservará del comunismo»...*

Michelle Phillips, la ex integrante del conjunto musical The Mamas and the Papas, llegó ayer procedente de Los Angeles, Estados Unidos, para actuar en el programa Aplauso, *que conduce César Antonio Santis. La rubia cantante y actriz volvió al estrellato hace unos años, al protagonizar unas tórridas escenas de desnudo junto al bailarín ruso Rudolf Nureyev en la cinta* Valentino, *del controvertido cineasta inglés Ken Russell...*

Murió Pepe Abad, el conocido y muy querido locutor de Televisión Nacional de Chile.

Aprehendidos extremistas que el viernes pasado asaltaron el cuartel policial de calle Román Díaz...

En la televisión, Ricardo Calderón le pregunta a Yolanda Montecinos: *¿Cuánto Vale el Show?* Se trata de tres empleadas domésticas de La Pintana, disfrazadas con sendas túnicas de lamé dorado, que imitan a las Frecuencia Mod. Las minas de La Pintana acaban de cantar *Duele, duele,* tema que fue hit hace unos años, cuando las tres hermanas Mod vivían en Chile. La Montecinos, con su antipatía habitual, les habla de la incorporación del erotismo en el arte, cita a Bataille o algo así, y les asigna unos míseros cien pesos.

En el Canal 7, Enrique Maluenda no teme al ridículo y reparte cajas de Té Supremo a los feos asistentes a *El Festival de la Una.*

—¿Vas a almorzar, Matías?

—Supongo.

—Entonces, ven. Estamos los dos, no más

Maluenda le obsequia Té Supremo a un anciano que sufre de gota y vive en Malleco o algo peor. Después aparece la Gloria Simonetti y se larga a cantar.

Apago el televisor.

La Carmen sirve dos platos de apio con palta y rollos de jamón relleno con ricotta y cioulettes. En la mesa hay vino blanco y Frambuesa Andina.

—¿Hay leche? —pregunto.

—Sí. Te traigo.

—Gracias.

Aquí está la leche. Helada. En un vaso alto, grueso.

—¿Cómo estuvo el colegio? —pregunta mi madre.

—Bien. Fome pero bien.

—Qué bueno.

—¿Y el almuerzo de ayer?

—Espléndido. Muy agradable. El Felipe se portó como un santo. Ni lloró. Supongo que le hizo bien esa agua bendita.

—Supongo.

—¿Y cómo estuvo Reñaca?

—Soleado. Había harta gente. Estuvo bien.

—¿Regaste las plantas?

—Sí.

—Qué bueno. ¿Y cómo las encontraste? ¿En buen estado?

—Yo creo. No se veían precisamente secas.

—Menos mal. Tú sabes que yo no confío para nada en ese hombre. Ese cuidador es un flojo. Como toda esta gente. Más que cuidador, parece nochero. La María Elena Squella, la del piso cuatro, la mamá de estas niñitas que son tan amigas de la Bea, me comentó, la última vez que la vi, que se la pasa asoleándose en la playa el hombre éste. Habráse visto tamaña patudez.

Ahora vienen los panqueques rellenos con espinacas, cubiertos de una salsa blanca con queso.

—¿Y tu padre?

—No sé.

—Pensé que sabías.

—Estará en su oficina.

—Lo llamé pero no está.

—¿Quieres más vino?

—No.

De postre hay duraznos en conserva con un merengue bastante asqueroso.

—No quiero postre —le digo.

—Yo tampoco.

—Tampoco quiero café.

—Yo tampoco.

Silencio. Pienso en el colegio, en *Casa de campo*, en la Flora Montenegro.

—¿Has leído *Casa de campo*?

—No.

—Es sobre la dictadura.

—¿Qué dictadura?

—Esta dictadura.

—Debe ser de alguien de izquierda. Además, me carga el campo. ¿Quieres café?

—Te dije que no.

—Tienes razón. No sé en qué ando. Voy a ir a dormir siesta. Y a ver *Pecado capital*.

—En Brasil conocí a una de las actrices que trabaja en esa teleserie —le miento.

—¿Qué papel hace?

—No sé. Es pelirroja.

—Debe ser la Neusa Santos.

—Creo que fue ella.

—Pequeño el mundo, ¿no?

La Carmen retira los postres, que ninguno de los dos ha tocado.

—¿Y mis hermanas?

—No lo sé.

—Ya veo.

—Matías, yo voy a salir después de la siesta, pero vuelvo tipo siete, ¿ya?

—Claro.

—Quería que lo supieras. Una diligencia. Tengo que ayudar a una amiga. Algún trámite por un barrio infernal, ¿te fijas?

—Claro.

—Vuelvo a las siete, entonces.

Yo me voy a mi pieza, ella se marcha.

Hojeo el número de la *Rolling Stone* que acaba de llegarme. Dice: *Después de una larga ausencia, producto de un aislamiento voluntario, John Lennon está grabando un nuevo disco en Nueva York. Sale a fin de año...*

Mi pieza mira al norte. A Arica, Iquique y Antofagasta. Al cerro San Cristóbal. Lo sé por el sol. El sol toma la ruta hacia el norte y avanza en un semicírculo que parte en la cordillera y desemboca en la playa.

El sol mira a mi pieza. Entra por las minipersianas, con todo su brillo. En las tardes que hay sol, claro. En el verano, curiosamente, los rayos no penetran del todo, porque está muy alto. Pero en invierno y primavera la radiación puede ser total.

Como hoy.

He subido las persianas y el sol irrumpe aquí frenético, iluminando el encerado del parquet, entibiando mi cubrecama azul cobalto. En el deck he puesto *Permanent Waves* de Rush. En el velador, bajo el poster de Farrah Fawcett con los pezones apretados bajo la polera roja, un vaso con un resto de vodka y jugo de limón reposa.

Estoy en la cama, tumbado, raja, pegoteado por la transpiración y el Hawaiian Tropic, desnudo excepto por mis calcetines grises, sin fuerzas siquiera para limpiar las manchas blancas y tibias que saltaron sobre mi pecho y comienzan ya a secarse, mientras yo caigo, apresurada y convencionalmente, en un sueño que espero sirva de algo, me devuelva a un estado que me haga sentir mejor. Mucho mejor.

Cierro los ojos.

El aroma es intenso, hormonal.

El sol se siente bien. Taladra, atonta, vuela.

Estoy en Rio, Ipanema, frente al número Nueve. En la costa norte de Maui, El Cementerio de Reñaca,

Malibu o Zuma, en las playas pedregosas de la isla de Malta.

Estoy en Santiago.

Estoy en la cama, tumbado, raja, pegoteado por la transpiración y el HawaiianTropic, que ya está logrando su efecto.

Olor a carne quemada, olor a la Cassia, olor a mí.

Estoy en Santiago. Solo.

Pero estoy.

El Lerner apareció tipo seis y te despertó. Lo atendió tu hermana Bea. Te vestiste lo más rápido posible, porque ninguna de las excusas que se te ocurrieron servía para explicar tu soleada y mojada siesta. Le pasaste la *Rolling Stone:* pusiste el disco de *The Blues Brothers* y te fuiste a duchar, rápido. Te lavaste dos veces el pelo, con un bálsamo importado que tu padre compró porque retarda la calvicie.

—Vamos a la casa del Rusty. El Papelucho se consiguió unos cogollos muy buenos. Todo el mundo va a estar ahí.

—Pensaba ir al cumpleaños de la Rosita Barros.

Le mostraste el disco de Christopher Cross.

—¿Por qué? ¿Qué onda tienes con ella?

Quisiste decirle: más onda que con el Papelucho y el Rusty, definitivamente más que con el Nacho.

Pero dijiste:

—No, ninguna. Es por hacer algo.

Y agregaste:

—Además va a ir la Antonia.

—Olvídate de esa mina. No vale la pena. Es última. No es para ti. Ni para nadie. A mí siempre me ha apestado. No le creo ni lo que reza.

—Puede ser. Pero igual quiero ir al cumpleaños.

—Anda después. Nos fumamos unos joints y así llegas más relajado. De repente hasta te acompaño. Además va a estar el Nacho. Seguro que nos está esperando... Oye, Matías, no estás enojado con el Nacho, ¿no?

—No. ¿Por qué habría de estarlo?

—A ti te cae mal el Rusty, entonces.

—Creo que está algo sobrevalorado. Pero no, no es eso.

—¿Qué es?

—No sé.

—¿Mala onda?

—Sí, yo creo: mala onda. Nada más. No hay que tomarme demasiado en serio.

La Bea entró en tu pieza. Le pediste que te envolviera el disco. Como pago, te pidió que le prestaras una chomba morada. Se la regalaste. Ella se negó a aceptarla, arguyendo que después podía ser utilizado en su contra.

—No es muy simpática tu hermana.

—Ninguno de los Vicuña lo somos, Lerner.

Reapareció la Bea con el disco. Lo había envuelto en papel rosado. Le pasaste la chomba.

—¿Vamos?

—Vamos

Te aprestabas a salir pero la puerta del living se abrió primero. Era tu madre.

—Hola. ¿Cómo están?

—Bien.

—¿Viste? Llegué antes de las siete. Tal como lo anuncié.

—No te estoy vigilando.

—No tendrías por qué, Matías. ¿Quieres el auto?

Sentiste ganas de decirle «no, antes muerto».
Pero dijiste:

—No, aquí el Lerner anda en el suyo.

—No se preocupe, tía, yo lo traigo de vuelta.

Este comentario te apestó. Te pareció gratuito.

—Chao, entonces.

—Chao.

—Chao.

Debiste haber dicho algo más.

Pero te lo guardaste.

Los padres del Rusty, pronto me entero, no están en la casa. Están en Ohio, me informan. Rindiendo cuentas en las oficinas centrales de Firestone.

—Parece que todos los padres andan de viaje —le comento al Lerner.

—Menos los tuyos —me responde.

La casa está en la parte alta de Lo Curro. Por la puerta de vidrio veo que casi no tiene cemento, puros ventanales, y travesaños a la vista, y una panorámica impresionante de las luces de Santiago.

El que abre es Cox. A pesar del frío, está mojado. Empapado. Lleva una toalla enrollada en la cintura.

—¿Qué onda? —le digo.

—Estamos en la piscina.

Entramos. Está todo oscuro, excepto por unas luces que se cuelan de la cocina y de la pieza a la que se dirige Cox con los pies mojados, que van manchando uno a uno los ladrillos del suelo.

La casa, me fijo, está plagada de unos curiosos ceniceros de cristal circundados por neumáticos de goma en miniatura.

Al bajar un escalón, nos encontramos con una habitación inmensa llena de sofás, una mesa de pool y afiches de Firestone. También hay un neón que dice Michelob Beer y un mapa gigantesco de los Estados Unidos, sacado del *National Geographic*. La pieza está alfombrada y en el suelo hay cojines y una mesa de vidrio muy baja, llena de cervezas y botellas de Coca-Cola y de pisco y un trago que no conozco, que parece whisky y dice Jack Daniels en la etiqueta. Hay, además, un bol lleno de popcorn. Y el típico pedazo de diario cubierto de cogollos y semillas. En el Technics suena Pink Floyd: *The Dark Side of the Moon*.

—Ahora entiendo un poco más quién es este Rusty —le digo al Lerner.

—No te creas —me responde.

La sala da al patio y a una piscina iluminada. La puerta de vidrio corrediza está abierta. Entra frío. Pero el Cox suelta de todas formas su toalla y queda en calzoncillos celestes.

—Tírense. Está tibia.

Lo miramos desaparecer en el agua.

En la piscina están además el Patán, el Julián Longhi y un chino —un chino de verdad— al que no conozco.

El chino está en calzoncillos, rojos.

—Lánzate, Matías.

—No creo —le digo.

—Tomemos algo, entonces.

—Seguro.

Nos servimos Jack Daniels con Coca-Cola. Robo un poco de popcorn, pero es salado y lo escupo.

—¿Y el Rusty?

—En su pieza —contesta el Patán antes de sumergirse. El Lerner avanza por un pasillo. Lo sigo. Ahora suena *Money*. El tema aflora de una pieza. La pieza del Rusty, obviamente.

—Increíble, tienen parlantes en todas las piezas.

—*God bless America,* ¿no?

—Supongo —le digo.

La pieza del Rusty está vacía pero su baño repleto. En el baño, por cierto, también hay parlantes y la onda entre depresiva y drogo de los Pink se confunde con el vapor y el olor a marihuana que lo impregna todo.

En la tina llena —el agua hirviendo— está el Rusty. Tiene el pelo mojado y hacia atrás, a lo gangster, y está fumándose un joint. Hay poca luz, tan sólo la de una vela roja que huele a canela.

—Esto es muy hippie —me dice el Lerner.

—Prefiero no opinar.

Los demás están alrededor de la tina, el Nacho con unos pantalones que no le conocía. Nada más. Se seca el pelo con una toalla ínfima. El Papelucho, en calzoncillos y polera negra, está sentado en la taza del baño e intenta colocarse unos calcetines blancos con rayas lilas. Los tres cantan como atontados. Seriamente drogados.

—*...Oh, how I wish you were here...*

Son las 7:38 de la tarde, me fijo.

—¿Qué onda, locos?

—Nerler, *my pal,* entra; entra no más.

Entramos.

El Nacho se sorprende un poco y me mira fijo. Después se relaja y dispara:

—Matías, tú aquí. Quién lo hubiera dicho.

—Para que veas —le respondo.

—¿Quieren un huiro? —pregunta el Papelucho y nos pasa un pito inmenso, humedecido por el vapor y las manos de todos los que lo han fumado.

Aspiro dos veces, pero me doy cuenta de que no tengo ganas de más. Ahora suena *Animals*.

—Esto parece una teletón de Pink Floyd —dice el Lerner.

—Yo vi a los Pink en vivo —dice el Rusty—. Había un chancho inflado, ya sabes, un *pig* rosado, que flotaba *over* el público.

—Me gustaría conocer al Syd Barrett —comenta el Nacho, abrochándose la camisa celeste del colegio.

—Dicen que vive en Paraguay.

—Como Mengele —comento.

—No sé, no lo ubico —dice el Lerner.

Me siento en el bidet. Y me callo.

El Rusty desaparece bajo el agua durante varios segundos. Uno, dos, tres, cuatro, cinco, seis, siete, ocho...

—¿Qué hace? —pregunto.

—Está buscando su equilibrio —me responde el Nacho que, por lo volado que está o por haberse mojado el cerebro, se muestra más comunicativo que otras veces, aunque no por eso más real.

Por fin, el Rusty reflota y se levanta, provocando de paso una suerte de maremoto que chorrea un montón de agua jabonosa hasta el suelo enlozado, mojándome los zapatos y la típica estera de baño, que en este caso es negra. Y se queda así, estilando un rato, luciendo su figura en la penumbra.

—*I'm stoned* —dice.

El Nacho enciende otro joint y busca un Jack Daniels detrás del basurero. También saca de la nada una botella de Coca-Cola.

—Es como un Cuba Libre sin Cuba —dice.

—Estás muy Alejandro Paz, según veo —le digo, algo sorprendido.

—Hace tiempo que no veo a ese huevón. ¿Cómo está?

—Luchando por el NO.

—Se me cayó. Igual vamos a ganar. Está seriamente perdido, veo.

—¡Hey, *asshole*, ésos son mis *fucking boxers!* ¡Devuélvemelos! —le grita el Rusty al Papelucho.

—*Fuck, man*, perdona. Me equivoqué.

—*Stupid Chilean...*

El Papelucho se quita los calzoncillos con unos estampados como hojas de *cannabis sativa* y se los devuelve. El Rusty le pasa los que corresponden al Papelucho, que sólo tienen letras del abecedario.

—Perdona.

—*No sweat.*

Cierro los ojos. Esto me supera.

—¿Quieres un poco? —me pregunta el Nacho.

—No, no quiero más pitos.

El Nacho enciende la luz. El Rusty adquiere un tono rosado.

—Vamos donde *the other* huevones.

—Vamos.

En la pieza con el neón de Michelob Beer, la ventana corrediza está cerrada y la piscina brilla, tranquila y vacía, en la oscuridad. El humo que escapa de sus aguas me recuerda la piscina al aire libre del Hotel Portillo.

—Debería nevar —le digo al Nacho.

—En Santiago casi nunca nieva —me responde, casi enojado.

—Acá en el cerro, sí.

—*Perhaps...* No sé... En realidad, me da lo mismo.

Decido no hablarle más. Le deseo, en verdad, la peor de las suertes. *Perhaps...* Ahora habla en inglés. Triste.

—Vicuña, ¿quieres más Jack Daniels?

—No sé, Lerner.

—Es importado.

—Bueno, sírveme —y me dejo caer, como un saco de papas existencial, sobre un cojín que dice *Star Wars: Let The Force Be With You.*

Los demás bañistas están todos vestidos. El chino, ahora me doy cuenta, es gringo. Gringo y chino. O japonés, no sé.

—Charlie, pícate un poco de jale.

—*You bet,* loco.

Con su pelo punk, que se levanta solo, Charlie, el chino rockero, descuelga un afiche de la Jaclyn Smith enmarcado en vidrio y lo coloca muy suavemente sobre la mesa de centro. Después saca su billetera de cocodrilo, la abre y extrae un papelito plateado.

Pienso en el *origami,* en la Cassia, en la pelirroja de Leblon.

Alguien coloca *The Wall.* Esto puede durar toda la noche, se me ocurre.

El Chino comienza a tirar líneas.

—Somos «Los Angeles de Charlie» —comenta Cox, queriendo hacerse el gracioso. Yo me callo y sorbo un poco de ese asqueroso Jack Daniels con algo de Coca-Cola.

—¿No hay vino? Mal que mal, estamos en Chile.

—Yo te traigo —me dice el Rusty que, no sé por qué, se hace el simpático.

—Los viejos del Rusty tienen cualquier cantidad de vino —me dice Lerner como si realmente me importara.

Charlie aspira la primera línea y exclama algo que no me queda claro si es chino o inglés.

—El Chino quedó con los ojos en cruz —dice el Julián Longhi, que luce ahora una chomba chilota muy fea.

—Quedó amarillo —añade el Patán.

Todos se ríen. El Chino le pasa el lápiz Bic a Lerner, que lo acepta gustoso. Mi tabique, lo noto, se pone caliente, pero decido no participar del ritual. Cuestión de principios.

—Aquí está el vino —me dice Rusty, que ha vuelto con varias botellas de Tarapacá Ex Zavala, descorchadas.

Me sirvo un vaso. Y otro al Patán. El Rusty deposita las botellas en la mesa del centro, se arremanga y jala una línea.

—¿Alguien tiene frío? Está como *cold*, ¿no? —dice con una voz gangosa, típica de quien tiene la nariz llena.

Nadie le responde, porque el que está en la cola para jalar es el Nacho, seguido de Cox y después el Julián Longhi. Igual aprieta unos botones que hay en la pared y programa la calefacción central.

—Qué moderno —me comenta el Patán.

—No me hables —le respondo, antes de tragar un poco más de ese vino tinto que está absolutamente helado.

El Rusty baja el volumen y pone a punto la ecualización. Por un segundo, lo único que se oye es el ruido del Papelucho aspirando. Después comienza a sonar la parte más conocida de *The Wall*: «*We don't need no education, we don't need no thought control...*»

—Tu turno, Vicuña —me dice Cox.

El Chino me mira. Me niego a la oferta.

«*...All in all it's just another brick in the wall...*»

El Chino aspira lo que me corresponde y se sienta en el suelo, cierra sus ojos rasgados y dice:

—*This is so fuckin' great, man.*

El resto lo mira en silencio. El círculo está completo, sólo falta la chimenea, la fogata, las cantimploras y los cortapalos. O quizás los piyamas. La típica ondita deprimámonos-que-para-eso-tenemos-a-los-Pink entra en juego, embriagándolo todo.

«*Mother, do you think they'll drop the bomb? Mother, do you think they'll like the song…?*»

Esto parece una ceremonia religiosa, pienso. O satánica.

He vivido antes esta situación. La he soñado. Sé todo lo que va a pasar. Conozco la onda. La «existencialidad» ambiental me agota. Me da vergüenza ajena. Especialmente los cánticos del Nacho, que se hace el volado pero no lo está del todo. Lo conozco. Es pose.

«*Goodbye, cruel world, I'm leaving you today…*»

Todo está como debe ser: la oscuridad, los pitos, el vino, eso de estar tirados en el suelo, la música entre sinfónica y alucinógena que induce al suicidio.

«*Goodbye, all you people…*»

—Dicen que Syd Barrett está vivo —parte el Patán con un tono casi sepulcral, que no viene al caso.

—Por supuesto —le responde el Julián Longhi—. Está loco, no muerto. Dicen que hasta grabó un disco, pero con otro nombre, que es casi imposible de conseguir.

—Yo escuché que se fue a vivir a una comunidad Rajneesh, que hay en *Oregon* —comenta el Rusty—. Y yo he estado en *Oregon*, así que sé. Está *packed with* huevones *like that*. Andan de rojo. Acá casi no hay.

—El Barrett cagó por el ácido.

—Por el *L.S.D.* —dice el Charlie. Pronuncia las

letras en inglés, no en simple castellano; su intervención parece tener más autoridad de la que realmente posee.

—Eso es puro mito —opina el Papelucho—. Lo que pasó es que el huevón era esquizofrénico y la música lo volvió aun más loco.

—Para mí, compadre, que el mito es precisamente eso de que se volvió loco. Yo creo que Roger Waters es Syd Barrett. O sea, lo que compone Waters realmente lo compone Barrett —agrega el Patán, que nunca antes había mostrado tanto interés por Pink Floyd.

«I have become comfortably numb...»

—Puro mito, Tanpa. Como eso de que le lavaron el estómago a Rod Stewart y encontraron dos litros de semen.

—Yo había escuchado que eran tres, Rusty —agrega Lerner, que nunca ha sido un gran experto en cifras.

—Igual yo creo que es verdad.

—Es mentira.

—Como eso que decían sobre *Rasguña las piedras* de Sui Generis —dice el Nacho—. Eso de que Charly García le dedicó el tema a una chica que sufría de catalepsia y que fue enterrada viva.

—Eso es verdad: lo dijo el propio Charly García a una revista.

—*I doubt it* —responde el Nacho con su mejor acento.

—Igual da como cosa: que te entierren vivo —agrega Cox.

—*Who's Charly García?* —pregunta, algo urgido y bastante borracho, el Chino.

—*He's this Argentinean singer, dude* —le contesta el Nacho.

—*Is he any good?*

—*Latin Americans like him* —opina el Rusty.

Me acerco al Lerner, que está fumando un pito.

—Pásame las llaves. Voy a sacar el disco del auto. Me voy.

—Si esto está recién empezando.

—Puede ser.

—¿Cómo vas a bajar el cerro?

—A pie. Sé caminar. Cero rollo. No te preocupes.

Me pasa las llaves y me ofrece el pito.

Lo aspiro y me levanto en la más discreta.

—Oye, Longhi, ¿es verdad que te comiste a la Maite el otro día? —pregunta no sé quién.

—Es como las huevas. Se hace la que sabe pero ni tanto.

—¿Alguien más se la ha tirado?

—Yo —dice el Patán.

Sé que no es verdad, sólo fue un atraque. En Rio. Pero no digo nada.

—¿Y qué te pareció?

—Lo mejor que hace es chupar el loly.

Todos ríen menos el Chino, que no entiende.

Yo cierro la puerta.

—Hola, feliz cumpleaños.

—Matías, ¡qué sorpresa!

—Sí, en realidad... Esto es para ti. Espero que no lo tengas.

Le paso el disco y la Rosita Barros me hace pasar. Hay olor a parafina. El típico aroma del hogar bien constituido chileno, pienso.

—¡Christopher Cross! Me encanta, ¡te pasaste!

Y me da otro beso en la mejilla.

—Mamá, te presento a Matías Vicuña.

—Hola —le digo a la vieja, que anda con una de esas faldas escocesas que se sujetan con un alfiler de gancho.

—Encantada. Mucho gusto, me alegro de que haya podido venir.

—Yo también.

—Pase no más.

—Gracias.

La decoración es acorde con el protocolo de la vieja, me fijo. Todos los sillones son floreados. En tonos pastel, eso sí.

—¿Como está tu Brasilia? —pregunto a la Rosita Barros, pensando en la Maite y en ese cumpleaños que la Virginia Infante celebró en el Shopping.

—Bien, pero no es mío. Es de mi hermana, que estudia Veterinaria.

—Estaba seguro que era tuyo.

—El próximo año, cuando cumpla dieciocho, me van a regalar uno.

—Qué buena onda.

—Sí, ¿cierto? Pero ven, pasa. Están todos.

La Rosita es exquisita, pienso. Siempre será la Rosita, nunca Rosa. Es ese tipo de mina. No lo puedo creer: efectivamente jura que están todos.

—¿Todos?

Cierta gente al menos, no se puede negar. Un grupo más que representativo. La Antonia está, de hecho. Es obvio. Lo sé, lo intuyo. Siento su vibra.

Entro al living. Las miradas de los conocidos y por conocer se desvían hacia mí.

—Hola —les digo algo asustado, sin saber qué agregar. Esto es un error, pienso. No debería estar aquí.

Miro a la Antonia pero ella no responde y el ruido de la conversación y la radio toman de nuevo el lugar que les está asignado. Ya no soy el centro de la atención.

La Antonia viste en tonos verdes. A su lado, aunque no necesariamente con ella, McClure conversa con un tipo peinado a la gomina que se quita y se pone unos anteojos con marco de carey.

—Jamás pensé que vendrías. La verdad es que no pasa demasiado.

Es la Luisa.

—Menos mal: alguien conocido —le digo.

—Siento decepcionarte.

—No, si no es eso...

—...es otra cosa... Ya conozco el cuento.

—Perdona, no es nada personal.

—Más vale.

—¿Quién más está?

—Digamos que tu vida no va a cambiar, Matías.

Esto me deja pensando: *tu vida no va a cambiar*. ¿Y si cambiara? ¿Si me cambiara el nombre y la edad y me transformara en estudiante de Veterinaria, por ejemplo?

—¿Quieres tomar algo? —me pregunta.

—Seguro.

Vamos hasta el comedor. La mesa está puesta como siempre arreglan la mesa las madres de minas como la Rosita Barros. Hay ponche a la romana y pisco y Fanta y Pap y Limón Soda y Piña Nobis y un florero con rosas y platos con panecillos rellenos de ave con mayonesa y ramitas y pedazos de queso y pepinillos y cebollitas perla y una torta Selva Negra que se nota la compraron en la Avenue Du Bois.

—Quiero pisco con Limón Soda —le digo.

Ahora el ángulo es otro, pero el destino final

es el mismo: ella conversa con una mina que, estoy seguro, es del Liceo Los Andes y pertenece a una familia millonaria, plagada de hijos.

—¿Dónde andabas? —me pregunta la Luisa.

—En la casa de un gringo que tiene a todo Santiago convulsionado. Estaba con Lerner y todos los del curso.

—Qué lata.

—Sí, cualquier lata.

—¿Para qué fuiste, entonces?

—Uno no siempre sabe lo que hace.

—Uno debería tratar, Matías.

—Ni la perfección ni la madurez están entre mis metas.

—Se nota.

—Chao, Luisa. No quiero seguir peleando.

—¿Quién está peleando?

—Nadie.

La dejo en el comedor y me largo. Sorbo el trago —está pésimo— y saludo con las cejas a la Virginia Infante, rubia como siempre, que está enfrascada en un diálogo con la Flavia Montessori. Me siento junto a la chimenea, que chisporrotea; la leña está húmeda. Junto a mí hay dos tipos demasiado afeitados que hablan de un profesor de Economía de la Católica que estuvo en Chicago. Al otro lado, una mina bastante gorda le cuenta a un tipo sobre un computador que piensa comprarse, como inversión para el futuro.

Frente a mí, más allá de la mesa de centro y de una tortuga de plata que, si uno le toca la cola, suena, está la Antonia. Ahora conversa con McClure. Él me mira y sonríe aunque no me queda del todo claro si es en forma amistosa o francamente irónica. Yo respondo sin pestañear, lo que por cierto no conduce a nada, por lo que McClure descarta toda posibilidad de entablar un diálogo conmigo.

La Luisa cruza una puerta y desaparece; el living está lleno, lo mismo que el comedor y el estudio, un poco más allá. Pero es como si no hubiera nadie, la verdad. Nadie que valga la pena. Salvo yo, claro. Y la Antonia que, a pesar de lo imposible que me resulta, igual acapara mi atención, lo confieso.

Decido mirarla fijo. Mirarla a los ojos, como me lo enseñó mi madre. Ella no responde, no acusa recibo, pero me consta que se sabe observada. Me impresiona su fuerza de voluntad. No es que crea que me ama o alguna ingenuidad por el estilo; más bien me sorprende eso de que haya logrado sacarme, así de raíz, de su sistema. Dicho y hecho. No es que haya sido importante para ella alguna vez. Lo dudo. Aunque igual sueño que lo fui. Uno tiene esa prerrogativa: creer que porque uno sintió algo, ese algo de alguna manera logró colarse y depositarse en el sistema digestivo del otro. Por ejemplo, se me ocurre —estoy seguro— que cada vez que ella come pan con palta se acuerda de mí. Quizás no sea verdad. Quizás sí. Nunca lo voy a saber. Incluso si ella me lo jurara, igual puede ser un invento, una mentira. Uno nunca está del todo seguro. La seguridad surge tan sólo de lo que uno cree, creo. Y yo creo, yo siento, estoy seguro de que eso de no acusar recibo, de no mirarme, de hacerse la indiferente, es la señal más irrefutable de que aún le importo. O, por lo menos, de que me odia pero que, alguna vez, en alguna época pasada cuando todo era mucho pero mucho más fácil, ella me tuvo en cuenta.

El pasado, creo, es mucho más difícil de ocultar que el presente. Por eso todos en el living en tonos pasteles de la Rosita Barros pueden poner sus manos al fuego de la chimenea y asegurar: «Sí, es cierto, es evidente, entre ellos dos hubo, y quizás todavía hay, algo». En veinte años más, pienso, cuando ella esté casada con el McClure o alguien parecido y averigüe, por casualidad, sobre mi paradero, mi vida y mis probables fracasos, estoy seguro de que esos ojos que tiene se llenarán de curiosidad y de nostalgia y hasta de envidia. Y dirá: «Hice lo correcto. No era mi tipo».

Y lo más triste del asunto es que va a tener razón: no soy su tipo. Al menos, ya no lo soy. Porque de que lo fui, lo fui.

Pero algo pasó. Y éste es el resultado, supongo.

—¿Está todo bien, joven? —me interrumpe de golpe la mamá de la Rosita—. ¿No desea alguna cosita?

—No, gracias. Ya comí.

—Están calentando unos tapaditos. Están espléndidos, le diré.

—Ésos los voy a probar, entonces.

Para frenar la conversación, extraigo un canapé de salame y sonrío con todas mis fuerzas.

En eso entra la Rosita muy decidida, apaga la radio, enciende el tornamesa y coloca el disco que le regalé.

—Mira —le dice a la Antonia—, ¿te gusta?

—Me encanta. Esa canción *Sailing* me mata.

—Sí, es súper buena, ¿no?

—Tienes que prestármelo. Yo pensaba comprarme el disco. Me moría de ganas de tenerlo. ¿De dónde lo sacaste?

—Me lo regaló el Matías. Se pasó de amoroso, ¿no crees?

La Antonia me mira pero no expresa nada.

—Sí —le dice—. Se pasó. De veras.

MARTES 9 DE SEPTIEMBRE DE 1980

Anoche conocí a Holden Caulfield. Fue algo químico, absolutamente arrollador. No podía creerlo. Ya no estaba tan solo, me sentí menos mal. Había encontrado un amigo. Mi mejor amigo. Había encontrado un doble.
    Por fin.
    Fue por casualidad. Como en las películas. Justo cuando uno cree que ya no hay caso, que todo está perdido, que jamás, ni por casualidad, va a salir del hoyo o desprenderse de esa horrorosa sensación de estancamiento que hace que uno sólo se aburra, que todo dé lo mismo, eso de no sentir ninguna satisfacción con nada ni nadie, sucede algo que logra descolocar.
    Que me descolocó, digamos. Que me mató.
    Eso fue lo que me pasó con Holden. Con Holden Caulfield. Es como si lo conociera de toda la vida al Holden. Eso es lo genial. Siento que conozco su voz. Si me llamara, por ejemplo, me bastaría escuchar su timbre para reconocerlo y decirle: «Hola, Holden, qué onda, por qué no nos juntamos». Lo extraño de todo esto, claro, es que Holden no existe: es sólo un personaje. Lo otro es que habla inglés. Esto es lo raro: lo leí —o más bien me habló, porque eso es lo que hace: hablar— en inglés pero yo sentí que lo hizo en español. O mejor dicho: en chileno. Pero quizás ésa sea su gracia: ser capaz de hablar, de sacar la voz. Y es como si no fuera sólo su voz, es como si fuera la voz de todos. O, al menos, como si fuera la mía.

Esto me asusta porque Holden es un gran tipo, lo quiero a cagar, me parece admirable y total, pero su final no fue precisamente el mejor. Terminó mal, muy mal. Encerrado en una clínica, como la Ximena Santander. Después no se sabe. Es un final abierto, como diría la Flora. Aunque tal vez no, porque a mí me queda más que claro lo que opina Salinger, que es el tipo que lo escribió, y cuáles son las opciones de Holden. Este mundo, está claro, no está hecho para gente como Caulfield. Pero eso él lo sabía. Lo que no sabía era el costo que había que pagar por ser distinto. Eso me mató.

Todo esto lo supe anoche. Por eso estoy como estoy. Me agarró por sorpresa, demasiada sorpresa, y la verdad, no sé si estaba preparado. He intentado hablar con el gran Alejandro Paz de Chile pero el Juancho's está cerrado y nadie contesta en su casa. Su teléfono estaba anotado al final del libro.

Al Paz lo estoy llamando de un teléfono público que está en El Faro de Apoquindo. Son las diez de la mañana. Debería estar en el colegio, pero tengo demasiado en la mente como para prestar atención a cosas que no me interesan ni me sirven. Lo único que deseo es hablar con dos o tres personas claves. Necesito averiguar si todo lo que me está pasando es verdad. Hay cosas, por ejemplo, que uno vive a solas pero que sólo cobran vida cuando logra compartirlas con alguien que también está interesado, que engancha. Eso es lo que me sucede ahora. Quiero contarle al Alejandro Paz sobre Holden y agradecerle que me haya prestado el libro. Es raro: hoy, a esta hora de la mañana, me siento mucho más cerca del Paz que antes. Y llamo de nuevo. El Paz no está. Pero así es el mundo: inversamente proporcional a las necesidades y deseos de uno. Por eso cuesta tanto estar en él, creo.

Camino por las tiendas del sector y entro a la heladería que está justo debajo del Faro. No compro nada. Después doy vueltas y me saco la corbata, la escondo en el bolsillo de mi chaqueta y me abro el cuello y los primeros dos botones de la camisa. Así y todo, conservo una imagen de colegial que no me la quita nadie. El estacionamiento de El Faro está repleto de autos y camionetas de la legión de madres que a esta hora aprovechan de ir de compras o al Almac que está enfrente. En una tienda de deportes miro unas zapatillas y accesorios para bicicletas que acaban de llegar de Italia. Justo al lado hay una boutique de ésas que han surgido por toda la ciudad, especializada en arte chino. Entro, un gong suena en alguna parte y una mina un poco mayor que yo, con una pinta de china que no se la puede, me saluda:

—Hola, soy Jessica, ¿te puedo servir en algo?

Me dan ganas de responderle algo divertido o medio caliente pero mi mente me traiciona y le digo:

—Estoy buscando algo para mi madre. Ella adora China. Y todo el Oriente, la verdad. Excepto Japón, claro. Yo incluso nací en Hong Kong.

—¿Sí? —me dice esta Jessica disfrazada con un kimono rojizo que le aprieta todo el cuerpo.

—Mis padres son chilenos, eso sí. Lo que pasa es que el papá tiene un banco y todos los negocios importantes ahora se hacen en Oriente.

La mina, que tiene los ojos achinados, abre sus párpados hasta el límite de sus posibilidades. La he impresionado, veo.

—¿Y tú? —le digo—. ¿Qué origen tienes?

—No, yo soy chilena no más. De Renca. Claro que mis abuelos son del sur. Cerca de Osorno.

—Increíble. Yo pensaba que tenías sangre mandarina.

Ella se sonroja y pienso en los camarones a la mandarina del restorán Danubio Azul. Mejor cambio de tema, pienso, porque hasta ahí no más llegan mis conocimientos chinos.

—Bueno, Jessica, el motivo de mi visita es que tengo que comprarle un buen regalo a mi madre. Algo simbólico. Y caro. Nada falso ni armado en Chile.

Jessica me mira sorprendida.

—¿Qué le hace falta? Un bonito florero, por ejemplo, es un buen regalo de cumpleaños.

—No, si ella no está de cumpleaños. El que lo está soy yo. Por eso le voy a obsequiar algo. Es una vieja tradición oriental: que el hijo le regale un presente a la madre como señal de agradecimiento por haberle dado la vida. Y como a mí me ha ido bien, creo que lo justo es comprarle algo inolvidable. No es una cuestión de precios, Jessica, sino de honor.

—Veamos —me dice—. Creo que entonces lo mejor serían estas porcelanas.

Las miro y me parecen realmente horribles, picantes, esencialmente horrorosas.

—No, Jessica, algo de buen gusto.

—Lo siento, joven, pero éstas tienen muy buena salida.

—Me has decepcionado. Yo pensaba que podías distinguir lo que era bueno y fino de lo que es rasca, chulo, cuma, qué sé yo.

Ahora sí que la mina está enojada. También me fijo que, tras un biombo dorado con unos dragones pintarrajeados, hay un viejo con las orejas muy peludas que nos está mirando fijo.

—Bueno, Jessica, nada personal pero creo que deberé conformarme con el típico Rolex. Gusto de conocerte. Feliz once de septiembre. Espero que votes correctamente. Hasta luego.

No me responde.

Abandono la tienda, escucho el gong y me largo a correr a la velocidad de quien ha robado algo. Me he vuelto un mentiroso, pienso. Y me da risa. Sigo caminando por Apoquindo en dirección a Providencia, pensando en Jessica y en mi pequeña actuación. Y me doy cuenta de que sí, quizás es verdad, quizás Holden, o su voz, o su forma de ser, sí pueden ser llevados a la práctica. Eso es lo raro. Nunca me había pasado algo así con un libro ni una película, ni siquiera con un disco. O con una persona.

Esto de asumir su identidad tiene su encanto, pienso. Pero también me asusta, porque largarme a mentir así fue algo incontrolable, compulsivo. Como haber hecho la cimarra. Es como si Holden Caulfield se hubiera posesionado enteramente de mí. Como en *El exorcista:* el diablo se ha apoderado de mi mente. No sé qué me está ocurriendo. Igual puede que todo esto estuviera ya dentro. Estas ansias e impulsos, esto de querer cortar con todo. Quizás sea verdad eso de que «los estímulos estimulan», como dice la Luisa, pero en mi caso es distinto: es más un ejemplo a seguir, un apoyo, un golpecito en la espalda. Es como un trago. O una línea de coca. Pero igual es peligroso. Igual me asusta.

Otra cabina telefónica: llamo al Paz. Tampoco está. El Juancho's continúa cerrado.

Sigo caminando, paso frente a mansiones llena de hiedra y embajadas y edificios bastante parecidos al mío. No hay escolares a esta hora. Siento que la gente me mira y hasta me pone nervioso una patrulla militar que pasa, pero después me repongo pensando que los milicos andan más preocupados de los comunistas que de los cimarreros. Igual es raro esto de andar libre cuando todos están presos. Lo más probable es que mañana la inspectora me pida un justificativo, aún no se me ocurre qué haré. Pedirles uno a mis viejos es inconcebible. En especial a mi viejo que, por esas casualidades de la vida, justo hoy se ofreció a llevarme al colegio. Me bajé del auto y me acerqué a la reja. El auto se alejó. Divisé al Chico Sobarzo y a la Flavia Montessori, pero cuando vi a la Rosita Barros, la realidad me superó y supe que no, que no había caso, que simplemente no podía entrar. Sin medir las consecuencias, caminé media cuadra, vi un taxi, lo hice parar y le dije que por favor me llevara hacia las canchas de skate-board de Tabancura con Las Condes.

Cuando casi le pregunté que creía él que ocurría con los patos cuando el lago se congelaba en invierno, me di cuenta de que estaba en serios problemas y que quizás no debí leer *The Catcher in the Rye* después de haber regresado, borracho y deprimido, del horroroso cumpleaños de la Rosita Barros. Por suerte no abrí la boca; no hubiera sabido cómo explicarle, ya que el único lago con patos que conozco —laguna, más bien— está en el Parque O'Higgins y, como bien lo advirtió el concha de su madre del Nacho, en Santiago no nieva.

Tengo que hablar con el Paz. Necesito saber más de Salinger porque, como dice el propio Holden, cuando uno termina un libro que a uno realmente lo mata, siente que el autor es como su amigo y le dan ganas de llamarlo por teléfono. Y debo hacerlo. Urgente.

Camino porque caminando así, cuadras y cuadras y cuadras, como lo hace Holden por Nueva York, quizás pueda ordenar mi mente. Frente al Bowling hay otro teléfono pero el Paz tampoco responde. Así que prosigo. Me duelen un poco los pies: he caminado demasiado. Desde Tabancura a El Faro y de ahí hasta aquí. Pero sigo caminando.

Quizás debí haber entrado a clases. Quizás no debería volver a la casa. Quizás podría ir a esperar a la Antonia a la salida. Quizás podría irme a Rio, en un camión. Quizás me podría exiliar.

Paso junto a la Escuela Militar; los cadetes ensayan una marcha mientras los soldados rasos, firmes con sus metralletas, custodian el lugar. Prefiero no mirarlos y me pierdo bajo el inmenso puente que cruza Vespucio por encima. El lugar parece un campo de batalla: están pavimentando y hay camiones y montones de tierra y fierros y muros de madera llenos de afiches, a favor del SÍ, que protegen las excavaciones del Metro. La estación terminal aún no está del todo lista.

Más allá del caos, el barrio residencial parece intocado y las empleadas domésticas riegan los pastos sin enterarse de los tambores que marcan el ritmo de la marcha ni del ruido histérico de las perforadoras en la calle. Un poco más allá está el Cerro Navidad, posiblemente el cerro más chico de todo Santiago y, de todas maneras, la plazoleta más rara del mundo. A pesar de que da a Apoquindo, el cerrito, que no debe tener más de dos pisos de alto, la protege del ruido; la parte trasera de la plaza es la médula de todo el lugar: desembocan

ahí callejuelas minúsculas y hay una inmensa casa patronal del siglo pasado, que es un sanatorio para niños tu-
berculosos. A veces se asoman y miran a los pendejos sa-
nos, que vienen aquí a jugar o a saltar con sus pelotas sal-
tarinas, ésas que antes estaban tan de moda. La plaza es
súper verde: con cientos de árboles grandes, incluso algunas palmeras; también tiene lomitas y trampas de arena, un sitio verdaderamente increíble, porque siempre
hay perros divertidos —San Bernardos, afganos, esqui-
males— que no ladran ni molestan a la gente.

A esta hora la plaza está absolutamente vacía y
el sol primaveral lucha firme con la leve capa de smog
que ya ha logrado infiltrarse en este sector de la ciudad.
Me siento en un escaño, dejo los cuadernos a un lado y
me quito los zapatos y los calcetines. Camino unos pasos y me tiendo en la arena tibia, que se adhiere a los es-
pacios entre los dedos de mis pies. A veces se siente uno
bien; hasta me podría acostumbrar a vivir así. Miro la
hora: las once y media. Ahora estaría en clases de Química. Pero prefiero estar aquí, sobre la arena: como si
estuviera en la playa; saco mis anteojos oscuros para enfrentarme al sol de manera más audaz. No es la primera vez que estoy tirado en este pozo de arena.

Antes venía siempre a esta plaza con complejo
de cerro. El Nacho vivía por aquí. Sus padres viven a
una cuadra: en El Trovador. Típico que iba a su casa a
estudiar pero nos apestábamos y traíamos al Maximiliano, su perro, para que jugara con sus compinches
mientras nos dedicábamos a fumar cigarrillos —bueno, yo no fumo— o pitos y tomar cerveza o comer
charqui o lonjas de lomito ahumado o aceitunas verdes
que comprábamos en el Unimarc de la esquina.

Gracias al Maximiliano, conocimos a dos empleadas del barrio. Elena, se llamaba una; Vanessa, la

otra. La primera paseaba a una guagua rubia, de ca-
chetes rosados, en un coche. La Vanessa, que era más
rica y no usaba nada debajo del delantal a cuadros verde agua, sacaba a pasear un perro salchicha de nombre Pe-Efe, igual que las cecinas.

Las conocimos aquí, hace unos dos años. Era
en noviembre, época de pruebas globales y exámenes,
ya hacía calor, bastante calor, lo suficiente para sacar-
nos la camisa y asolearnos en el pasto o la arena. Las
miramos y comenzamos a coquetearles, y a azuzar al
Maximiliano para que se hueveara al salchicha, que era
bien bonito, de color caramelo. Cuando la Vanessa dijo «Pe-Efe, ¡venga!, ¡venga!», estallamos de la risa, por
lo ridículo del nombre. Así nos hicimos amigos; costaba creer que las dos tuvieran sólo veintiuno y veintidós,
respectivamente, y que desperdiciaran su vida aceptan-
do las órdenes de los demás. Eran relativamente boni-
tas y hablarles no era algo de lo cual avergonzarse, o
sea, tenían todos los dientes y eran, lejos, bastante mejores y más simpáticas y divertidas que muchas de las
chulas que uno ha conocido en esas típicas excursiones
a la Gran Avenida.

Nuestro gran encuentro ocurrió obviamente
en esta plaza, un poco más arriba del cerrito, donde hay
una suerte de fuerte o torreón escondido entre árboles
góticos y rocas gigantescas. Nos encontramos en la semana, un miércoles, creo, que hizo historia porque la
temperatura alcanzó un récord. Algo así como 33,8 a
las cuatro de la tarde. La gente pensaba que iba a tem-
blar. El Nacho se robó del bar de su viejo un ron Bacardi y yo andaba con unos cuantos joints. La cita era a las
veintitrés treinta, como dice el Nacho, pero nos atrasa-
mos un resto; ellas nos estaban esperando muy tranqui-
las y entusiasmadas en un escaño que brillaba bajo un

farol. Se veían distintas con los jeans apretados y zapatos altos y sus polerones de plush. «Parecen hermanas», les dije. «Ustedes también», me respondió la Vanessa que, estaba claro, era para mí.

Todo fue increíble y mágico y alucinante, porque después del ron —que embriaga como nada— y los pitos y la onda, todo se volvió relajado y envolvente y a pesar de las micros y los autos de Apoquindo, que estaba peligrosamente cerca, el cerrito subió unos metros para protegernos otro poco. La atmósfera tibia y espesa lo volvió todo muy irreal, y terminamos los cuatro desnudos, corriendo por el pasto como si fuéramos duendes en ácido o algo así. Quizás fue por la complicidad o el temor al terremoto, y a la luna casi llena, pero nadie nos vio en ningún momento, y nadie se imaginó jamás que, poco después, cada pareja se instalaría en unos escaños del torreón para simplemente dejarse llevar. Para mí y el Nacho fue nuestra primera experiencia real, erótica de verdad, sin putas ni apuros. Además, no fue nadie contra nadie sino de a dos y fueron ellas, incluso, quienes se encargaron de la parte creativa. Por eso, cuando acabé, me dejé caer en la loma y sentí cómo la hierba húmeda y dulce rozaba mi espalda; y me acuerdo de que la respiración de la Vanessa me pareció el ruido que hace la tierra al girar. Después, entre sueños, miré los árboles con sus hojas nuevas tapándome y me pareció que las estrellas eran como frutos que se enredaban en las ramas.

Nunca las volvimos a ver, claro. Llegaron los exámenes y las fiestas de fin de año y el veraneo. El Nacho se encontró una vez con la Vanessa en el Unimarc, creo, pero él andaba con su vieja así que sólo se miraron y nadie dijo nada. Pasó el tiempo, el Nacho partió a Valparaíso, lo deportaron de su casa y se fue a otro barrio.

Y yo dejé de venir por aquí. Dudo que el Nacho vuelva a su casa. Dudo, además, que siga viéndolo a menudo. O si lo veo, que tengamos mucho de que hablar. Dudo, por ejemplo, que nos dediquemos nuevamente a seducir empleadas en las plazas. O a tirarnos en la arena, a hablar durante horas de minas, de padres, de ropa, que sigamos planeando nuestro viaje post-PAA a Australia, en un barco mercante, con parada en la Isla de Pascua y en Fidji y en Nauru, un islote que al Nacho lo obsesiona aun más que la costa norte de Maui con su *pipeline* y sus competencias acuáticas por doquier.

Me dan ganas de llamarlo y contarle que estuve por aquí, que anoche leí *The Catcher in the Rye* y decirle que si quiere se lo presto. Pero quizás sea mejor no decírselo. Si le cuento, capaz que empiece a echarlo de menos. Y podría ser un error.

Llego al restorán vegetariano antes de lo acordado con la Flora Montenegro y me siento a hacer hora. Aburrido, reviso mis cuadernos, leo algunos párrafos y frases que subrayé anoche en el libro, como la parte referente al guante de béisbol de Allie y eso de que «casi siempre, cuando alguien me obsequia un regalo, termino triste».

Mientras leo, tomo un jugo de zanahoria y naranja que se supone es la especialidad de la casa.

En eso aparece la Flora. Anda con una colorida chomba peruana —de ésas compradas en Cuzco— y un blazer negro que no le viene. Se ve que anda de malas. Está incómoda. Mira a todos los lados, excepto a donde están mis ojos.

—Perdona, Matías, pero me agarré con la directora. Por eso me atrasé. Defendiendo a una colega de la tarde que faltó a clases la semana pasada por haber ido al Caupolicán a escuchar a Frei.

—¿Tú fuiste?

—Sí, por supuesto.

—Ah.

—Oye, tú hoy faltaste a clases, ¿no?

—¿Cómo supiste?

—Te andaba buscando para cancelar la cita. Le pregunté a tu Antonia si estabas en el colegio y me dijo que no. Supuse, por lo tanto, que habías hecho la cimarra, así que no seguí averiguando para no cagarte... ¿Qué quieres almorzar? Pide lo que quieras; esta vez invito yo. Aprovecha.

A la Flora la conozco desde el año pasado, cuando se convirtió en mi profesora de castellano, pero es como si la conociera de toda la vida. Ella enseña sólo a los segundos y terceros medios. Ésta es, por lo tanto, mi segunda temporada bajo su tutela. Lo de tutela es literal, creo, porque lo que hay entre ella y yo es mucho más que lo que suele haber entre profesora y alumno. Y mucho menos que lo que se genera entre dos amantes.

Pero la edad no es nuestra única diferencia, claro. A veces siento que ella ha vivido más en un día que yo en diecisiete años. La Flora ha viajado sin plata por el mundo entero y ha conocido cantidad de gente famosa, especialmente escritores e intelectuales que ella idolatra.

—He coqueteado con cuanta lesbiana existencialista y octogenaria existe en París —recuerdo que me dijo una vez en el Kafé Ulm, donde me invitó a escuchar un recital de Capri, que interpretó temas de los Quila, los Inti, los Jaivas y el resto de la aristocracia comunista.

También ha estado con Borges, el de *Emma Zunz*, un cuento que una vez nos hizo analizar desde la perspectiva femenina y que le permitió a la Luisa Velásquez sacarse un siete por encontrarlo «psicológicamente poco viable». Según la Flora, Borges es un genio pero no sabe nada de sexo; por lo tanto, todo lo que dice cae en el vacío. Tampoco sabe de política. Ella misma se lo dijo, en su cara. Fue en Buenos Aires. Lo atacó por haber aceptado una condecoración de Pinochet. Esta anécdota la contó a comienzos del año pasado. Y dio pie a un pequeño escándalo, ya que fue la primera vez que todos nosotros escuchábamos hablar de política en forma pública. Nunca antes un profesor había siquiera insinuado que no estuviera de acuerdo con el gobierno. A mí, sus opiniones me parecieron gratuitas y fuera de tiesto. Y se lo dije:

—Yo creo que Borges aceptó el premio porque era Chile el que se lo daba. El Presidente es sólo un símbolo. Nos representa a todos.

—Mira, Vicuña, una cosa es ser ciego y otra huevón.

El curso enmudeció. Yo también. Después de la clase, me dijo que deseaba conversar conmigo. Me llevó a una pizzería malacatosa, por la calle República, donde me habló durante tres horas de libros, intelectuales, política, derechos humanos y sexo. En ese orden. Después me fue a dejar a mi casa en su Fiat 600. Mi edificio la dejó medio atónita y no se lo ocurrió nada mejor que decirme:

—Chao, Gatsby.

Supe que eso tenía algo que ver con la película de Robert Redford. Se lo comenté a la Luisa que, por cierto, armó un barullo más o menos y me dijo que la Flora deseaba seducirme. Pero quería saber más porque, desde el día en que la conoció, la Luisa se obsesionó con ella. Admira su integridad y eso de que se juegue el todo por el todo y que le dé lo mismo vivir a su manera. Después de prometerme que no le contaría a nadie de mi ida a la pizzería, le juré que iba a hacer todo lo posible para sumarla a nuestras futuras tertulias. También le pedí información sobre Gatsby. Me dijo que era un libro y que ella iba a tratar de conseguirlo. Lo hizo, claro. Era de su hermana.

Leí el libro con la dedicación con que, a veces, se prepara uno para ir a una fiesta donde sabe que va a estar la mina de sus sueños. Y aunque a Holden Caulfield no le gusta demasiado, a mí me mató. Daisy era como la Antonia y me encantó eso de que las mansiones se enfrentaran a uno y otro lado de la pequeña bahía. Pero me pareció más que injusto que la Flora me tildara de Gatsby.

Una semana después, la vi en el pasillo y le dije que había algunas cosas que me habían quedado dando vueltas y que si podíamos vernos más tarde. La esperé a la salida de clases, junto a su Fito naranja y terminamos en este restorán naturista con aires de Hare-Krishna, donde le dije que, a pesar de que sólo tenía dieciséis años y que según algunos me sobraba la plata, no por eso era huevón. Después le cité casi de memoria el comienzo de *El gran Gatsby*, eso de que *«mi padre una vez me dijo: cuando sientas la necesidad de criticar a alguien, recuerda que no todas las personas en este mundo han tenido las mismas ventajas que tú».*

Ella me miró fijo y sonrió satisfecha:

—Tienes razón. Sólo te estaba probando. Me alegro de que hayas pasado la prueba.

Eso fue hace dos años, creo. Desde entonces, siempre nos vemos o comunicamos fuera de clases. En ellas soy un alumno más, aunque obviamente uno de sus favoritos, junto con la Luisa, que siempre lo cuestiona todo, y con el Nacho que, según la Flora, está destinado a escribir la gran novela surfística del siglo veinte, cuestión que dudo realmente. Excepto por ellos dos, que también se juntan con ella a veces, nadie sabe de estos encuentros extraescolares. Quizás por eso mismo, por si algún día nos pillaran in fraganti tomando cerveza en una fuente de soda por ahí, es que la Flora nos exige el doble y siempre nos pone notas más bien mediocres.

—¿Seguro que no quieres más vino? —me pregunta ahora.

—Prefiero una superlimonada; he estado tomando demasiado últimamente.

—Como quieras.

Los platos están llenos con unos panqueques con porotos negros y salsa de espinacas, más una porción de arroz integral y no sé qué más. Pero aún no logro expresar lo que siento.

—Bueno —me dice la Flora mirando el reloj—, espero que no te hayas lateado mucho en Rio. Hace tres años me tocó acompañar a unos terceros medios y fue una pesadilla: puro gastar plata e ir a discothèques. Me acuerdo de que me dediqué a leer a Amado en portugués.

—Yo lo pasé increíble en Rio —le contesto—. Los mejores días de mi vida.

—No te puedo creer. A mí me pareció espantoso. Tanto turista y ese afán local de no asumir la identidad del país. Parece Miami. Si quieres conocer Brasil, tienes que ir a Bahia. Ahí está la verdad.

—Quizás, pero yo lo pasé bien. El viaje me hizo pensar. Harto.

—Por tu bronceada no se nota.

—En la playa se piensa igual, Flora.

—No se me ocurre en qué.

—No sé, en la vida, en Chile, en todo.

—Quizás.

Está en otra, siento. Como que no hay comunicación. Miro por la ventana y veo como el cuidador de autos cuenta sus monedas. Ella me habla de la ilegitimidad del plebiscito, de los años de dictadura que nos quedan por delante y de un artículo que aún no termina sobre Julio Cortázar, para enviarlo a la Universidad de Stanford.

—¿Y piensas ir allá? —le pregunto por preguntar.

—Tú sabes que odio Estados Unidos. Me muero tres veces. Me han ofrecido ir a dictar clases. Dicen que es espléndido y que la biblioteca de asuntos latinomericanos supera lo imaginado. Varios compañeros del Pedagógico están exiliados allá y bastante conformes. Pero lo mío está acá.

La Flora, dicen, es un cerebro a nivel internacional. Publica ensayos y estudios fuera del país, ha escrito un libro sobre análisis semiótico, o algo así, que se editó en México, y escribió un libro de poesía que firmó con seudónimo. Ella se niega a reconocerlo pero, estoy casi seguro, es el que ganó un premio y que la Luisa ha leído. Así y todo, prefiere quedarse aquí —donde todo está muerto, según ella— y hacerles clases a pendejos del barrio alto en vez de instruir a los de las poblaciones o hacer clases en las universidades, donde sí hay actividad política.

—Tus padres van a votar por el SÍ, ¿no?

—Obvio.

—¿Y qué piensas hacer al respecto?

—Nada. ¿Qué voy a hacer?

Con ella me suceden varias cosas difíciles de explicar. Tan difícil como es contarle ahora mi problema, mi rollo actual, esta sensación que me ha impulsado a verla pero que ahora, cuando debo racionalizarla, simplemente no me sale. Es como si no tuviera ya ningún pesar. Pero tampoco es eso. Es como si lo que siento se esfumase —o se volviera ridículo— a la hora de comunicárselo a otro.

—Estoy aburrido de perder, Flora —le digo.

—Entonces intenta crecer.

—No sé si sea ésa la solución.

Quizás sea verdad eso de que no es bueno analizarlo todo, porque puede uno llegar a conclusiones definitorias que no permiten arreglo posible. Como, por ejemplo, por qué quiero a alguien, por qué deseo esto o lo otro, por qué siento esta cercanía inexplicable con la Flora Montenegro. Ni siquiera sé si somos amigos o confidentes. Siento que he hablado de todo con ella excepto de mí. Y viceversa.

Me incomoda además la atracción que siento por ella. De que hay algo, lo hay. Pero nunca ha pasado nada y ya ni siquiera trato de imaginarme lo que podría ocurrir: cacho que es inútil y que a ella no le interesa o simplemente no desea asumirlo. Pero sé que hay atracción entre ambos. Y eso que todos mis compañeros la encuentran más bien fea. Yo no lo creo. Quizás no sea mi tipo, pero que atrae, atrae. Cuando habla, en especial cuando habla de sí misma, uno queda rendido. A veces esto me da rabia, porque suelo comparar a todas las minas con ella, lo que es absurdo y no tiene sentido. Pero, desde que conozco a la Flora, no concibo una mina que, aun siendo bonita, no piense o se entusiasme con cosas tan intrascendentes como esa película alemana en blanco y negro donde no sucedía nada de nada pero que a ella le dio pie para hablar dos horas sobre cómo el nazismo no hizo otra cosa que canalizar los deseos sexuales reprimidos del pueblo alemán.

Yo lo dudo pero ella insiste en que es así. Y éste es otro punto que me molesta y me hace cuestionarlo todo, porque muchas veces, cuando estoy con ella, simplemente «pinto el mono», como se dice. O sea, me muestro interesado en temas que no siempre me interesan. O mejor dicho: me interesan pero no necesariamente los entiendo. O comparto. Como eso de que mi madre vota SÍ porque ello no es más que «una señal infalible de su envidia fálica».

—Así que hablaste con la Antonia —le digo, mientras sorbo una limonada con miel en vez de azúcar.

—Sí, cada día más aburguesada esa niñita. Dudo que sea capaz de romper con sus conceptos y sus ritos. Está cagada. ¿No estarás todavía interesado en ella?

Es una pregunta complicada por donde se la mire. Podría conducirme a deslizar «un acto fallido», como dice la Flora. Así que lo pienso antes de responder porque, ahora me queda claro, el que la Antonia esté o no en mi vida es también una prueba, es la vara con la que siento me mide.

—Mira —me dijo una vez ella misma respecto a la Antonia—, yo creo que la chica es bonita, para los cánones que tú sigues. Podría hacer comerciales en la tele. Y creo que no tiene un pelo de tonta. Eso es lo más triste. Lo que deberías hacer es abrirle el camino. Cambiarle la perspectiva. Si no, ese romance o lo que sea no va a tener ninguna importancia y te vas a terminar perdiendo. O cediendo, que es peor. Debes lograr que ella acceda a tu mundo, no al revés. ¿Entiendes?

¿Pero qué es «al revés»? ¿Qué sabe ella de quién soy yo realmente? Me apestan esas propuestas intelectualizantes: tú eres así, por lo tanto piensas asá. Sí, quizás sea verdad: no soy igual a la Antonia. Y me alegro de no serlo. Pero no por eso soy la Flora, ni el brazo armado del MIR. Una cosa no implica la otra, creo. A lo mejor desprecio a mis padres, pero la ropa sucia se lava en casa. No sé. Quizás la Flora tenga razón. Tiene más experiencia, más cultura y es mucho más auténtica que todas las personas que conozco juntas. Pero no sé. Realmente.

—Anoche estuve releyendo a Nabokov. Has leído *Lolita,* me imagino.

—No... Sé que escandalizó a medio mundo aquí en Chile, eso sí. Por eso a las adolescentes les dicen lolas, creo. Me lo dijo mi abuelo.

—Tienes que leerlo. Me fascina el tema del exilio inverso: aquéllos que huyeron del comunismo y se instalaron en el seno del capitalismo. Pienso escribir un ensayo para la Universidad de Washington, en St. Louis. Hay un decano allí que está muy interesado en el quiebre que eso supuso. También pienso integrar el fenómeno cubano. A Cabrera Infante, por cierto, que es el gusano número uno. Y a Kosinski. Tú leíste *Desde el jardín,* ¿no?

—No, pero vi la película. Con Peter Sellers. Excelente. Se ríe cualquier cantidad de la sociedad. Es súper crítica. Y divertidísima.

—A mí me cargó.

Es difícil satisfacer a la Flora. Quizás por eso es como una adicción. A veces ni siquiera entiendo lo que dice. Me recomienda tantos libros que, si los leyera todos, jamás podría salir de mi pieza. Algunos los he leído, claro; algunos hasta me gustaron, pero muchas veces ha sido al revés. Para no quedar mal, acepto sus propuestas o su análisis, en la más cínica. Lo mismo que en ese recital de la Capri: dije que me había gustado, cuando fue precisamente al contrario. O eso de hacerme el allendista, el de izquierda, cuando, la verdad, ni siquiera sé lo que eso implica. Eso me carga, me hace sentirme un hipócrita. Pero me cargaría aun más que la Flora pensara que soy mediocre: ésa es su palabra favorita. O que creyera que soy uno más de los tantos alumnos que «no son capaces de distinguir una ironía de una aseveración».

—Leí un libro increíble —le cuento—. Te lo recomiendo absolutamente. Se llama *The Catcher in the Rye*. Lo leí en inglés pero debe estar en castellano. Se lo podrías dar a leer al curso.

—Lo leí hace años. En español se llama *El cazador oculto,* aunque en Barcelona también se editó como *El guardián entre el centeno*. El otro día lo divisé en una librería del centro.

—¿Y te gustó?

—No demasiado, la verdad. Es un poco adolescente, ¿no crees? Todo es tan obvio y sin sentido.

—¿Sí?

—De todas maneras. Lo que pasa es que los gringos lo han sobrevalorado, como si fuera la Biblia. Si estás en la onda adolescente, lee *Huckleberry Finn,* por último. Pero creo que Salinger está por sobre ti.

—A mí me mató. No sé si está bien escrito o no, pero me pareció increíble. Súper sincero.

—Tendría que revisarlo. De todas formas me pareció lamentable eso de querer poetizar y hasta universalizar la problemática de un personaje que, seamos sinceros, no le interesa a nadie. O sea, las peripecias y mañas de un adolescente judío malcriado y autorreferente que se da el lujo de taimarse e irse a un hotel porque tiene los bolsillos llenos de plata no pueden interesarle realmente a nadie. Excepto a los críticos judíos, claro, que han inflado tanto el libro.

—Flora —le digo—, no sé qué tienen que ver los judíos en todo esto, porque Holden Caulfield es católico. Incluso está apestado con su iglesia.

—Bueno, quizás, pero Salinger es judío. Y el llamado establishment literario neoyorquino está manejado por los judíos, eso lo sabe todo el mundo. De ahí, por ejemplo, la fama de un Philip Roth. O este tal Singer, que sólo escribe sobre talmúdicos.

Miro mi vaso de limonada vacío. No sé si deseo continuar con esta conversación. Me siento demasiado apabullado. *overwhelmed, negatively*

—Pero bueno, tampoco hay que ser ciega. Casi toda la literatura es obra de judíos. Proust lo era. Lo que no soporto es esta nueva ola. Toda esta cosa sionista y norteamericana. Los mejores creadores judíos son justamente aquéllos que reniegan de su condición de tales. O judíos de izquierda, que es una mezcolanza absolutamente deliciosa. *prejuicios*

—¿Tú tienes algo contra los judíos, Flora?

—¿Se me nota mucho? Me puse un poco latera, ¿no?

Y se ríe. Poco, pero se ríe.

—No, para nada —le digo parándome de la mesa.

—¿Tienes algún problema? —me dice mientras me alejo.

—No, creo que es al revés.

Pero me detengo un segundo y la miro fijo, hasta que logro incomodarla por primera vez en mi vida. Aprovecho de mirarla bien, de fijarme en sus rasgos, porque sé que, pase lo que pase, ésta será la última vez que la vea en mi vida. Aunque deba cambiarme de colegio. No puede ser de otro modo. La sola idea de enfrentarme a ella de nuevo me da urticaria. Y pena. Una sensación de vacío que siento que me traga.

—Matías, ¿qué sucede?

—Nada. Sólo te estaba probando.

Debe ser la llamada número treinta y ocho que hago al teléfono del Paz. En el Juancho's me atendió un aseador, pero no sabía nada de nada. Dice que el Toro anda en algún trámite. Espero poder comunicarme con Paz más tarde.

Entra la Carmen:

—¿Vas a almorzar?

—No, ya comí.

—Pudiste haber avisado. Tengo cosas que hacer. Hay visitas esta noche, para variar.

—¿Quién?

—Ese tío de don Esteban, el que es embajador, está de santo, creo. Viene un montón de gente. Demasiada, para mi gusto.

—¿Y mi madre?

—En la peluquería. ¿Dónde si no?

Dicho esto, se va y cierra la puerta. Enciendo el televisor: puras telenovelas. Abro bien las cortinas para que entre el sol. Sigo con mi uniforme del colegio.

—¿Aló? Buenas tardes, ¿estará Andrés?

—Está en el colegio. Creo que hoy le toca gimnasia. Matías, ¿eres tú?

—Sí, tía, claro.

—¿Y no estás con él?

—Es que tengo un esguince —miento—. Tengo certificado médico. Pensé que... Se me olvidó que hoy toca Educación Física. Lo llamo más tarde. Hasta luego.

Y corto. Debo tener más cuidado con esto de la cimarra. Por poco me pilla la mamá del Lerner. Claro que a ella le da lo mismo. A los míos no. Pero eso ya lo solucionaré. Ahora necesito dormir un poco. Descansar. Aún me duelen los pies. Se me ocurre que llevo varias semanas sin dormir. Y es probable que sea cierto. Pero da lo mismo. Volví a casa. Voy a recomenzar de nuevo. Esto no ha ocurrido. Debo frenar el caos antes de que sea tarde. Debo dormir, debo dormir un poco, es lo primero. Limpiar mi mente. Pero no puedo. Cierro los ojos pero nada.

Enciendo la tele. Es la hora de los dibujos animados. El Coyote persigue al Correcaminos por un desierto rojo y amarillo. El Coyote le prepara una trampa: un telón pintado que asemeja la continuación del camino pero que sólo disimula un muro de ladrillo conectado a miles de kilos de TNT. Pero, como suele ocurrir, el Correcaminos esquiva la trampa y, al final, la dinamita estalla sobre el Coyote. Pobre tipo, pienso.

—*Estoy aburrido de perder, Flora.*

—*Entonces intenta crecer.*

—*No sé si sea ésa la solución.*

Ahora Tom persigue a Jerry. Siempre sucede así. Claro que Jerry, por lo general, gana porque es gordito y amoroso y todo el mundo lo quiere.

—*¿Y te gustó?*

—*No demasiado, la verdad. Es un poco adolescente, ¿no crees?*

Bugs Bunny, para variar, se disfraza de mujer. Pedro Picapiedra se enfrenta al señor Rajuela y no le hace caso a Gazú, que habla sobre el paraíso perdido. Ese perro que no sé cómo se llama come una galleta, se abraza a sí mismo con todo el amor del mundo y se eleva hasta el cielo en éxtasis.

—*O sea, las peripecias y mañas de un adolescente judío malcriado y autorreferente no pueden interesarle realmente a nadie.*

El logotipo de la Warner Brothers aparece a todo color y todos los monos de la compañía entran en cuadro y se largan a cantar con languidez: *Lástima que terminó el festival de hoy, pero volveremos ya...*

Apago la tele.

Tiro el control al suelo.

—Lerner, ¿qué tal?

—Ah, eres tú.

—Sí. ¿Algún problema?

—No.

—Mejor. Oye, ¿me perdí algo importante? ¿Alguna interrogación?

—Te vas a meter en problemas, Vicuña.

—¿Por qué? ¿Qué pasó?

—Nada, no te perdiste nada; pero no entiendo tu parada.

—Oye, si no es la primera vez que hago la cimarra.

—Si no se trata de eso, huevón.

—¿De qué, entonces?

—Digamos que no te cacho... No entiendo tu parada.

—¿A qué te refieres con parada?

—A nada... Da lo mismo, no es problema mío... En realidad, no te perdiste nada... Hubo súper pocas clases; lo del plebiscito tiene a todo el mundo en otra.

—No cambies de tema. Asume. ¿Qué me quieres decir?

—Si nunca tanto, Vicuña. No te pases películas. No es una huevada que me quite el sueño. Puedes hacer lo que quieras, no es asunto mío. Lo único que te digo: le estás hinchando las huevas a todo el mundo. Estás cayendo mal. Yo no sé lo que te pasa. Estás entrando en decadencia.

—No soy el único.

—La Luisa tiene razón: contigo ya no se puede hablar. Has perdido totalmente tu capacidad de goce, de pasarlo bien. Lateas.

—¿Tú qué haces hablando con la Luisa? ¿Y por qué esa huevona se mete en lo que no le importa? Si hay algo que me apesta son los chismes. Se nota que esta tropa de conchas de su madre no tiene vida propia con la cual entretenerse. Yo por lo menos tengo problemas, lo que es algo. Este país está seriamente enfermo, huevón. Me carga.

—El que está enfermo eres tú.

—Si lo estoy, es problema mío. No te metas.

—No, si ya nadie se va a meter. Que eso te quede claro. Tu actitud deja harto que desear. Con razón el Nacho no te pesca. Y esas fugas, ¿qué onda? No sé para qué te viraste de lo del Rusty. Fuiste el comentario de la noche, compadre. Si hasta al Chino le caíste mal. Lo mismo ocurrió donde la Barros. La propia Antonia, me lo contó la Luisa, fue la que empezó a lanzarte mierda.

—Y tú estás de acuerdo. Me queda todo claro.

—No se trata de eso, Vicuña. Te has metido

en una onda muy mala; deberías cortar el hueveo antes de que el hueveo te corte a ti.

—Sabes qué más, Lerner, no te metas en lo que no te importa ni entiendes y ándate lo más tranquilo posible a la mierda.

—Problema tuyo, entonces.

—Exacto: problema mío.

Alguien golpea mi puerta. Dura, incesantemente. Golpes vacíos, que provocan eco. Son los golpes del diablo, sueño. Aun así, no quiero despertar. No puedo despertar... Abro los ojos un poco pero se me cierran nuevamente. Es como un resbalín, pienso; una vez que uno decide lanzarse, no hay arrepentimiento que valga hasta llegar abajo. Hasta llegar al final.

—Matías, abre. Despierta.

Es la voz de mi padre, que taladra la protección viscosa del sueño. No hay nada que hacer: estoy despierto. Así que abro los ojos. El cielo está púrpura technicolor. Se ve demasiado falso. El sol ya se puso. He dormido varias horas, veo.

—Matías, despierta de una vez.

—Espera un segundo.

Guardo el frasco de Valium —que robé del botiquín de mi vieja— en el cajón del velador, lleno con las uñas petrificadas de mis pies, boletos de micro, varios elásticos, palitos de helado *vale otro* y un montón de viejos sobres con laminitas del álbum *Historia del Hombre*.

Después abro la puerta:

—Mientras unos trabajan, otros duermen feroces siestas.

—Tuve examen de cross en Educación Física. Quedé lona.

—Lávate un poco y cámbiate el uniforme. Quiero que me acompañes a comprar algunas cosas que faltan para la noche.

—No tengo muchas ganas que digamos.

—Es una orden.

—Dame veinte minutos, entonces.

—Quince.

—Está bien.

Me meto al baño, me ducho y mientras observo cómo la espuma del champú cae a mis pies y desaparece en el desagüe, me viene un ataque de llanto compulsivo que el ruido del agua caliente ahoga. El agua cae furiosa, en hilillos precisos y cortantes sobre mi piel, a la que ya le da lo mismo, siento frío igual. Las lágrimas y berridos espasmódicos, frenéticos, cesan una vez que cierro ambas llaves.

Respiro hondo.

Con la mano limpio el vaho en el espejo: mi cara arde roja y congestionada sobre el resto de mi cuerpo pálido y mojado, absolutamente débil. Vergonzoso.

—*El que está enfermo eres tú.*

La frase retumba en mis oídos cuando abro la llave de agua fría y comienzo a lavarme los dientes, pero la sangre que brota de mis encías me asusta. Me detengo no sin antes pensar que lo pasado, pasado está, que a partir de ahora, de este preciso instante, estoy absoluta y esencialmente solo; y que si antes no lo estaba se debió quizás a un simple y comprensible error mío.

Nada más.

Estamos en el Volvo. Mi padre maneja. Vamos por la Kennedy. Algo le pasa. Está tenso y agitado, lo noto. Tampoco habla mucho. El velocímetro marca ciento cuarenta.

—Vas un poco rápido, ¿no crees?

—Tranquilo. Todo está bajo control.

Lo miro de reojo. A pesar de que anda con mi casaca azul marino FU's y unos pantalones de cotelé azul petróleo, parece menos adolescente que lo acostumbrado. Casi representa los cuarenta y tres que tiene ya. Pero eso lo noto sólo yo, claro; la mayoría de quienes nos ven, si es que nos ven, deben pensar que es un tipo más, no mi padre.

—¿Estás bien? —le pregunto, para tratar de controlar la conversación antes de que se largue a interrogarme sobre quién sabe qué.

—Todo está bajo control —me dice mientras se limpia la nariz con el puño de la camisa—. Tú tranquilo, no te va a pasar nada. No te preocupes. A ti, al menos, no te va a pasar nada.

Y me sonríe satisfecho. Muerto de la risa. Se supone que era un chiste.

O algo así.

—No sé si te has fijado, pero tú nunca sonríes —me dice en forma gratuita.

No vale la pena responderle. Pero le contesto igual:

—Quizás no tenga motivos.

Esto lo deja callado unos segundos. Luego dice:

—Eh... qué te iba a decir...

—No sé.

—No, no te preocupes. Se me fue. No tiene importancia.

Esto es típico en él. Cuando está inseguro o anda raro, o el tema que surge no es necesariamente el que él desea tocar, busca llenar el silencio con frases que no sirven de nada pero mantienen las mandíbulas activas.

—Te iba a decir que... esto del atentado al retén de carabineros... ¿Supiste?

—Algo.

—Ah.

El silencio vuelve a posesionarse del auto.

—Oye, me devolviste las llaves de Reñaca, ¿no?

—Ayer, en la mañana.

—Tienes razón. Y, ¿cómo lo pasaste? ¿Llegaste muy tarde?

—Pero si te llamé por teléfono. Desde Las Rejas. ¿No te acuerdas?

—Tienes razón. Estaba pensando en otra cosa.

—¿Estás bien? —le pregunto.

—Ya te dije que sí. Déjate de joder, ¿ya?

No anda muy en buena, veo; por lo que intuyo, no me conviene seguir hurgando. Él no quiere hablar, así que no hablo. Mejor. Igual no hay tema. Y no creo que le interese lo que yo tengo que decir. Enciendo la radio: Grace Jones canta *La vie en rose*.

—Déjala —ordena—. Me encanta.

—Lo sospechaba.

No me responde y acelera aun más.

La Grace Jones me recuerda a la Flavia Montessori. Pero eso es un cuento viejo. Me niego a que ella y todos los que están ligados a ese grupo, a ese curso, a ese colegio y ese círculo de gente, ocupen mi mente. Ya la han ocupado demasiado tiempo.

Miro el velocímetro: ciento veinte kilómetros. Pero el Jumbo ya está a la vista; llegamos antes de que la canción haya terminado.

—Sabía que esta huevada iba a estar repleta —me dice mi padre mientras busca estacionamiento frente al supermercado—. La gente se ha vuelto loca comprando. Hay rumores de que el jueves puede pasar cualquier cosa y que hasta puede haber desabastecimiento.

Encontramos un lugar junto a un BMW verde-limón que a mi padre le llena la cara de derrota.

—Vamos. No tenemos tanto tiempo. Aún tengo que arreglarme. Tu madre citó a la gente tipo nueve.

Así que ingresamos y agarro un carro. Él hace la vista gorda y el que termina empujándolo soy yo.

El galpón —es lo que el supermercado verdaderamente es— está repleto y hay una banda de rotarios, un grupo de viejos empaquetados en tenidas verde y blanco, que toca música tipo Ray Coniff, aunque por ahí se les cuela alguna adaptación de lo mejor de *Fiebre de sábado por la noche,* en versión supermercado, claro. Lo grave del caso es que mi padre, a pesar de esas botas vaqueras por las que el Rusty no titubearía en asesinar a alguien, engancha con la banda y comienza a silbar, en la más patética, una variación soft de *More than a Woman.*

—Esteban, hombre, qué sorpresa. Qué gusto más grande.

Nos damos la vuelta y la cara de mi padre entra en un estado madrugada-post-farra que no lo favorece.

—Eynard, ¿tú por acá? Pensé que estarías en Talca.

Mi padre le da la mano con un entusiasmo más falso que las sonrisas de las promotoras que nos ofrecen ravioles y galletas con pasta de marisco. Debe ser el famoso Eynard Enger. No es que sea tan famoso, pero hubo un tiempo en que mi padre lo nombraba y hablaba de sus paltas, chirimoyas y nueces quillotanas con una veneración casi ideológica. De ahí la fama.

El tal Eynard es mayor de lo que pensaba, pero mejor de lo imaginado. Tiene el pelo corto y canosísimo y anda con una chaqueta de paño verde que le da un toque alpino. A su lado, en el más completo de los silencios, está una mujer baja, notoriamente teñida, que debe tener unos cincuenta pero parece su nieta. Y no porque se vea joven: tiene algo infantil, algo de dependencia e inmadurez que molesta.

—Esteban, ella es la Pochi, mi sobrina.

La mujer, de unos ojos verdes e inmensos, que ocupan casi todo su rostro sin arrugas, mira a mi padre con una intensidad sólo equivalente al odio.

—Hola. Encantado. Éste es mi hijo Matías.

Yo levanto las cejas en señal de respuesta y doy un paso atrás, apoyándome en el carro. Ella también se aleja unos centímetros. Se nota que está más que incómoda. Y si bien desconozco la razón exacta de su enojo, sé lo suficiente para atar hilos y tener claro por qué yo, sin querer, estoy irremediablemente ligado a ella.

—Matías —me dice mi padre—, ¿por qué no te adelantas no más? Necesitamos tragos. Mira que esta gente toma. Elige tú. Estoy corto en whisky y sácate algunas botellas de vodka, y una de gin, porque la María Teresa sólo toma eso. Quizás una botella de Napoleón, no sé. Ve tú. Y saca cosas para picar: queso, aceitunas, lo acostumbrado. Yo ya te alcanzo.

Me alejo por el pasillo de las verduras, que están recién lavadas y relucen como si fueran de plástico. Mi padre se queda atrás, conversando con el tal Eynard. La Pochi, en cambio, se aleja de ellos como acarreando su cuerpo mucho más pesado de lo que aparenta. Obviamente, es hermana de la Hilda Escudero. Y la Hilda Escudero es la aun más famosa sobrina de Eynard Enger. Ésa es la conexión. A la Hilda no la conozco, claro. Ni nadie. Excepto el propio Eynard, la Pochi y mi padre, que fue su amante. Esto lo sé por él mismo. No los detalles, obvio, pero sí las líneas gruesas. Él se limitó a informarme que tuvo un enredo con una mujer mayor que estaba algo loca.

—Te lo digo porque eres hombre y estas cosas les suceden a los hombres —me dijo hace como dos años—. No tiene ninguna importancia y no quiero que te asustes: no nos vamos a separar con tu madre. El error fue mío y estoy dispuesto a pagar. Así que, si escuchas cualquier huevada o sientes que la cosa está mal, no te preocupes. Lo que pasa es que la tal Hilda es muy operática y le gusta armar escándalo.

Y lo armó, claro.

Mi madre y mis hermanas se enteraron, por cierto. El lío fue grande, sonoro y molesto. Y prescindible, además, porque no era la primera vez que mi padre era infiel. Eso lo sabía todo el mundo. Pero sí fue la primera —y única— vez que todo salió a flote porque la Hilda se metió, dijo cosas y, lo que es peor, se enamoró de mi padre hasta enfermarse.

La otra diferencia que marcó un hito fue que la Hilda no era una cualquiera. O sea, no era una simple mina. Estaba ligada a esta especie de socio de mi padre, un tipo más o menos importante en el asunto de las exportaciones que el tío Sandro administraba por esa época. Quizás su familia, especialmente por el lado de su padre, era última de ordinaria, pero el Eynard Enger tenía sus contactos y si se enteraba de que su sobrina solterona andaba metida con uno de sus compradores, podía frenar el negocio y mandarlo todo a la cresta.

Estos detalles los supe por mi hermana Francisca, el improvisado bastón de mi madre en un combate que tuvo más que ver con el orgullo y el amor propio que el amor a secas. Mi madre movió sus contactos —puede que contratara incluso a un detective privado— y supo todo lo que había que averiguar sobre la tal Hilda. Por ejemplo, que vivía en un bloque inmundo por la Avenida Grecia, cerca del Estadio Nacional, y que trabajaba en un laboratorio al frente del bloque. Este dato es importante pues inmediatamente mi madre dejó de comprar remedios de esa marca y se pasó a la competencia. Según la Francisca, que gozó con el enredo, mi madre averiguó además que la Hilda no era nada de tonta, hacía mucha gimnasia y ciclismo y no ganaba mal, ya que debía mantener a su madre y a una hermana solterona como ella, que tenía un hijo como de mi edad.

Pero, aunque la Francisca no me hubiera dicho nada, igual me hubiera enterado de todo, ya que una noche desperté a los gritos de mi madre:

—Cómo pudiste meterte con una cincuentona de medio pelo que, para más remate, canta en un coro. Acuérdate, Esteban: esto no lo voy a olvidar nunca. No puedes tener tan mal gusto ni ser tan último. Y nadie puede engañar a la gente así. La Hilda puede ser muy arrastrada y poca cosa pero al menos tiene corazón. Te digo: la compadezco. Maldita la hora que se fue a fijar en ti. La pobre debió entregarle su virginidad a alguien un poco más consecuente.

Esta arremetida nocturna fue el comienzo del fin del affair Hilda Escudero. El punto terminal ocurrió cuando a la pobre le bajó un ataque de despecho y decidió llamar a mi madre. Pero el tiro le salió por la culata y lo que mi madre le dijo fue suficiente para volver loco a cualquiera o sufrir un sincero ataque de autocompasión.

El asunto terminó cuando la Hilda se fugó a Ecuador. Partió a trabajar a un laboratorio en Quito. Esto lo supe porque llegó una carta al departamento y la Carmen, amante del chisme y el hueveo, se la pasó a mi madre que, obviamente, la abrió y se rió a gritos por la redacción:

... A veces pienso que elegí mal. Que Ecuador está muy cerca. Tendría que irme cerca del polo, lo más lejos posible. Pero ni ahí, creo, podré olvidarte. Todos los días, ¿sabes?, leo el diario para ver qué vuelos parten a Santiago. Y anoto las horas de salida. Y siento envidia de todos esos pasajeros que sin saberlo se acercan de alguna manera a ti...

En tanto, el famoso Eynard Enger quebró y perdió sus prestigiados paltos, chirimoyos y nogales. La estafa apareció en el diario. Así que la fructífera relación terminó de todos modos. Pero mi padre, está claro, sigue ligado a él y no se atreve a hacerlo a un lado, según veo.

—¿Te sirves? —me pregunta una promotora bronceada por la nieve.

—Bueno, pero poco. No me gusta demasiado el Martini.

—Pero éste es italiano. Auténtico.

—Está bien: me llevo dos botellas.

La mina queda feliz. Un gesto amable no cuesta nada, como dice la propaganda. Empujo el carro hacia donde está el resto de los tragos. Hay dos promotoras más: una ofrece Pisco Capel y la otra una selección de licores

Mitjans. Miro la oferta, casi toda importada. Saco botellas a destajo: Johnny Walker Etiqueta Negra, Stolichnaya, tres Tanqueray, un Napoleón, Cointreau, ron Bacardi, tarros de cerveza Heineken, dos tequilas con gusanos al fondo.

Después sigo rumbo a los quesos y las delicatessen en general. Pero me topo con la Pochi, que avanza bamboleándose en dirección contraria. Freno el carro, me doy media vuelta, corto por los detergentes y los fideos y regreso al mismo punto. La Pochi sigue avanzando, pero ahora me da la espalda. Lleva un abrigo azul marino al que se le adhieren pelusas. La banda, entretanto, toca marchas militares.

La Pochi dobla e ingresa al pasillo de los tragos y se acerca a la promotora del Martini italiano. Algo sucede porque en vez de hablar, discuten. La Pochi agarra su cartera y, escudándose en ella, empuja a la mina a un lado, aprovechando el segundo de desconcierto para tomarse un vaso entero de Martini Bianco. La promotora se enoja y llama a las otras, que se notan también alteradas. Las tres le hablan al mismo tiempo pero la Pochi se larga a reír a carcajadas. Se ríe tan fuerte que yo bajo la cabeza en señal de piedad. Ella sigue riéndose y tomando Martini Bianco.

—Señora, por Dios, basta —le grita la del Pisco Capel.

—Verónica, llámate al señor Iñíguez. Apúrate.

La Pochi para de reír y mira a las promotoras con la misma cara con que miró a mi padre. Esta mujer está loca, pienso. Tiene las mejillas rojas y sus ojos ahora hinchados no perdonan.

—Infelices —les chilla—. Creen que no sé a lo que se dedican realmente.

Y parte, dejándolas atrás, no sin antes empujar una de las mesitas, haciendo caer todas las botellas de pisco al suelo. El estruendo es cristalino. Y retumba en todo el lugar.

Me cuesta creer lo que veo. La Pochi se echa a correr con sus tacones altos, que le crean problemas, arrastrando la cartera como si fuera un perro que se niega a salir a dar un paseo.

—Esa mujer está borracha —me dice la de los Martini—. Se lo ha tomado todo. Ésta es la quinta vez que viene en diez minutos.

Miro hacia adelante pero la Pochi ya no está. Empujo el carro con todas mis fuerzas y termino corriendo por el pasillo mientras, por los parlantes, la banda toca a todo lo que da una salsa o cumbia que me altera aun más. Llego adonde están las cajeras pero no veo a la Pochi. Un montón de gente apiñada frente a los dulces y mermeladas confirma mi sospecha: la Pochi está dando un espectáculo público.

Avanzo lento, para no delatar mi conexión con ella, pero hay tanta gente murmurando y la música suena tan fuerte que debo dejar el carro a un lado e integrarme a la muchedumbre a empellones. Y ahí está: sobre una tarima verde con un lienzo que dice Felices Fiestas Patrias les desea Hipermercado Jumbo. La banda toca ahora esa canción del limbo y la Pochi, ante mis ojos y los de los demás, se larga a bailar, a mover las caderas y los hombros en perfecta sincronía. Pero eso no es todo: está bailando con un tipo disfrazado de elefante. El tipo, me doy cuenta, no sabe qué hacer y, al parecer, no ve mucho debajo de toda esa goma gris y de una trompa feroz que le cuelga hasta el ombligo.

La gente, sorprendida, comienza a dar palmas y a alentar a la Pochi que, sin temor alguno, suelta su abrigo, lanza su cartera a un rincón y empieza a coquetear en forma descarada con el elefante, el que trata sin éxito de seguirle el ritmo. Pero la Pochi quiere más: zapatea el piso, se levanta la falda para mostrar su enagua. Sin previo aviso, en medio de una carcajada caótica, abraza al elefante, se hunde en la goma y enrolla la trompa alrededor de su cuello. La gente, obviamente, deja de palmear y la música cesa. Y se produce el silencio que temía. La promotora se presenta con el gerente del lugar, el elefante intenta separarse de la Pochi, que no quiere dejarlo ir.

Mi padre aparece por detrás y me agarra el hombro con firmeza

—Matías, nos vamos.

Ando de chaqueta, una chaqueta de tweed gris. Idea de mi madre. Ella me la compró y ella me obligó a ponérmela. Frente a mí, al otro lado del living, está mi padre. Recuperado, por cierto. Aún tiene el pelo húmedo; también anda con una chaqueta de tweed, pero la suya es café. Está jugando al barman, rodeado de los tragos que compramos en esa botillería de El Bosque con Apoquindo. Dejamos el Jumbo en cosa de segundos y ninguno de los dos se atrevió a comentar el espectáculo. Ahora todo es como si nada hubiera pasado y él, después de la ducha, su afeitado y su Azzaro, está perfecto, coqueteando con la tía María Teresa Ezquerra, a quien le sirve un Tanqueray con ginger-ale, más una rodaja casi transparente de limón.

No tengo muy claro qué estoy haciendo aquí, pero mi madre entró a mi pieza y me preguntó si iba a salir. Lo pensé un instante y, la verdad, no se me ocurrió a dónde podía ir. Le respondí que no, que me iba a quedar en casa.

—Entonces, ponte esa chaqueta de tweed que nunca usas —me dijo—. Si te quedas, por lo menos tienes que saludar. No soporto ir a esas casas donde los hijos se encierran en las piezas. Me parece atroz de mal educado. La Bea se fue a alojar donde la Camila. Y la Francisca va a llegar tarde porque está estudiando no sé dónde. Si te quedas, encantada. Pero saludas. Y te pones esa chaqueta.

La fiesta no es tal. Es una reunión. O una comida, no me queda claro. No está muy entretenida pero todos lo están pasando bien, veo.

Nadie me ve. Si de mí dependiera, no saludaría a ninguno de los presentes pero ya estoy aquí, apoyado en el muro, observando de lejos como la Carmen, con su uniforme de gala, sin sus anteojos de costumbre, sirve ciruelas envueltas en tocino.

Debería volver a mi pieza, pienso. Después de que regresamos, me encerré allí hasta que mi madre entró a decirme lo de la chaqueta. Eso fue hace una hora. Me llevé el teléfono a la pieza —el cable ya lo arreglaron— y estuve llamando gente y colgando por espacio de veinte minutos, supongo. Primero llamé al Paz, al número que anotó en el libro de Salinger, pero nadie contestó. Y el teléfono del Juancho's sonaba ocupado y ocupado y ocupado. Entonces extraje de mi billetera fucsia y fosforescente mi libreta de teléfonos minúscula y eché una ojeada a los nombres de las personas que conozco. Me di cuenta de que no deseaba hablar con nadie. Pero como estaba muy aburrido, solo e incomunicado, decidí jugar un poco. Así que llamé al Guatón Troncoso. Me atendió la vieja.

—Nazi de mierda, te tengo localizada.

Y colgué.

Después quise llamar a la Miriam pero no tenía su número. No lo había ingresado. En ese momento caché que no tenía los números de las personas que mejor conozco. Por ejemplo, la Antonia y el Nacho y la Luisa y el Lerner. Incluso Cox. No estaban. Y no tenían por qué estar, porque me sabía los teléfonos de memoria. Aún recordaba el número de los viejos del Nacho. Así que lo marqué y, en efecto, me atendió su padre. Colgué. Después llamé a la Luisa. Atendió ella. Colgué. Al Lerner también.

Mi memoria, a pesar de esos dos Valium, estaba intacta. Y hasta me acordé de una mina amiga de mi hermana Pilar que siempre venía para acá y tenía una libreta de cuero llena de números telefónicos sin ningún nombre. «Si no me acuerdo de a quién pertenece cada uno, significa que realmente no me importa; y por eso mismo no tendría motivo alguno para llamarlo», nos dijo una vez a la hora del té. Mi madre, por cierto, la tildó de loca. Después desapareció de escena. Nunca más volvió a llamar a la Pilar.

—Matías, qué haces ahí. Ven, ven a saludar.

Mi madre me agarra del brazo y me adentra en las profundidades abismales del living, que brilla dorado bajo las luces y los candelabros.

—Hola, encantado.

—Hola, qué tal.

—Hola, cómo está.

—Buenas noches.

—Tanto gusto.

—Tanto tiempo, gusto de verla.

—Hola, encantado.

—Hola, qué tal.

—Hola, cómo está.

Después intento volver a mi lugar de origen pero mi padre me ataja. Ya ha tomado harto, huelo.

—Matías, hazme un favor. Encárgate del bar. Tengo que conversar con esta gente.

Sin muchas opciones a mi favor, me instalo en un piso que está detrás del bar e inspecciono los elementos con el mismo cuidado con que un piloto verifica sus instrumentos antes de despegar. Rodajas de limón, de lima y de naranja. Azúcar flor, marrasquinos rojos y verdes. Trozos de piña. Aceitunas para el Martini seco. Agua mineral, con y sin gas, jugo de tomates. Salsa tabasco. Bitter. Crema de coco. Agua tónica. Todo.

Decido prepararme un Bloody Mary a la mejicana, sin ají.

No hay demasiada gente pero la selección fue rigurosa, me percato. Está el tío Sandro Giulianni, que llegó solo, y mi tío Enrique Matte, impecable como siempre. Hay varias parejas que no conozco pero se nota que es gente relacionada con el dinero, y el Negro Ezquerra habla con uno que, por su corte de pelo, tiene que ser militar.

También está mi tío Sergio Vicuña, el embajador de Chile en Indonesia, que es el que está de santo; y la tal Stella De Castro, su nueva esposa, mucho menor que él debido a la cirugía plástica que se hizo. En este momento le cuenta a un viejo que se parece a Robert Mitchum, pero se llama Armando Ortúzar, lo maravillosas que son las playas de Bali.

Mi madre, por su lado, está en el sillón principal y conversa con mi tía Lorena, la María Teresa Ezquerra, que ya está terminando su gin, y con la mismísima Meche Ellis de Ortúzar, quizás la mujer más millonaria que ha pisado este departamento. La Meche es esposa del Robert Mitchum, pero todo el mundo sabe que es ella la que tiene el poder y quien logró que él fuera elegido senador en épocas pasadas. También es presidenta de no sé qué comité de beneficencia, campeona de equitación y madre de dos de las minas más locas y reventadas de Chile.

Me tomo otro Mexican Mary y escucho hablar a la Meche Ellis de Ortúzar:

—Creo que hay formas y formas, te fijas...

—Pero hay que reconocer que logra sus objetivos —opina mi madre.

—Sí, pero a qué costo.

—Yo no sé —dice mi tía Lorena—, pero si bien es cierto que la Aída no se pierde cóctel ni première y está en todas partes y aparece en cuanta revista existe, también es cierto que logra juntar su platita y ayuda a toda esa gente. De que es egocéntrica y vanidosa, lo es; lo ha sido toda la vida. Pero su narcisismo tiene un fin, al menos.

—Qué quieres que te diga, Lorena —le responde la Meche—, su *approach* no va conmigo. Me parece bastante atroz. Realmente creo que en este país se están perdiendo ciertos valores. Esta misma cosa del Regine's es de lo más tropical, ¿no crees?

Mi madre palidece y no dice nada.

—Pero es divertido —le replica mi tía Lorena.

—Quizás. Pero mi idea de la elegancia no pasa por ahí ni por las páginas de la *Cosas*. Quizás esté pasada de moda pero, para mi gusto, una mujer realmente distinguida sólo aparece en la prensa tres veces en su vida: cuando nace, cuando se casa y cuando muere. ¿Te fijas?

La Meche Ellis puede ser millonaria pero no es tonta, pienso. Decido tomarme un Mexican Mary a su salud, pero justo entonces veo con horror que el tío

Sergio Vicuña, el hermano menor de mi abuelo que murió en la Patagonia, se dirige hacia mí, y bebo lo más rápidamente posible.

—Por Dios que estás alto, Matías.

—La mala hierba... —le respondo.

—Así dicen, pues.

Mi tío es apestoso y me da urticaria, concluyo. No sé qué edad tiene pero debe ser el doble de la que él cree. Nunca tuvo buena pinta pero él jura que sí, sólo que ahora se ha puesto viejo y panzón. Pero eso, mal que mal, le pasa a todo el mundo.

—¿Qué le sirvo, tío?

—Vodka con naranja.

—De inmediato.

—Ah, Stolichnaya. Me parece muy bien. Tú sabes que yo he estado en Rusia.

Siempre tuvo deseos de ser diplomático pero, según mi madre, nunca le dio el seso. Sus contactos, más su simpatía, le permitieron de todas formas conseguir trabajos de lameculos en Lan y Codelco y la Compañía Sudamericana de Vapores, por lo que siempre ha vivido fuera de Chile. Por eso viste pañuelos de seda bajo sus camisas de seda. O guayaberas en tonos celestes. O sombreros de paja.

—La Stella tiene un hijo como de tu edad —me dice—. Vive en Boston, que es una ciudad muy linda al norte de Nueva York. Va a entrar a Harvard, una universidad muy prestigiosa. Y tú, Matías, ¿qué haces?

—Voy al colegio, no más. Pero no es muy prestigioso.

Nunca tuvo hijos, mi tío, porque su primera esposa se juraba tan estupenda que los partos podían arruinar su cuerpo. Y su cuerpo fue, precisamente, la razón por la que él se casó con ella. Pero tanto cóctel le arruinó el cerebro primero. Parece que el alcohol, un tumor y el cúmulo de estupidez y vanidad que llevaba a cuestas se sumaron y, poco a poco, la mujer comenzó a decir tonterías en las fiestas. Hasta que se dieron cuenta de que estaba involucionando. O sea, tenía cuarenta y cinco pero pensaba como si tuviera cuatro. Así que el tío la mandó de vuelta a Santiago, donde la encerraron en un hogar de ancianos. Demoró como seis años en morirse. Mi tío asistió al funeral con su nueva esposa, una belga obsesionada con el esquí. Pero el matrimonio duró poco porque justo mis abuelos murieron y le dejaron un fundo en herencia. El tío volvió solo, ya que la belga decidió irse a vivir a Suiza.

—Tienes que ir a verme a Yakarta —me dice ahora.

Yo no le creo, claro. Si algún día me dejara caer por allá, estoy seguro de que no me dejaría ni entrar a la embajada.

—Es tan lejos —le respondo para correrme.

—Pero tú una vez comentaste que querías ir por esos lares. En barco. Estábamos en Reñaca. Ese amigo tuyo, el surfista, me preguntó un montón de cosas, de eso me acuerdo. En especial sobre Bali y Nauru. Me dijo que ustedes dos pensaban ir en barco y parar en todas las islas. Tienen que parar entonces en Nueva Caledonia. A la Stella le encanta. Tú sabes que yo tengo contactos en la Sudamericana de Vapores. Avísenme, no más. Los puedo juntar con un capitán amigo.

—Un millón de gracias. Dudo que podamos ir, eso sí.

—Pero pueden intentarlo, pues —me dice antes de volver con otro vodka naranja a su puesto original.

Mi tío jura que ser embajador en Indonesia es el colmo de la sofisticación. Con la llegada de los milicos, su suerte cambió. Un antiguo compañero de curso asumió como ministro de Relaciones Exteriores. Y mi tío se transformó, de la noche a la mañana, en embajador. Ha sido destinado a puros países raros: Jordania, Haití, Kenia. Ahí conoció a la Stella De Castro, que tenía otros dos matrimonios a cuestas y estaba en Nairobi participando en un safari.

Decido prepararme otro Mexican Mary antes de que me interrumpan.

—Come algo mejor, que te vas a emborrachar —me dice la Carmen.

—¿Qué son? —digo indicándole la bandeja.

—Qué sé yo: los trajo una gringa que se gana la vida en esto.

Extraigo una bolita cubierta de semillas. Es de carne. Y está cruda. Pero no es mala.

—¿Cómo está el discurso? —le pregunto.

—Frei dijo que el plebiscito es un fraude. Dejó la cagada y ahora hay hueveo en el centro.

Antes de que empezaran a llegar los invitados, fui a la cocina a buscar un trago.

Ahí estaba la Carmen, aliñando unas ensaladas, con la radio puesta.

—Va a hablar Frei —me dijo.

—¿Por la radio?

—No, por Televisión Nacional, fíjate. Por la Cooperativa, por dónde va a ser.

—¿No habló la semana pasada?

—Pero eso fue en el Caupolicán. Esto es más chico. Simbólico. Se va a juntar con unos sindicatos. En Almirante Barroso.

—¿Tú crees que va a ganar el NO, Carmen?

—Oye, seré empleada y pobre pero no por eso huevona. Claro que vamos a perder. Pero no por eso no se puede alegar y revolverla un poco.

—¿Crees que van a arreglar la votación?

—Como dice mi comadre Iris: este país es tan mierda que los milicos ni siquiera van a tener que hacer trampa. Toda la gallada va a votar que SÍ, y no sólo los ricos. En La Pintana, donde yo vivo, la mayoría apoya al culeado del Pinocho. Les ofreció unas cagadas de casas y los maracos entregan el poto a cambio. Si la gente es muy rehuevona. Se merecen lo que les espera.

Mezclo otro Mexican Mary. El tequila está llegando a su fin. Miro el gusano.

—Matías, sé amoroso: sírveme otro gin con gin.

—Claro, tía, encantado. Ningún problema

La María Teresa Ezquerra se aleja encantada y llega donde la Stella que, en comparación con ella, está sumamente bronceada. De Bali, pienso. O de Nauru.

Despacho el tequila, mastico el gusano y miro: miro a la Meche Ellis que habla de discreción y buen gusto, a mi tía Lorena que desesperadamente intenta aprender lo que es eso. Miro al tío Sergio hablando con el Negro Ezquerra y un milico. Y los escucho:

—El general Leigh llamó a votar que NO —dice el Ezquerra—. ¿Tú crees que puede ser tomado en cuenta?

—La Aviación está absolutamente controlada, eso te lo aseguro, hombre. El peor error de Leigh fue creer que podía enfrentarse a mi General. Me asombra incluso que esté vivo.

—Dicen que era el más duro —opina el tío Sergio, por opinar.

En otro rincón, la Stella habla con varias mujeres sobre sus hijos, que están repartidos por todo el

mundo. Mi madre, en tanto, le habla al oído al tío Sandro, que suda y se pone rojo. El tío se percata de que
lo estoy mirando y le suelta la mano.

Mi padre, por su parte, regresa al living, conversa un poco con el tío Enrique y el Robert Mitchum y
mira, a cada rato, hacia donde están mi madre y el tío
Sandro, que siguen conversando, algo borrachos los dos.

—¿Cómo está todo? —me pregunta mi padre
que, se nota, se acercó porque desde aquí hay mejor
vista hacia el rincón donde está mi madre.

—Los pacos están apaleando a los del NO.

—Te pregunto por aquí. ¿Cómo está todo
aquí?

—Como lo ves. ¿Te sirvo otro?

—Bueno.

Agarro el vaso, le echo hielo y un buen poco
de Etiqueta Negra. Después lo miro pero él no se da
cuenta. Tiene una huella de polvo blanco bajo la nariz. Me acerco otro poco, estiro el dedo y trato de lim-
piárselo. Él salta, se retira y me mira con unos ojos de
perro perdido que me atraviesan. Pero la guardia baja
le dura sólo una fracción de segundo:

—Qué te pasa, huevón —me dice con furia y
me empuja.

Es el golpe que estaba esperando, siento. Mi
madre se ha dado cuenta pero en vez de acercarse,
aplaude y dice:

—Bueno, por qué no comemos. Es buffet. A la
americana. *Self service*. Cada uno saque lo que quiera.

La Carmen abre las puertas del comedor y enciende la luz. La mesa está repleta de comida y flores.

—Rosario, te pasaste —le dice la tía Lorena.

Yo abandono el bar y me acerco al comedor.
Mi padre está ahí, sujetando el vaso con todas sus fuerzas.

Con la cabeza gacha. El tío Sergio se acerca y mira con atención las carnes y jamones y ensaladas y langostas y frutas y alcachofas rellenas.

—Y después dicen que en Chile no hay qué comer —comenta.

El resto de los concurrentes ríe de buena gana ante el humor y la rapidez del embajador. Yo lo pienso un segundo. Pero no hay nada que pensar, siento. Es lo que debo decir. Y lo digo:

—Por qué no se da una vuelta por las poblaciones y deja de hablar huevadas.

Mi tío queda lívido. Nadie dice nada. Yo ni siquiera trato de respirar. Pero no pestañeo.

—Sergio, perdona —interviene mi madre—, pero este niño está borracho y no tiene ningún derecho...

—¿Quién está borracho, madre?

—Córtala, Matías, que te voy a cachetear aquí mismo.

Miro a mi padre pero él no dice nada. El tío Sandro tampoco.

—Ándate a tu pieza. No te quiero ni ver —me grita mi madre.

Sin mirarla, entro a la cocina y me dirijo a la pieza de mi padre. Doy un portazo, cierro con llave y busco su chequera. Me robo uno, el último del talonario. En el velador veo su billetera. La abro y saco todo el efectivo. Y un paquetito en papel plateado que no tiene nada que hacer ahí. Tiritando, abro la puerta, pero no hay nadie. Voy a mi pieza, agarro mis llaves, la billetera, mis anteojos oscuros, *The Catcher in the Rye* y el frasco de Valium.

Después me dirijo a la puerta de salida.

—¿A dónde crees que vas? —me grita mi madre frente a todos.

—No creo que sea de tu incumbencia.

—Esteban, dile algo. Pégale.

—Matías, calma —me dice mi padre—. No vas a ir a ninguna parte.

Mi madre se acerca a mí. Percibo su furia:

—Si sales de esta casa, no vuelves.

—Así será, entonces.

—Córtala, Matías. Cálmate. Después te vas a arrepentir. Yo te conozco.

—Mentira: tú no me conoces. No me conoces para nada.

No tengo ni idea de dónde me encuentro. Éste no es mi territorio, eso está claro. ¿Qué hago aquí, entonces?

La micro está vacía: sólo sigue a bordo el chofer, con su parka negra. Va oyendo la Cooperativa, que entremezcla despachos noticiosos sobre gente detenida con canciones de Víctor Jara y Silvio Rodríguez.

Miro por la ventana trizada: un montón de chozas en penumbras, el chasís de una camioneta, interminables calles de tierra. Hay tipos amontonados en las esquinas. Esto será La Pintana, pienso. Pero no me queda claro; no me atrevo a preguntar.

Estoy al sur de la ciudad. Cerca de la Circunvalación Américo Vespucio, que dejamos atrás hace un rato. Pensé en bajarme ahí, donde un gordo con casaca de cuero desembarcó el último, pero el lugar no me pareció de fiar, la avenida Vespucio desolada, ancha y con luces amarillas; y varios bloques de departamentos con rayados a favor del NO y contra la CNI. Nada más. Ni siquiera pasaba un auto. No quise bajarme: la sola idea de estar ahí parado, expuesto, me resultó impensable, así que seguí a bordo. Craso error: esto es mucho peor. No hay luces, ni siquiera edificios; tan sólo construcciones callampas y tipos que se amontonan en las esquinas.

—Ya, cabrito, hasta aquí no más llego.

—¿Éste es el paradero?

—No, es mi casa.

—¿A qué hora regresa la próxima?

—Yo me quedo acá. No creo que haya más micros esta noche. La gallada está brava. Camina hasta el paradero. Sigue derecho por aquí. Son como veinte cuadras.

Me bajo y el chofer apaga los focos: el barrio se oscurece de manera definitiva. Escondo mi billetera en los Levi's, lo mismo que el reloj. No sé qué hago aquí, pienso aterrado. Me van a matar. Así que me largo a caminar entre el barro y los panfletos del MIR que llaman a la insurrección.

Aquí sí que hay silencio, pienso. Por eso se oyen los ruidos. Mis pasos retumban en la tierra. Por las ventanas, muchas de ellas cubiertas por plásticos transparentes, aflora el ruido de la tele. Y las radios. Sólo canciones de protesta, en español. Ni un tema disco. Nada. Estoy perdido, pienso. Me van a matar. Ojalá que no duela.

Lo de la casa dolió. Fue lo que tenía que hacer, creo. Mientras bajaba en el ascensor, sentí que me iba a largar a llorar. Pero era tal la confusión que mi mente no sabía cómo responder a tantos estímulos. Y cuando las puertas se abrieron y el nochero levantó la vista, sólo atiné a reírme y echarme a correr. Corrí cuadras y cuadras, hasta que empecé a sudar, a sudar el tequila, a botarlo todo para afuera; mientras más corría, más liberado y liviano y limpio me sentía.

Miro la hora: una diez de la mañana. El toque se acerca. Tengo que salir de aquí, volver a la civilización. He perdido ya demasiado tiempo.

No debí subirme a esa micro.

Pero no sabía qué hacer, dónde ir. De tanto correr, de pronto me encontré en Providencia. Allí reduje la velocidad y seguí caminando hasta llegar a Suecia con General Holley, donde los pubs estaban abiertos y había muchísimos autos y movimiento. Decidí entrar en uno, tomarme un trago, pasar al baño y pegarme un empujoncito gentileza de papá. Pero un fascista cabeza-de-músculo que hacía guardia en la entrada no me dejó entrar.

—Eres menor de edad. No puedes entrar.

—Te pago lo que quieras.

—Estás borracho. Ándate.

Yo transpiraba como si estuviera lloviendo. Igual traté de entrar: el tipo me agarró de una muñeca.

—No te hagas el choro, huevón, que te puedo dejar tendido en el suelo.

Mientras el gorila intentaba asesinarme, vi algo en el pub que me hizo desistir. En una mesa, con una velita al centro y varios vasos vacíos, mi tía Loreto Cohn, despeinada y con una blusa semitransparente, con buena parte de los botones abiertos, le acariciaba el rostro a un tipo moreno, casi de acero, con el pelo cortísimo, a lo milico, no mayor de veinticinco. El tipo, que andaba de terno, se hacía el duro-de-seducir y la tía Loreto, maquilladísima, parecía simplemente una puta. Una pareja más normal, en la mesa vecina, miraba la escena con algo de asco. En especial cuando el tipo se echó hacia atrás y ella se le acercó aun más y comenzó a besarlo, manchándole el cuello blanco con un rouge color rojo sangre.

—Ándate mejor a tu casa, cabrito.

—Y tú ándate a la mierda.

Lo dije y partí corriendo, pero el tipo ni siquiera trató de alcanzarme.

Terminé a pocas cuadras de allí, en el Juancho's, esperanzado de encontrar al fin al gran Alejandro Paz de Chile y contarle lo que me había sucedido. Tenía la certeza de que, justamente por no conocerlo tanto, podía confiar a ciegas en él.

—El Paz está detenido e incomunicado —me dijo el Toro—. Estuve hablando con los tiras en la tarde y no hay caso. Está acusado de subversión. Le allanaron el departamentito que tiene por Lastarria y encontraron varios libros sospechosos y panfletos. Parece que estuvo en una reunión ilegal con sus compañeros de universidad. Puede que lo suelten después del Once.

—¿Me quieres decir que el Paz es un terrorista?

—No, no creo. Pero que es un imbécil, lo es. Un testigo lo acusó de rayar unas paredes por Macul llamando a votar NO.

—Pero...

—Está prohibido. Se supone que el tipo es un universitario, no un guerrillero. Se merece lo que le pasó.

La gente allí reunida, que no era poca, bailaba un tema de Blondie, como si nada hubiera pasado. Estaba a punto de pedir un Mexican Mary cuando vi a un tipo que no ubicaba en la barra, con una corbata humita y un peinadito rubio, preparando unos tragos.

—¿Y ése?

—Mira —me dijo el Toro—, el Paz es único pero nadie es irremplazable.

Lo miré con aire de reproche, pero el Toro no se dio por enterado. Del bar me robé una paja y entré al baño. Estaba vacío. Me encerré, abrí el papelillo, que no era *origami* sino un papel plateado tipo bombón-de-chocolate, repleto con unos tres o hasta cuatro gramos. Probé el material con el dedo y la intensa amargura casi me provocó una arcada. Era buena, de la mejor. Como todo lo de mi padre. Con los sesos gravemente anestesiados y la garganta hecha un nudo imposible de desanudar, salí del baño y no me quedó otra que pedirle al rubio de la corbata humita un vaso de vodka puro y otro de jugo de pomelo. Pagué en efectivo. Pero no pude disfrutar el alcohol, ni el ambiente vanguardista, ni la selección de viejos temas de Boston y Yes que estaba tocando el Chalo desde su cabina. Como un mal capítulo de una serie que exhiben por segunda vez, apareció la Miriam. Y se dio cuenta de que yo estaba apoyado en la barra. Así que me tomé el vodka de un trago y salí lo más rápido posible a la calle. Quería tomar un taxi pero no pasaba ninguno. Sólo una micro.

Me subí sin pensarlo dos veces.

No estaba del todo llena y agarré un asiento con ventana. Me senté y miré hacia afuera, tratando de no pensar en nada, pero me preguntaba de dónde sacaba mi padre ese tipo de coca y por qué el tío Sandro le tomaba la mano a mi madre.

Después no me acuerdo qué pasó. O sea, me acuerdo pero no lo entiendo. O mejor dicho: no sé por qué me dejé llevar por mi estado de ánimo. Poco a poco, la micro fue alejándose de los lugares más conocidos e internándose en barrios lejanos y ajenos. Cuando cruzamos Tobalaba y el Grange, pensé en bajarme, pero no me moví. La Plaza Egaña ya me pareció absolutamente fronteriza y me hizo acordarme de esos típicos recitales de Brain Damage y otros grupos de colegio que siempre se organizan en el gimnasio Manuel Plaza. Ahí debí haberme bajado, pero no pude. Pensé: estoy lejos, mejor sigo y me bajo en el centro. Pero el centro nunca llegó y el recorrido de la micro continuó. En vez de bajar al centro, emprendió rumbo hacia el sur.

Poca de la gente que estaba conmigo al momento de subir quedaba a bordo cuando la micro llegó frente a esos bloques deslavados que se montan alrededor de la rotonda Grecia y pasó junto a unos camioncitos que venden papas fritas, como los que se instalan en las playas en el verano.

Subió más gente; algunos me dieron miedo. Por suerte, nadie se fijó en mí; yo sólo miraba por la ventana, como si hubiera sido un turista perdido en una aerolínea equivocada.

—Oye, vos. Dime la hora.

No sé quién me grita. Sólo que es un tipo y, por el sonsonete, que es joven. Debe llevar oculta una navaja, pienso. Ahora sí que me asesinan.

—No tengo reloj —le respondo en la más fría.

El tipo anda con una chaqueta de milico yanqui comprada en alguna tienda de ropa usada. Y bototos, que deben doler cuando patea con ellos. No tiene cara de asesino. Pero no lo veo muy claro, por la falta de luz. Tiene como mi edad.

—¿Quieres comprar hierba?

—No.

—Tengo buenos cogollos. De San Felipe. Y no es cáñamo.

—Te creo pero no fumo.

—Entonces ándate, loco.

—Ya.

El tipo, por suerte, se aleja y yo me atrevo, recién

entonces, a transpirar libremente, sin temor a delatar-
me. Estoy agotado. Con sueño, un poco de frío y una
mezcla extraña de dolor de cabeza, depresión y ansiedad. Y sigo caminando. A lo lejos veo una fogata. Deben estar quemando hojas, pienso. A medida que me
acerco, veo que lo que arde son neumáticos y que hay
gente gritando y moviéndose alrededor del humo.

Me desvío, entonces, por una callejuela per-
pendicular y un perro se larga a ladrarme como si yo
fuera el peor asesino del planeta. Sus ladridos cortan
la noche y rebotan en los techos de zinc. Las murallas
y rejas están llenas de consignas, veo. No tengo nada
que hacer aquí. Pero no me atrevo a correr. Y ya ni siquiera se dónde está el norte. Ni la avenida más cerca-
na. No hay gente, no hay autos, no hay micros. Tan sólo los ladridos del perro. Y el rumor de mi corazón.

Cuadras más allá se produce el milagro. Un
viejo taxi Opala cruza, como en cámara lenta, frente a
mí, por una calle pavimentada a metros de allí. Le grito pero no me ve y pasa de largo. Decido jugármela y
corro. Corro como nunca, corro por mi vida, le hago
señas y agito los brazos. Hasta que el Opala se detiene.

—Qué bueno que lo encontré —le digo sin
aliento.

—Sí, pero yo voy aquí no más.

—Tengo que ir al centro.

—Lo siento. Estoy fuera de servicio.

—Por favor.

—Te puedo llevar hasta Departamental.

—Señor —le digo—, esto es grave: tengo que
volver al centro. Ha habido un accidente. Nada demasiado grave pero tengo que avisarles a mis padres. Mi hermano está detenido. Atropelló a un niñito mongólico.

—Llámalos por teléfono.

—He tratado pero está malo. Por favor. Le pago lo que sea.

El tipo me mira. Nota que estoy desesperado y, a pesar de la mentira, que hablo en serio.

—Por favor. No sabe cómo se lo agradecería.

El tipo, que tiene lentes y barba, lo piensa.

—Tome —le digo, extendiéndole unos cuantos billetes.

—Está bien, cabrito. Súbete.

El Opala parte. Avanza silencioso entre bodegas y ferreterías. Le paso el dinero. Suficiente para ir a Viña en auto, pienso. Bencina y peaje incluidos. Pero no me importa.

—¿Por qué calle vamos?

—Voy a tomar por la Gran Avenida.

La radio toca canciones en español. Es la hora de los corazones solitarios y una vieja de voz muy pastosa lee cartas sobre abandonos y celos y romances furtivos. El taxista aprovecha que la calle está casi vacía y acelera. Incluso pasa una luz roja. A mí me da lo mismo: lo único que deseo es ver, de una vez por todas, la Torre Entel, la Virgen del San Cristóbal.

—¿Dónde estamos ahora?

—Esto se llama El Llano.

Miro por la ventana pero no recuerdo el lugar. Quizás había más autos, más ruido. Intento acordarme del nombre de una de las minas que conocí por allí, pero no lo consigo. Sólo que fuimos a una discothèque que se llamaba Kayman, pero quedaba por Vicuña Mackenna. El taxista no habla, por suerte. Ni me pregunta sobre mi hermano preso o el niñito mongólico. La radio toca algo de Manolo Otero, pero me da lo mismo. Estoy vivo y el aire entra por la ventana, sacudiéndome el pelo mojado de transpiración.

Estamos frente al Teatro Caupolicán, me doy cuenta. Las cortinas metálicas de las tiendas de bicicletas siguen rayadas con consignas que dicen *NO, ¡Viva Frei!* y, justo en el local donde compré mi Benotto, *Abajo la dictadura.*

—Comunistas de mierda —opina el tipo.

—Eso —le digo para no quedar mal.

Estamos cerca, pienso. Y es verdad. Cierro la ventana. Ya estoy más calmado pero igual no entiendo nada ni sé lo que voy a hacer. Trato de no pensar.

—Ya, cabrito, hasta aquí no más llego. Acá hay más movilización. Ojo con el toque.

—Gracias. Realmente. Le debo una.

El taxista no me responde y parte apurado.

Estoy en la Alameda. Hay micros, taxis y colectivos. En el segundo piso de una fuente de soda, llamada Indianapolis, hay una luz roja y del interior aflora *Night Fever* de los Bee Gees.

Civilización, pienso.

Un taxi se acerca y un gordo me dice:

—Te llevo. Te hago un precio.

—No, gracias.

Cruzo el bandejón central y llego al Paseo Ahumada. Un camión cisterna lava los adoquines y banquetas.,Está casi todo cerrado.

Camino.

Un grupo de niñas harapientas juguetea y revisa los tarros de basura. En otra fuente de soda, los garzones barren y colocan las sillas sobre las mesas. Entro a un Delta que está a punto de cerrar. Ya no venden fichas. Hay puros hombres. El olor a cigarrillo es insoportable. Miro cómo un tipo joven, con facha de obrero a pesar de las zapatillas Adidas impecables, juega Pac-Man. Hasta que un viejo de abrigo empieza a mirarme fijo, de manera obsesiva.

Decido irme. Salgo y sigo caminando, rumbo a la Plaza de Armas. En Agustinas, varias putas en franca decadencia conversan entre sí y murmuran a mi paso: «¿Estás solo, lolo?».

Esto es grave, se me ocurre: es más que tarde, no puedes volver a casa, no tienes a quién llamar y en esta calle hay de todo menos algo que te sirva. En la esquina de Huérfanos hay estacionada una patrulla militar con dos milicos que la custodian.

Miro mi reloj: faltan cuarenta minutos para el toque.

Corro hasta Compañía y hago parar un taxi. En eso veo un inmenso letrero de neón rojo, empotrado verticalmente en un edificio: CITY HOTEL.

El taxi se acerca.

—Perdone —le digo—. Siga no más.

Camino diez pasos y entro en una suerte de galería cubierta de vidrio, que separa los dos edificios que conforman el hotel. No hay nadie.

Ya en la recepción, toco la campanilla.

Aparece un tipo gordo con pinta de trasnochado pero cara de buena persona. Debe tener unos cincuenta años.

—¿Diga? —me pregunta extrañado.

Estoy a punto de hablar pero no sé qué decir. Se me ocurre, de pronto, que no es muy común que alguien de mi edad entre a un hotel a pedir una habitación a esta hora de la noche. Así que me callo; y miro los maceteros de metal y los sillones pasados de moda a mi alrededor.

—Buenas noches. ¿Le puedo servir en algo?

—Sí —le digo con acento inglés—, deseo una pieza.

—¿Para esta noche?

—Sí. Una single, por favor.

El tipo me mira extrañado.

—¿No tiene equipaje?

—*Excuse me?*

—*Hand bags. You have hand bags?*

—No. Perdí. Perdición, *you know. At the* aeropuerto.

—Ya veo.

—*One room,* por favor.

El tipo extrae un formulario.

—Pasaporte, por favor.

—No tengo. *Lost.* Robo.

—Entiendo. ¿Nombre?

—*Caulfield. Holden Caulfield.*

—País.

—*New York. Manhattan.*

—Perdone, pero sus padres... ¿dónde están?

—*Buenos Aires. They are in Buenos Aires* con maletas.

—¿Y su pasaje?

—Robo. *Braniff.* Mañana yo *call Braniff.* ¿Entiende?

—Esto me parece muy extraño.

—Por favor —le digo en español—. Por favor, deme una pieza. Mi nombre es Caulfield, eso es verdad, pero soy chileno. Tengo que alojar en alguna parte. Quizás por un par de días. Tengo plata. Mañana tendré más. No he hecho nada malo, se lo juro. Es sólo un problema con mi padre. Y con mi madre. Por favor. Se lo ruego. Si quiere, le pago por adelantado.

Saco mi billetera, miro los precios y le pago dos noches.

—Yo no sé —me dice.

—Por favor... ¿En qué lo molesto? Si quiere le pago más.

—Está bien —me dice y anota un par de cosas en el formulario.

—Se lo agradezco.

—Firme aquí —me dice.

Firmo. El tipo me pasa la llave: 506.

—Es en el edificio de enfrente. Cruce y tome el ascensor.

—Gracias. Realmente.

—No tiene nada que agradecerme, señor Caulfield. Que tenga una muy buena noche. Y que descanse.

—Así lo espero.

MIÉRCOLES 10 DE SEPTIEMBRE DE 1980

Estoy teñido de rojo, todo mi cuerpo lo está. Por la ventana diviso claramente las letras C e I, hechas de tubos de vidrio rellenos de un neón color granadina que ilumina el escritorio, la cama, las sábanas y mis manos. Como no hay tráfico y he corrido las gruesas cortinas para absorber el rojo que penetra, el rugido constante del neón taladra el silencio del toque de queda, ya por terminar.

Son las cinco cuarenta de la madrugada. Y estoy despierto. A medias. Pero he dormido un poco, gracias al Valium y a la necesidad de cambiar de tono. No he soñado, eso lo tengo claro. Tan sólo dormí. Cuando desperté y lo vi todo rojo, supe de inmediato dónde estaba. No me asusté ni dudé por un segundo. Estaba en el City Hotel, en la habitación 506, en pleno centro de la ciudad, no lo suficientemente lejos aún de todo lo que me trajo hasta aquí en primer lugar.

Este lugar es de lo mejor, pienso mientras trato de domesticar esta almohada ajena e inmensa. El hotel posee un aire atemporal: el ropero de madera, redondo y con panza; un viejo televisor Grundig con radio incluida; el inmenso baño tapizado de azulejos negros y blancos como un tablero de ajedrez, con un bidet inútil que sobresale como una estatua y un espejo tan redondo como las ventanas de un transatlántico.

Resuelvo darme un baño de tina, hirviendo: algo que jamás podría hacer en mi casa a estas horas. Me levanto, voy al baño y abro la llave del agua caliente.

Intento sintonizar algo en la Grundig pero a esta hora no hay FM. Pongo, muy despacio, la onda corta y encuentro una estación de una base militar norteamericana que toca jazz. Abro la ventana y me asomo: desolación absoluta y completa.

Vuelvo al baño. La tina está casi llena y humeante. Apago la luz. Hay otro neón, verde, que incide en la ventana del baño y el agua adquiere un tono verde espeso. Me meto al agua y es como si me sumergiera en varios litros de licor de menta recalentado. Cierro los ojos pero da lo mismo: igual está oscuro. Es mejor tenerlos abiertos. El verde le da al lugar un toque extra y el jazz —Thelonius Monk, anuncian— lo envuelve todo. Pienso: esto no lo puedes olvidar, esto es lo que andabas buscando.

El ascensor es enrejado, como en las películas de gangsters y detectives privados.

—Buenos días —me dice el botones, que viste un uniforme verde y un sombrero como una taza de café sin oreja.

—Hola, qué tal.

Cierra las rejas y el ascensor comienza a bajar.

—Disculpe —le digo—, pero, ¿de dónde sacó ese sombrero?

—No sé, es del hotel. Es parte del uniforme.

—Pero si yo quisiera uno parecido, ¿dónde podría ir? ¿Quién los hace?

—Realmente no sé. Pero el mejor lugar para encargar sombreros es Donde Golpea el Monito. En 21 de Mayo. No está lejos de aquí. Es la continuación de la calle Estado. Todo el mundo ubica la tienda. Basta preguntar.

—Gracias por el dato.

—Para servirle.

Salgo del ascensor, cruzo la galería que divide los dos edificios, veo que hace más frío de lo esperado y entro al lobby. Entrego mi llave al tipo del mesón, que no es el mismo de anoche. Miro la hora: diez y media de la mañana. Ahora estaría en clases de castellano. Con la Flora Montenegro.

—¿Dónde puedo desayunar? —le pregunto al tipo, que está concentradísimo leyendo *La Tercera*.

—Al frente. En el mismo edificio donde está su habitación.

—Ya veo.

Cruzo la galería y entro al comedor que realmente parece sacado de alguna película en blanco y negro. Hay poca gente desayunando; todos leen diarios. No uno sino dos y hasta tres distintos. Incluso toman apuntes. Me siento en una mesa redonda en una esquina, que da a una especie de patio interior con árboles. Desde mi mesa veo los campanarios de la Catedral.

—Buenos días, joven.

—Buenos días. Quiero desayuno.

—¿Continental? ¿Americano?

Me acuerdo de los *brunches* de mi casa.

—Continental no más. Disculpe, pero, ¿por qué tanta gente lee el diario?

—Son corresponsales extranjeros. Periodistas. Es por lo de mañana, ¿no?

El mozo se aleja y quedo solo. Aburridísimo. Esto me incomoda porque no tengo nada que hacer, me doy cuenta. Excepto pensar. O recordar. Comer es sólo uno de los efectos secundarios de vivir solo, siento. Mejor que vaya acostumbrándome. Pero cuesta.

Extraigo el cheque de mi billetera: decido llenarlo. El mozo regresa con una bandeja donde hay varias cafeteras de plata, con leche, café y té.

—Señor, disculpe, ¿me presta un lápiz?

—Cómo no.

Me sirve un café con poca leche.

—¿Dónde puedo conseguir el diario?

—¿Cuál desea, joven?

—Todos. Menos *El Mercurio;* me recuerda a mi padre.

—En seguida.

Con el lápiz lleno el cheque a mi nombre. Lo hago por una cifra suficientemente alta para que me sirva de algo, no tanto como para que llame a sospecha. En una servilleta ensayo la firma de mi padre. Es fácil, porque es casi inexistente. Lo he hecho antes, al firmar pruebas y justificativos. Firmo el cheque. Queda perfecto.

El mozo reaparece con jugo de naranjas y tostadas y mermeladas y los tabloides requeridos.

—No teníamos *La Tercera,* joven.

Miro *La Nación* pero me da asco y la tiro al suelo. Abro *Las Últimas Noticias* y leo sobre los atentados con bombas —pusieron una en el Jumbo de Bilbao, no en el de la Avenida Kennedy— y hojeo un artículo titulado *¿Qué ocurrirá si triunfa el NO?* También hay una lista de detenidos, pero no incluye el nombre del Paz. Paso a la sección *Candilejas;* veo lo que exhiben en la cartelera del centro: *El tambor de hojalata, All that Jazz, Mad Max.* Leo sobre Shawn Weatherley, la Miss Universo, que está alojada en el Carrera pero se niega a hablar para la prensa.

El mozo reaparece:

—Me firma esto y me coloca su número de habitación, por favor.

Me parece genial. Podría acostumbrarme. Después sorbo mi café; tiene el sabor de la libertad.

—Mozo, me sirve otra taza.

Más allá de mi reflejo, un monito bastante rudimentario y patético golpea la vitrina, cada tres segundos. Lo ha hecho durante años, me parece, porque la ventana está levemente gastada justo donde golpea.

El barrio éste es infinitamente más antiguo y dejado de la mano de Dios que el resto del centro. Miles de personas llenan la calle, transformándola en un bazar. Hay vendedores ambulantes que gritan y gente que acarrea bolsas llenas de fruta y víveres adquiridos en el Mercado Central, que se halla bastante cerca.

Pero el monito —que viste un sombrero como el del botones, pero azul— golpea sin acusar recibo. El negocio no tiene nada que ver con el exterior. Es como entrar en un museo. El museo del sombrero, lleno de polvo y con olor a naftalina, a cuero y felpa. La vitrina es increíble porque hasta los precios parecen antiguos, escritos a mano, en pedacitos de cartón amarillentos.

Me voy a comprar un sombrero, decido. Para eso tengo plata. Y harta. Inmediatamente después del desayuno, salí a la calle y respiré la niebla matinal que se había apoderado del Paseo Ahumada. La calle se veía repleta de gente y me emocionó eso de estar viviendo algo que no me corresponde, ya que esa hora, la mejor, la hora de los negocios y las transacciones, siempre transcurre cuando estoy en clases.

En un quiosco pregunté dónde quedaba el Banco de Chile más cercano y me dijeron que en la otra cuadra. Y ahí estaba: imponente, con más facha de biblioteca que de banco. Entré por esas puertas giratorias y, una vez más, dejé atrás 1980 para incorporarme a un documental de la BBC sobre la quiebra de Wall Street o algo así.

A diferencia de los demás bancos que había visto en mi vida, las cajas pagadoras estaban escondidas en una rotonda de madera tallada que me recordó un carrusel sin pintar. Más que un banco, la bóveda de mármol, con columnas y cristales, parecía una estación de trenes; en vez de depositar dinero, la gente que se acercaba a las ventanillas parecía dispuesta a comprar boletos. Bajo un reloj inmenso con números romanos, una de las cajeras permanecía oculta tras una ventanilla con marco dorado. Me instalé detrás de un señor canoso con un terno lustroso de tan viejo. Pero antes de que me llegara el turno, abandoné la fila y di la vuelta completa al lugar. Las mujeres no son del todo de fiar, recordé. Son más suspicaces, con esa cosa maternal que les permite adivinar lo que no deben.

Los tipos, en cambio, siempre se identifican con su prójimo, aunque lo odien. Así que seguí dando vueltas hasta que descubrí a un cajero muy joven, de ésos que no saben afeitarse porque simplemente no les sale barba. Había varias personas en su fila. Me puse al final. No tenía apuro. El tipo no tendría más de veintitrés años, deduje, y tenía pinta de huevón del barrio alto que cagó y tuvo que casarse apurado. Mientras él contaba billetes, vi su argolla: estaba en lo cierto. El nudo de su corbata, me fijé, estaba mal hecho. Esto me tranquilizó.

—Buenos días —le dije, y le pasé el cheque.

—Tu carnet, por favor.

Se lo pasé y ni siquiera dudó. Anotó mi número atrás, me hizo firmarlo cruzado y lo timbró. Después contó los billetes.

—Un buen regalo, ¿no?

—Sí —le dije—. Mi padre me lo dio para mi viaje de estudios. Aún tengo que comprar los dólares.

—¿Y a dónde vas?

—Vamos a Rio.

—Yo también fui a Brasil.

—¿Y cómo es?

—Nunca lo pasé mejor en mi vida. Se pasa de puta madre.

—Buena onda.

—Aquí está. Gástalos bien. Y anda a Ipanema. Ahí está todo pasando.

—Gracias. Te pasaste. En serio.

Agarro el fajo de billetes. Casi le dejo una propina, pero me pareció desubicado. Me dio pena mentirle. Eso de que se acordara de Rio y se proyectara en mí me deprimió. Debía jurar que estoy en la cresta de la ola de mi vida, en el peak de mi juventud o adolescencia, que no sólo tengo edad y energía y salud sino además un padre con plata que me quiere y me da regalos en efectivo.

Masco un Freshen-Up de canela y siento el squirt en mi lengua. El monito, que es muy antiguo, sigue golpeando. Decido entrar. Un vendedor de bigote muy leve, casi parece pintado a mano, surge de entre las tinieblas.

—¿Busca algo, joven?

—Estoy mirando. Por ahora.

—Cómo no.

La tienda está atestada de cajas de cartón que

—se nota— son añejas, de otro tiempo. Como los frascos en los que mi abuela hacía mermelada. O esos moldes con relieve ideales para el dulce de membrillo. O las botellas de leche, tapa roja o blanca, que, cuando helaba, se trizaban. Y esos espantosos envases de yoghurt Yely que pesaban como un kilo.

—Señor —le digo—, ¿tiene gorras para salir a cazar?

—¿Cazar qué?

—Para cazar patos salvajes, por ejemplo. De ésos que tapan las orejas. Como los que usa Tribilín.

—¿Tipo Nueva Inglaterra?

—Exacto.

—Voy a ver. Aquí no hay muchos patos.

—Si sé.

Sigo mirando: hay hartos sombreros para señoras. Y fotos en blanco y negro de mujeres pálidas, con los labios pintados, que posan con su sombrero como vampiresas hollywoodenses. Firmadas por el fotógrafo que por esa época debía estar de moda.

—Tengo ésta —me interrumpe el vendedor que, ahora me fijo bien, parece un mafioso de los años cuarenta.

Me muestra más o menos lo que me imaginaba. Es una gorra con visera y orejas que cuelgan y se pueden juntar bajo el mentón. De franela. Azul y negra, como esas frazadas escocesas.

—¿Usted leyó *El cazador oculto*?

—No, lo siento.

—¿No tiene de un solo color?

—Tengo en rojo.

—¡Rojo!

—Sí, pero un modelo igual. Rojo y negro. Es la única tela con la que trabajamos.

—Está bien. La llevo. La roja.

El vendedor desaparece y me pruebo un sombrero negro igual al que usaba John Belushi en *Los hermanos caradura*. Y me pongo los anteojos de sol. Me veo total, pienso.

—Aquí está, joven.

Me pasa una gorra que es una maravilla.

Me quito los anteojos, el sombrero Belushi y me coloco, con gran delicadeza, el gorro del cazador.

—¿Cómo me veo? —le pregunto.

—Le queda muy bien. Mejor que el negro. Se ve más... se ve más joven, digamos. Más inocente.

—La llevo, entonces.

En Ahumada y Huérfanos aún está la patrulla militar de anoche, ahora con refuerzos: un carro lanza-agua y más pacos de los necesarios. Hay además un quiosco donde se venden diarios del exterior, me fijo. Está *O Globo*, el de Rio, y varios de Argentina y uno que se llama *El País*, de España, con una foto de Pinochet con anteojos oscuros en primera plana.

Prefiero quitarme los míos. No quiero meterme en problemas. También me quito el sombrero de gangster John Belushi que no pude resistirme a comprar. El sombrero le hace juego, por cierto, a mi nueva chaqueta italiana, de paño negro, que vi en la vitrina de una tienda bastante elegante en la galería Crillón. Entré, me la probé, la mina me dijo que me veía increíble y que debería vestirme en tonos oscuros. Le pagué al contado y le dejé la chaqueta de tweed de mi madre de regalo.

Sigo mirando los diarios: el *Miami Herald, The Los Angeles Times,* el *New York Post.* Entre ellos, casi perdido, hay uno que me llama la atención: es un tabloide inmenso, con letras azules, que muestra en la portada a un tipo muy joven, como de mi edad, casi pelado al rape, con una polera en la que aparece la figura del Correcaminos, pero lleva además una corbata a listones, como de colegio. Como la de mi colegio, me doy cuenta. El tipo está gritando y parece entre enojado y asustado. El titular, me fijo, alude a él:

Josh Remsen: Out There On His Own.

Al pie de la foto, una breve lectura me indica que el tipo no es otro que el rockero del que me hablaba el Paz. El de «uno sólo se siente aislado cuando está con gente».

—¿Me pasa ese diario? —le digo al quiosquero.

—¿El *Village Voice?*

—Sí.

—Llega poco. Tuvo suerte —me dice, y le pago el equivalente a tres dólares.

Miro el precio norteamericano: 65 centavos. Pero me da lo mismo. Hubiera pagado mucho más. Agarro el diario, lo enrollo un poco y, con la bolsa de mi sombrero y la gorra de cazador colgando en la otra mano, enfrento algo más seguro el Paseo Ahumada.

La calle está repleta, ahora sí. El cañonazo del Cerro Santa Lucía anuncia las doce. Respiro tranquilo: el bombazo es sólo una tradición, ningún atentado terrorista. Pero los pájaros no lo tienen del todo claro y arrancan histéricos con el estruendo, perdiéndose en el smog y la neblina habituales.

Entro al Burger Inn con sus mesas de plástico y los afiches con estrellas del cine americano. Pido un Rover y una malteada de chocolate y me instalo en un nicho de un rincón, lejos de los ventanales que dan al caos de los vendedores ambulantes en Ahumada.

Abro el *Village Voice*, masco el Rover, pero son tantos los estímulos impresos que mis manos se llenan de tinta negra. Los estímulos estimulan, dicen, pero también deprimen. Ya en la página ocho siento que estoy perdiéndome la mitad de mi vida y que, en vez de quedarme soportando la mierda local, bien podría estar allá viviéndomelo todo. Miro la sección cine: es algo impresionante. Y todo en una misma ciudad, pienso. Después miro los recitales que hay esta semana en Manhattan y noto que sale el CBGB con el que tanto sueña el Paz. El tipo tiene toda la razón: debería irme con él para allá. Si es que sale vivo de la cárcel, claro.

—Señora, disculpe —le digo a una mujer que está masticando unas papas fritas—. Voy a pasar al baño. ¿Me cuida mi Rover?

Entro al baño, me encierro y hago uso allí de la pajita.

—Gracias, señora. Un millón.

Busco el artículo central, meto la pajita en el vaso, trago el chocolate amargo y leo:

Si Holden Caulfield hubiera nacido veinte años después, seguro que se hubiera convertido en Josh Remsen, el primer rockero judío postpunk, antidisco, criado en el exclusivo Upper East Side de Manhattan, hoy un héroe del East Village, lugar donde, después de años de vagabundeo compulsivo que lo llevaron desde las plantaciones de marihuana de Jamaica a los bares más duros de Dublín, este chico frágil pero tenso, de veintidós años, que nunca terminó la secundaria pero mete a Joyce sin temor en sus erráticas y embriagadoras letras, ha encontrado algo que, por ahora al menos, se atreve a llamar hogar. Por fin.

Después grito de felicidad, a todo dar. La gente

que atosiga el local me queda mirando. Aterrada. Yo me pongo los anteojos oscuros y mi gorra de cazador roja con negro, enrollo mi *Village Voice* y salgo como si nada —como si todo— hubiera pasado.

Por fin.

Apago el televisor Grundig, en blanco y negro. Acabo de ver la última parte de *Myriam*, que es, lejos, una de mis favoritas entre todas las películas hechas especialmente para la tele. La he visto varias veces. Por eso cuando volví a la pieza y encendí la tele —que es a tubos y se debe calentar—, sentí que me reencontraba con alguien, alguien que pensaba como yo. Me sentí bien.

El rol de Myriam —que por suerte nada tiene que ver con Vasheta— lo hace la Stockard Channing, que es la misma que interpretó a la Rizzo en *Grease*. En *Myriam*, la Channing aparece bastante fea. Pero eso es al prinicipio. De ahí que la película sea tan buena. Resulta que la mina es fea y todos en el campus se ríen de ella y se la agarran para el hueveo. Sus amigas no son realmente sus amigas y hay un tipo rubio que, en broma, se muestra interesado en ella. Pero es sólo parte de una apuesta y todos terminan riéndose a gritos de la pobre Myriam y sus cejas horrorosas. Y es tal el shock que todo esto le produce, que la mina sale arrancando en auto y choca y casi se muere.

Pero eso no es todo: en el choque resulta tan desfigurada que le hacen la cirugía estética. Queda estupenda. En realidad, tan estupenda no queda porque la Channing es ahí no más; por eso la película es tan buena, porque uno llega realmente a creer que la nueva

Myriam es la mina más rica del mundo. A partir de aquí, la película se vuelve demasiado entretenida cuando ella decide volver a la universidad. Y los que antes la hueveaban ahora la idolatran. Sus amigas quieren ahora estar con ella porque la nueva Myriam es como *chic* y está de moda. Pero ella sabe que todos son unos hipócritas y que uno llega a este mundo solo y se va de igual modo. Así que decide vengarse y empieza a matar a todos los que alguna vez le jodieron la vida. Incluyendo a la mismísima Farrah Fawcett, que en esa época no era tan famosa como ahora.

Miro la hora: las cuatro y media de la tarde. Aún me queda un Campari con tónica que el botones con el gorro divertido me subió. En la mesa plegable destinada a la maleta tengo dos bolsas plásticas de Falabella, llenas de ropa que compré: Levi's, unos Wrangler de cotelé, camisas, poleras, chombas, unas yellow-boots, calcetines, calzoncillos y un piyama amarillo-pato. También pasé a una farmacia y me traje variados elementos, como un tubo de Odontine, una escobilla de dientes 2M, desodorante, champú y un frasco de Azzaro.

Desde aquí veo la calle Compañía, repleta de micros. Veo, además, la marquesina del Cine Real y el Cine Plaza, donde están dando un programa doble de karatekas. También veo las oficinas de enfrente. Una secretaria tipea aburrida, un tipo se escarba la nariz mientras habla por teléfono. Tengo la radio prendida pero la Grundig no sintoniza bien la Concierto, así que escucho música clásica en El Conquistador.

Me tiro en la cama y vuelvo a abrir el *Village Voice*. Reviso, una vez más, la entrevista a Josh Remsen:

—*Tu primer disco,* El durmiente debe despertar,

está construido a partir del tema de la inocencia. De la pér-
dida de ella pero, también, sobre el deseo de adherirse a ella
como única forma de salvación. Han pasado dos años: ¿si-
gues siendo inocente?

—No se puede estar enojado y sentir ira y pre-
tender seguir siendo inocente.

—¿Y por qué estás enojado?

—Eso es problema mío, compadre.

—¿Pero no puedes elaborar a partir de ello?

—Digamos que me he sentido traicionado.
Por la gente, por mí, por haber vuelto a confiar. Creí
muchas cosas. Creí, desde luego, que el trabajo... crea-
tivo, digamos... hasta podía ayudar. Fue un error. Quizás no debería ser tan negativo: un pendejo puede leer
esto y después suicidarse y me van a echar la culpa... Pero es lo que siento. Igual, esto es un estado de ánimo.
Nueva York, con todo, igual me da cierta confianza, en
el sentido de que simplemente no se puede confiar en
ella. Por lo poco que sé, creo que lo mejor es tener las
cosas claras. No hay nada peor que no tomar una decisión. La gente indecisa, mentirosa, me asquea. Son ma-
soquistas y jamás van a lograr nada, menos aun crear algo. Típico que se te pegan. Como lapas. Por eso odio a
las groupies. Y a los fans.

—Tú sí has tomado hartas decisiones. Y has crea-
do. ¿En qué posición estás respecto a tu último disco?

—Es mi segundo disco y todo lo que sigue a lo
primero cuesta y asusta mucho más. La recepción de este álbum igual me tiene contento, pero no tanto como
para suplir otras carencias. O sea, el disco me gusta mucho, es lo más personal que he hecho o que probablemente haga, pero una cosa es el arte y otra la vida. La
gente cree que ser artista es difícil. Lo es, pero para mí al
menos, es más fácil que vivir. Ésta es una posición muy

personal, claro, y no espero que alguien la comparta. Yo fui el que se metió en esto y sólo yo me podré salvar.

—Lo de la salvación es un tema recurrente en tus letras...

—Veo que has escuchado el disco. Eso me gusta: que hagas tus tareas. Eres un buen chico. Podrías, eso sí, dejarte crecer el pelo un poco: no tienes pinta de crítico de rock sino de ópera. Eso puede ser muy peligroso. Cuidado.

—*Estábamos en lo de la salvación...*

—Sí... Yo creo que uno, a la larga, se puede salvar. Es a lo que debemos aspirar. Yo no ando buscando ni la felicidad ni el amor ni la fama. Ando buscando la salvación. Confío en poder lograrla. Claro que para ser creyente hay que estar dispuesto a sacrificarse. Si me salvo, todo vendrá después por añadidura. Ojalá.

—*¿Salvarte de qué?*

—Eso es problema mío, pero cada uno sabe de qué se tiene que salvar. No todos quieren hacerlo, claro. Y esto no tiene nada que ver con el lado oscuro o con cruzar fronteras o las drogas ni estupideces por el estilo. Eso me carga del rock and roll: todo el mundo cree que es un asunto de drogas y sexo. No es sobre eso. Eso sólo ayuda, entretiene. Por eso me gusta la música disco: asume su fatalidad. No buscan, ni por un segundo, salvarse. Están perdidos y bailan mientras pueden. Yo soy más pretencioso, aún creo que existen otras cosas.

—*Hablemos del amor...*

—Habla tú. A ver si me enseñas algo nuevo. Yo poco sé del tema, porque cada día me doy cuenta de que sé menos de mí. En la medida en que aprenda más de mí mismo, podré involucrarme con otra gente. Estoy aburrido de que me amen y no ser capaz de responder.

Esto de ser más o menos famoso tampoco ayuda. A veces siento que todo el mundo, especialmente las minas, sólo quieren un pedazo de mí. Como que todo el mundo opina y me andan repartiendo, pero yo nunca puedo opinar. Estuve cuatro meses escondido en una isla llamada Foula, lejos de la costa de Escocia, que, no por casualidad, es llamada «la orilla del mundo». Ahí me di cuenta de que, quizás, no sé nada, pero sí sé que estoy aburrido de cumplir un determinado papel, de ser el reflejo de lo que cada uno quiere. Dejaría de grabar, de componer, pero eso sería darles el triunfo a los demás. La clave, creo, es imponer reglas propias. Imponer, por así decirlo, la verdad. Lo que es imposible porque la única verdad real, la única que me interesa y me sirve, es la que hace daño. A mí, claro, pero al resto también. Si se consigue todo esto, el suicidio se cierra como posibilidad.

—*Hay redención, entonces.*

—Me gustaría pensar que sí. Pero para eso tiene que haber fe. Y eso implica confianza. Y buena música. Lo que en estos días es casi un milagro.

—*Hablando de fe y confianza, ¿crees, por ejemplo, que el Coyote efectivamente se puede comer al Correcaminos, como titulaste tu segundo álbum?*

—Supongo. Sería increíble. Eso es lo que espero. Va a correr sangre, claro, pero ya era hora, ¿no?

—¿Tiene algo de Josh Remsen?

—No lo ubico —me dice la vendedora de la Feria del Disco que, como es típico, está repleta de liceanas en uniforme, mirando cassettes en español.

—Pero, ¿no tiene discos importados?

—Todos nuestros discos son importados.

—¿Le suena el álbum *El Coyote se comió al Correcaminos*?

—No —me responde con cara de asco.

—¿Y *The Sleeper Must Awaken*?

—Lo siento.

Quizás tengan el disco en Circus. Pero la sola idea de ir para allá me deprime. Lo más probable es que no lo tengan.

Salgo y el Paseo Ahumada sigue repleto. Un diariero grita anunciando la aparición de *La Segunda,* que titula *Lista de militares sentenciados por Radio Moscú.* Increíblemente, un montón de gente la compra.

No tengo mucho que hacer; aún no me acostumbro a esto de simplemente dejarme llevar por mi estado de ánimo. Tengo demasiado tiempo que llenar y no se me ocurre con qué. Jugar flippers o video-games no me atrae y entrar al cine a ver *No se puede parar la música,* con los Village People, me supera. Así que sigo andando.

El centro está en tensión, me fijo. Hay demasiada gente y todos miran a todos. Por el tipo de mirada, uno sabe quién vota SÍ y quién NO. En todas las esquinas hay pacos. Y perros policiales que olfatean. En el suelo, hay panfletos pisoteados: *Vamos mal, mañana peor; Frei vende patria; NO al fascismo, SÍ a la justicia.*

En el Portal Fernández Concha, frente a un puesto que fabrica harina tostada, un tipo vende la nueva Constitución. Es un librito azul, de papel, que dice *Constitución de 1980.* Faltan aún veinticuatro horas para que se apruebe y ya está impresa. Ni siquiera dice «proyecto» o algo así.

Vuelvo a Ahumada y camino entre los pacos y un grupo de viejas con abrigo que sólo golpean las palmas de sus manos. En la esquina con esa cagada de calle que es Bombero Ossa, un viejo me pregunta si deseo lustrarme los mocasines negros. Los miro. Están sucios con toda la tierra de esa población en la que anduve perdido.

—Está bien —le digo.

Me subo a una tarima en la que caben dos tipos más.

—¿Me prestas el diario?

—Usted manda, patrón.

Abro *La Segunda* y siento como el viejo me cubre el mocasín de pasta negra. Me fijo en sus uñas y dedos: están impregnados de tinta café, roja y negra. Sus manos tienen otro color que el de su cara.

Junta unida oró por la patria, dice el diario. *Jaime Guzmán afirma: Alessandri aconseja a los suyos votar SÍ.* Siento ganas de vomitar. Y eso de que este viejo dedique su vida a lustrarles los zapatos a tipos que bien podrían ser sus nietos me parece más que patético.

—Así está bien —le digo.

—Falta la lustrada, patrón.

—Estoy apurado... y no me digas patrón.

Me levanto y le devuelvo el diario.

—Oye —le digo—, ¿tú por quién vas a votar?

—Por mi General.

Le paso lo justo y necesario.

Por la misma callecita, frente a la puerta de escape del cine Metro, hay una librería. Entro.

—¿Tiene *El cazador oculto* de Salinger?

—No, pero tenemos sus *Nueve cuentos.*

—¿Y son buenos?

—No sé, no los he leído.

—¿Sale Holden?

—No sé.

—Está bien, démelos.

Salgo a Bandera y casi choco con una gorda por estar hojeando mi libro nuevo. Luego doblo por Agustinas y me paro un rato frente a una agencia de turismo a mirar unos afiches de Tahiti, Venecia y la Estatua de la Libertad, que es de color verde. De ahí sigo a Ahumada. El ambiente está realmente irrespirable y hay equipos de corresponsales extranjeros con sus cámaras, listos para filmar un baleo o lo que sea. Justo en ese instante, alguien lanza miles de panfletos desde el último piso de un edificio: el cielo se cubre de papeles que caen como challa al suelo. Hay gritos, aplausos, pifias, pero yo sólo escucho el retumbar de las botas de los pacos sobre los adoquines amarillos.

Antes de que me apaleen, me meto al Café Haití, que está lleno de viejos a favor del SÍ. Para no parecer sospechoso, compro un vale, un frappé con crema, y me acerco a la barra repleta de hombres con abrigo que sorben su cappuccino o el cortado, mirando de reojo a las minas de minifalda que atienden el local.

—¿De qué sabor?

—De chocolate.

La mina se aleja y le miro sus pantorrillas gruesas y firmes. Pantorrillas como de ciclista, pienso. A mi lado, un tipo muy canoso, con caspa en los hombros, lee *La Segunda* a través de sus bifocales, me fijo. Yo, para hacer algo, hojeo mi libro.

—Aquí está.

La mina deja en el mesón un vaso bastante grande con chocolate y una torre de crema que me llega hasta el pecho. También un vaso de agua mineral y el azúcar. Con la cuchara extraigo un poco de la crema pero las miradas de todos los viejos, que me observan como si estuviera de cumpleaños, me molestan profundamente. Por suerte, unos manifestantes empiezan a gritar en el exterior: «¡Muera Pinochet!». Los ojos seniles se desvían y yo puedo tomar un poco del frappé sin sentirme tan culpable.

—¡Matías! ¿Cómo está tu postre?

Es mi abuelo.

—Tata, qué sorpresa —le digo.

Lo de la sorpresa es verdad. La última persona con la que esperaba encontrarme era él.

—¿Qué haces por acá?

—Vine al cine —miento—. Además, tenía que comprar este libro para el colegio.

—Hablé con tu madre. Me dijo que te fuiste de la casa.

Dejo de sonreír y hacerme el cínico.

—Es verdad, pero eso es problema mío, Tata. Nada personal.

—¿Dónde alojaste anoche? Te han estado buscando como locos.

—Lo dudo.

—¿Cómo?

—Alojé donde un amigo que no es del colegio. Estoy bien. Pobre, pero bien.

—¿Necesitas dinero?

—Sí.

—¿Y cuándo vas a volver a casa?

—No sé si vuelva.

Al otro lado del cristal la cosa está más que dura, los pacos persiguen a la gente con sus lumas y los perros ladran a todo dar; desde la Alameda un carro lanza-aguas se interna por Ahumada, mojándolo todo.

—Vamos a cerrar —grita un tipo con una chaqueta que dice Café Haití—. Por favor, abandonen el local.

—Esto está bravo —me dice el Tata.

—Yo me voy. Esto se está poniendo heavy.

—Nos vamos juntos, entonces.

Me miro fijamente al espejo y analizo lo que veo. Y no me gusta. Mejor dicho, no estoy del todo conforme. La cara, en verdad, no me molesta del todo pero necesita un cambio. Un cambio radical.

—A ver, joven, ¿cómo lo quiere?

Estoy tan jalado —tan duro— que me cuesta responder. Sólo miro fijamente al espejo y siento que ése que está al otro lado, el de la corbata azul con pintitas rojas, no soy yo.

—Quiero algo distinto, señor Luna.

El peluquero, que es viejito y blanco como el viejo pascuero, sólo que más flaco y sin barba, no entiende del todo, no engancha con mi extraña petición.

Creo que lo vi en una película, o lo leí en una *Rolling Stone:* se supone que la mejor manera de anular el efecto de una sobredosis de cocaína es transpirar y transpirar. O cortarse el pelo. O quizás lo dijo Josh Remsen, no me queda claro.

Pero aquí estoy, mirándome fijo, sentado en una vieja silla metálica de los años treinta, rodeado de viejos llenos de gomina Brancato, en una peluquería extraviada en un subterráneo.

Cuando me topé con el Tata Iván, ya tenía puestas un par de líneas, es verdad. El encuentro, eso sí, me alteró, especialmente eso de que no me dejara marcharme, porque si hay algo que no tolero en esta vida es que otros tomen decisiones por mí. O me obliguen a hacer cosas para así no sentirme culpable, que es como lo mismo. Pero del dicho al hecho hay mucho trecho y no pude librarme de él.

Sucedió así, creo:

Salimos del Haití cuando acababan de lanzar una bomba lacrimógena y al Tata le bajó un acceso de tos más o menos. Yo pensé que se iba a morir ahí mismo, al verlo cómo lloraba y que estaba rojísimo. Pero no se murió y nos echamos a correr. Me imaginé que él estaría pensando en Hungría y en los ghettos de Budapest, y no me quedó otra que tomarle la mano y apurar el paso porque, a pocos metros de nosotros, un paco le pegaba con todas sus fuerzas a un tipo que estaba en el suelo y sangraba como si hubiera tenido dentro una cañería trizada.

Corrimos hacia la Alameda pero ahí la guerra era peor. Se me ocurrió que podíamos escondernos en una farmacia, pero el maraco del dueño cerró justo la cortina de metal y nos quedamos afuera, a la intemperie, en medio de las sirenas, los botellazos y los disparos.

—A la otra cuadra. Al Club —me gritó el Tata, que sudaba y tenía el rostro congestionado.

Así que seguimos corriendo mientras un lanza-aguas perseguía a los manifestantes que trataban de rayar con spray el frontis de la Universidad de Chile.

—¡Aquí, aquí! Entremos aquí.

Menos mal que era cerca: una cuadra más y el viejo se hubiera muerto ahí mismo. Subimos las escaleras de mármol y fue como si las columnas y los portones de metal nos protegieran de inmediato. La puerta era giratoria; yo entré primero, empujándola con todas mis fuerzas porque la cuestión pesaba su buen poco.

—Joven, ¿adónde cree que va?

—Qué te pasa —alcancé a decirle al portero

antes de que apareciera mi abuelo en serio estado de conmoción.

—Don Iván, por Dios.

—No me deja entrar —dije.

—Es mi nieto, no sea tonto.

—Disculpe, don Iván. Le traigo algo.

—Llévame a esa silla. Y tráeme agua.

Era el famoso Club de la Unión. Nunca había entrado allí. Sólo había escuchado que era súper elegante, y aburrido, y que sólo permitían la entrada a los hombres.

Mi abuelo se instaló en una feroz silla de terciopelo rojo; el portero llamó a un mozo de blanco, que se notaba tenía sus años:

—Poblete, tráete agua y unos paños. Y limones.

Yo me senté en cualquier parte y me limpié los ojos llorosos. El silencio era increíble y molesto. Cerca mío, bajo un gobelino eterno y desteñido, unos viejos muy reviejos tomaban té con una calma y un aburrimiento que revelaban con creces que no tenían la más puta idea de lo que estaba pasando afuera.

—¿Estás bien?

—Sí. ¿Y usted?

—Mejor. Gracias. Mucho mejor.

—Esto es como ese club que aparece en *La vuelta al mundo en ochenta días*. ¿Se acuerda? Usted nos llevó a verla.

—Sí, ¿no? Tienes razón.

El mozo apareció con una bandeja de plata y el Tata tomó un poco de agua, se sonó y hasta masticó una torreja de limón.

—Gracias, Poblete. Te presento a Matías, mi nieto.

—Encantado, joven.

—Y ya que estás acá, consíguete una corbata

para él y tráenos el té. Lo típico. Y una San Guillermo para cada uno. Matías, ¿quieres algo especial?

—Café no más —le dije, dándome cuenta de que no iba a poder arrancarme así como así.

El tal Poblete se alejó y el Tata, ya más recuperado, siguió hablando:

—Ésta no es la primera vez que el Club me salva —me dijo—. Durante la época de Allende, varias veces llegué en este mismo estado. Claro que entonces era más joven. A tu padre creo que le pasó lo mismo.

Mi padre también es socio del Club, como lo era mi abuelo Vicuña y lo es —supongo— mi tío embajador.

Poblete reapareció casi de inmediato y me entregó una corbata de seda azul con pintitas rojas Givenchy y me dijo:

—El baño está al fondo, joven.

—Anda no más —me dijo mi abuelo—. Acá todos tienen que andar de corbata. Es el reglamento. Aquí no entran coléricos.

Se rió como si hubiera sido muy cómico. Casi le digo que ya nadie usa la palabra *colérico*. Después pensé que era perder el tiempo y me callé.

El baño era total, todo de mármol, y los lavamanos estaban en una sala distinta a la de los urinarios. Me saqué la chomba, me alcé el cuello y me hice un nudo casi perfecto. Decidí prescindir de la chomba, quedarme sólo con mi chaqueta nueva. Después me encerré en una cabina, con una chapa a la antigua, y no pude sino darme el gusto de jalar ahí mismo, bajo ese techo histórico, donde tantos viejos famosos decidieron alguna vez los destinos del país. Era como ingresar sin permiso a La Moneda, pensé, y sobre la tapa del estanque blanco y reluciente dejé caer un buen poco del polvillo. Debe haber sido casi un gramo: fue un arrebato, un ataque de engolosinamiento. No tenía paja, así que enrollé el billete más nuevo que encontré y no me detuve hasta que mi nariz —y mi lengua y mis encías— estuvo lista para jubilar.

Entonces volví al hall central; mi abuelo seguía hablando con el tal Poblete mientras comía una extraña bola de merengue, bañada en una salsa amarilla, cubierta de nueces perfectamente escogidas.

—Come, que esto no se consigue en cualquier parte.

Comí un poco, pero no sentí nada: estaba anestesiado por completo. Igual, la dulzura relajante del merengue y la fruta confitada consiguió neutralizar algo la amargura. Y me dio sed.

—Poblete —le dije al mozo—, ¿me trae una Coca-Cola?

Mi abuelo se rió y puso cara de «éste es nieto de tigre». O algo tan tonto como eso.

—Bueno, Matías —partió—. Creo que debemos hablar.

—Creo que no hay nada de que hablar. Gracias por el postre.

—Tienes que llamar a tu casa.

—¿Para qué?

—Podrías avisarles que estás bien.

—Usted igual se lo va a decir. Si estuviera mal, mal de salud digo, o muerto, lo sabrían al tiro. Ese tipo de cosas siempre se sabe.

—¿Y es verdad que faltaste a clases?

—Mañana es feriado. No hay colegio hasta el lunes.

Poblete apareció con la Coca-Cola.

—Mire, Tata, mejor paremos esta conversación.

No creo que nos conduzca a nada. Necesito algo de tiempo, eso es todo. Igual no puedo salir del país sin permiso. Tampoco tengo tanta plata. Necesito tiempo. Punto. Hoy mismo, por ejemplo, he dado vueltas por el centro pero no he logrado pensar. Debo tomar algunas decisiones. O acostumbrarme, no sé.

—Pero piensa en tu madre.

—Justamente eso es lo que intento evitar.

—No deberías hablar así.

—Entonces no me pregunte más, porque, si seguimos, tendré que decirle lo que realmente pienso y eso no le conviene a nadie, creo.

—No te entiendo, Matías.

—Si no soy tan complicado. En serio.

No hablamos más. Yo terminé mi torta San Guillermo y me bebí la mitad de la Coca-Cola. Mi abuelo se levantó y me dijo:

—Si quieres, te llevo a tu casa. Te puedo pasar a dejar.

—No, gracias.

—¿Necesitas plata?

—Bueno.

—Toma. Si necesitas más, llámame.

—Lo haré.

—¿No me quieres decir dónde estás alojando?

—No. Lo siento. Pero dígales que no se preocupen. Sé perfectamente lo que hago. Y no estoy arrepentido.

Nos despedimos de Poblete y salimos a la Alameda, que estaba llena de micros echando humo. Todo estaba algo más en calma, eso sí. Miré la hora en el reloj de la iglesia San Francisco: las seis y diez de la tarde. El sol estaba a punto de ponerse. Mi abuelo paró un taxi.

—No te vas conmigo, entonces.

—No.

—Se nota que eres húngaro.

Esto me mató. No sé por qué se me ocurrió que lo que quería decirme era: se nota que eres un Rothman. Después cerró la puerta y se alejó en el taxi.

Y a mí no se me ocurrió nada mejor que volver a entrar al Club y hablar directamente con Poblete:

—¿Puedo quedarme aquí un rato?

—Cómo no, joven.

Partí al bar, que estaba lleno de ejecutivos jóvenes tomando un trago tan poco varonil como la vaina. Muchos jugaban al cacho. A través de los vitreaux que dan a la Bolsa de Comercio se veía a la gente empapada, arrancando de los pacos. Pedí un Campari-Tónica, el trago favorito de Josh Remsen. El ambiente comenzó a deprimirme porque sentí que todos me observaban y me di cuenta de que, en dos o tres horas más, tendría que abandonar inevitablemente el Club, volver al City y, como le había dicho a mi abuelo, tomar una decisión. El problema era que mientras más posibilidades barajaba, más me daba cuenta de que ninguna me convenía.

Y ésta es una de las peores situaciones en que uno se puede encontrar. Es como estar en un aeropuerto con pasaje para todas partes y no saber qué avión tomar. O peor: averiguar que ningún avión va a partir. O querer partir y darte cuenta de que no tienes pasaporte. No sé, algo así. Es realmente molesto y aterrador y se transforma en un círculo vicioso existencial que no conduce a ninguna parte . Basta con analizarlo, ponerse a pensar en todas las aburridas y predecibles oportunidades que nos ofrece el futuro, y en las más entretenidas y fascinantes, para darnos cuenta de que estamos en serios problemas.

Tú antes no eras así, Matías.

Y ya que estamos en esto: cuando el asunto del futuro esplendor se une al presente-inexistente y esta mezcla funesta se contrasta, por ejemplo, con el pasado, que por muy pasado que sea no por eso deja de pesar, entonces uno sólo puede recurrir a la vieja fórmula del corte de pelo radical. Así fue que, sin saber cómo, llegué al subterráneo del Club y me distraje observando a unos cuantos viejos que jugaban a las billas, intentando pegarles a unas bolas rojas. En eso caché que, un poco más allá, entraban y salían tipos de una peluquería.

—Bueno, joven, ¿se decidió?

—Sí. Quiero algo radical. Medio militar. Como si hace un mes hubiera salido de un manicomio. Quiero que saque todo. Que deje lo justo y necesario para no quedar pelado.

—Quiere que use la máquina, entonces.

—Exacto.

El viejo me moja entonces todo el pelo y comienza a rasurarme sin culpa Yo miro atónito y entusiasmado. Observo cómo, poco a poco, la forma del cráneo va cobrando vida.

En eso entra mi padre. Aparece al final del espejo y se acerca tanto que termina desapareciendo del cuadro.

Decido cerrar los ojos y esperar el nuevo peinado a oscuras. En silencio.

En la más completa privacidad.

—Te ves bien, Pelado.

—Déjate de hinchar. Y no me digas Pelado. Ni cabrito.

—Como quieras, Peladito.

—Basta, ¿ya?

Todo esto es muy extraño. Pero, no sé, no me molesta. Hasta diría que me gusta. Me gusta sentirme cerca de él.

—Ya, Erizo, te toca a ti.

—No me digas Erizo, padre. Y no seas cerdo: te jalaste tres líneas. Se supone que eran dos para cada uno.

—Pero si tengo más. Tenemos para toda la noche. Déjate de huevear y jala, mira que está mortal. Oye, estas minas ya están por volver, ¿no?

Estamos tendidos en una cama inmensa: debe ser más grande que una mesa de pool. Más ancha, de todas maneras. Por la ventana se ven claritos los neones de la Plaza Italia. Estamos en una de las Torres de Tajamar, no sé cuál, arriba del local de Yamil, creo. En el piso once, eso me consta. «Once, como once de septiembre», me dijo mi padre cuando entramos y apreté el botón del ascensor.

—Ya, puh, jala.

Así que jalo. Es el tipo de orden que no se contradice. Menos cuando viene de nuestro padre. Del tipo que lo engendró a uno y lo crió.

—Soy un pésimo ejemplo —se lamenta.

—Sí —le digo—. Pésimo. Pero conozco casos peores. Ya vuelvo.

Busco una toalla pero no la encuentro, así que agarro una de las frazadas, me la enrollo en la cintura y abro la puerta.

—¿Adónde vas?

—A buscar trago. Y a ver en qué están las minas.

Salgo al pasillo empapelado de negro y avanzo hasta el living, donde hay una minifuente de agua y un poster inmenso, que ocupa una pared entera, con una panorámica nocturna de los rascacielos de Manhattan. En un sillón, un tipo como de treinta, sin panza pero con hartas canas, canta. Anda solamente con calzoncillos, pero sus zapatos y calcetines delatan que es banquero. O un gerente general. El tipo canta bien, algo de Cat Stevens. Algo de su época.

—Hola —le digo al tipo que regenta el local y está revisando los formularios de las tarjetas de crédito—. Dame una botella de vodka y unos vasos con hielo.

—Se me acaba de terminar el vodka.

—Dame un Etiqueta Negra, entonces.

—Vale.

—Y diles a estas chicas que regresen como en veinte minutos más, para que estemos lo suficientemente recuperados.

El lugar éste se llama Escort Vips pero todos lo llaman Torres de Tajamar. O el 1104. Da lo mismo porque, la verdad, es tan ultraprivado que no necesita ningún nombre. Es, por así decirlo, la mejor sucursal del Padrino en el barrio alto. O sea, es una suerte de pariente del Juancho's. Por ahí va la conexión. Por eso, todo es de primera: las minas-modelos de la tele, el trago, las piezas, los accesorios. Y los jales, claro. El huevón que regenta es el proveedor de mi padre: tiene contacto directo con Bolivia, me explicó.

Lo raro de todo esto es que esté yo aquí, hablando con él, con una frazada gris enrollada en la cintura, en pleno toque de queda, pidiéndole trago como si nada, y eso que estamos en ley seca, por lo de las elecciones.

Pero yo ya he elegido.

Creo.

Todo ha sido muy rápido, inesperado. Tan

inesperado que ni me lo he cuestionado; sólo lo he vivido. Pero quizás sea un error. No sé.

El traidor fue Poblete, eso lo tengo claro. Pero, quizás, sólo hizo lo que debía: llamó a mi abuelo y le dijo que yo había regresado al Club. Y mi abuelo se comunicó con mi padre que, en medio de los disturbios, agarró un taxi y partió a buscarme.

No tuve escape posible.

Él tampoco.

Por eso está ahora aquí. Por eso está conmigo. Necesita de alguien, alguien que esté con él. Lo supe desde que lo vi entrar a la peluquería. Llegó vencido, sin treguas que solicitar ni argumentos para convencer. Sólo llegó, se sentó por ahí y observó como el viejito poco menos que me rapaba. Mientras las tijeras y la máquina de rasurar iban y venían, yo pensaba en cómo correrme, en cómo arrancar, qué excusas darle, qué decir, qué no decir, cómo evitarlo, cómo impedir toda posibilidad de comunicación.

Entonces me miré: estaba listo. Me veía cinco años menor, con una pinta de recluta antes de partir a Vietnam que no me la podía.

—Buen trabajo, don Panchito —dijo él y le pasó unos billetes.

Después me tocó el cráneo con la palma de su mano:

—Pica —me dijo.

No supe qué responder. Luego le dije:

—Siento como si me hubiera quitado un peso de encima.

—No sabes cómo te envidio, cabrito.

Después me dio una palmada en la espalda, entre fuerte y tierna. Y agregó:

—Vámonos de acá; está lleno de viejos y nosotros somos aún jóvenes, ¿no?

Salimos del Club y subimos a un taxi, que logró escapar de unos manifestantes nocturnos y desviarse por calles estrechas, hasta que llegamos al Parque Forestal, frente al Museo de Bellas Artes.

—Hasta aquí no más. Quiero caminar un poco.

Nos bajamos y nos fuimos caminando bajo los plátanos orientales inmensos que ocultaban a las parejas tiradas en el pasto, entre arbustos y panfletos humedecidos, besándose apuradas y con sigilo en la oscuridad.

—Mira —le dije—, yo me tengo que ir. Tengo cosas que hacer.

—Relájate, sólo quiero tomar un poco de aire.

—No, en serio. Yo te dejo hasta acá.

—Matías, por favor. Quiero que te quedes. No te voy a molestar ni a hacerte sentir mal. Lo que pasó, pasó, ¿entiendes? No quiero seguir con eso. Solamente quería verte. Te he echado de menos. Me preguntaba dónde estarías.

Yo lo miré de reojo y no sé qué cara habré puesto, pero debe haber reflejado algo, porque en seguida me dijo:

—Tú no me crees, ¿no? Realmente no crees que pueda sentir algo por ti.

—Lo de anoche fue un error.

—No fue un error. Y lo sabes. Pero no estoy hablando de eso. Ya he analizado suficientemente lo que pasó ayer, ¿ves? Lo que yo quiero decirte... lo que quiero expresarte es... Matías, mírame cuando te hablo: ya es bastante difícil para mí decirte todo esto, no me lo hagas más complicado...

Entonces lo miré; pero, más acá de mis ojos, igual me escondí. Me guardé. Y empecé a tiritar.

—Te escucho.

—No seas cruel, Matías. Ya sé que tal vez no

soy un buen padre... Tal vez no soy nada... Sé perfectamente que me miras hacia abajo, que no me toleras,
pero eso tiene solución, espero. Lo que no soporto, lo
que ya no tolero, es que tú asumas mi rol. Eso sí que
cuesta, eso sí que me hace mal, ¿ves? Si lo único que
quiero es hablarte de tú a tú...

Yo no sabía qué decir. Ni qué pensar. Sólo me
dejé ir, porque eso de que su voz se cortara y sus ojos se
llenaran de lágrimas me mató. Me hizo sentir chico.

Así que lo abracé. Lo abracé sin culpa, sin pánico, en buena.

—Viste, no es tan tremendo.

—No lo tengo claro —le dije secándome los
ojos, intentando rearmarme—. Tú sabes, estas cosas
no me gustan.

—Si sé. A mí tampoco, compadre.

Caminamos tres o cuatro cuadras en silencio,
un silencio natural, nada forzado, no ese silencio rui-
doso que oculta, que tapa y ahoga. Cuando volvió a hablar, era ya otro hombre. Era, de alguna manera, el de
siempre. Dentro de lo posible, claro: porque era obvio
que nunca más volvería a ser el mismo. Ni yo.

—Salgamos de farra —me dijo en plena Plaza
Italia—. Yo igual no tengo que volver a la casa esta noche. Tu madre me lo pidió. Fue un acuerdo. Pienso
alojarme en un hotel.

—¿Por qué? ¿Qué pasó?

—Problemas, no te preocupes. Nada insalvable.

—¿Tiene que ver con lo de ayer?

—Sí, algo; pero no tiene que ver contigo. Hubo muchos gritos y tu madre está muy nerviosa. Decidimos que lo mejor era que yo me alojara en otra parte. Y en eso llamó tu abuelo. Pensaba irme a Reñaca,
pero con esto del plebiscito estoy obligado a votar acá.

—Yo estoy alojando en el City —le dije.

—Tiene un buen bar. Antiguo. Como los de antes.

—Te saqué un cheque. Y lo cobré.

—Da igual. Yo hubiera hecho lo mismo. Pero ahora invito yo. Aún te sigo debiendo. Ven, vamos.

Paró otro taxi, que nos trajo hasta acá, a las Torres de Tajamar. Primero entramos, eso sí, al Kabaret 1100. Y una cosa llevó a la otra. Empezamos a tomar y a reírnos de las minas que bailaban topless y de las azafatas que se nos acercaban y nos trataban como hermanos.

—¿Quieres una línea?

—¿Qué?

—Si quieres jale —me gritó a viva voz.

Lo miré muy serio, sin entender si era una broma o qué.

—No te hagas el huevón, Matías. De lo del cheque no me di cuenta pero de mis gramos sí. Hagamos una cuestión bien hecha: pongámosle fin a todo esto. No debo permitir que le hagas a eso, se supone. Pero han pasado demasiadas cosas, así que lo entiendo. Jalemos lo que hay que jalar y mañana será otro día. Mañana empezamos con algún orden. Con alguna moral. Pero esta noche no. Me da lata.

Terminamos en el baño del local, jalando a vista y paciencia de todos los tipos que entraban y salían.

—Me gusta esto —le dije.

—¿El jale?

—No, esto de estar contigo. De perderte el respeto. Y el miedo.

Después, nos cerraron el local. Se acercaba la medianoche y la ley seca iba a entrar en vigencia.

—Subamos.

—¿Adónde?

—Al 1104: la mejor casa de masajes de Santiago.

—La mejor casa de putas, será.

—Es que no quería faltarte el respeto.

—No me huevees.

No fuimos los únicos en subir. El tipo que regenta ubicaba a mi padre y le dio trato preferencial. Nos llevó por un pasillo a la pieza con la cama enorme, el ventanal y un afiche en blanco y negro de una mina desnuda tendida en una duna.

—Cuando quiera, pasen al sauna.

—¿Está disponible la Rebecca?

—Sí, cómo no.

—Entonces, la Rebecca y alguna otra. Las dos.

Esto me pareció un poco extraño pero el jale, el vodka y una complicidad enorme me hizo despreocuparme. El tipo cerró la puerta y mi padre descolgó un espejo de la pared y lo depositó sobre la cama. Después se sacó la chaqueta y la corbata, esparció un buen montón de polvo en el cristal y comenzó a tirar líneas y a jalar como un condenado.

—Ya, empelótate.

Me pasó su mini-pajilla de metal y aspiré unas cuantas líneas mientras él se sacaba la ropa. Después me tocó a mí, pero no sabía bien qué hacer: preferí desviar la atención conversándole. Comencé a hablarle de mi vagabundeo céntrico, de mi gorra de cazador roja, de la vida de Josh Remsen, hasta que, de pronto, ni siquiera tenía puestos los calcetines y, la verdad, me dio absolutamente lo mismo porque sentí que no tenía nada que ocultar.

—Vamos, huevón.

Entramos a otra pieza, sin ventanas, enchapada en madera, que hervía con un calor seco; había unos cinco tipos, todos cuarentones con pinta de millonarios.

Yo empecé a sudar. A sudar harto. A botar el trago y el jale, eso sentí. Después de un rato entró una mujer, vestida con una bata transparente. Lo más impresionante
era su melena tipo años sesenta que casi tocaba el techo.

—Rebecca, te estaba esperando.

La mina nos pasó una bata a cada uno y nos
llevó a la pieza donde habíamos dejado la ropa. Ahí estaba, jalando, otra tipa, más joven, increíblemente dura y relajada, recostada en la cama. Estaba desnuda,
pero era como si hubiera estado vestida. Le daba lo
mismo.

—Hola, soy Solange —me dijo.

La Rebecca apagó la luz y encendió otra que
era como de un color café, que dejó todo a oscuras pero igual con algo de luminosidad. En seguida, se sacó
la bata y le sacó a mi viejo la suya y, con una toalla negra, empezo a secarle la transpiración y a lamerle las
tetillas.

—Relájate, Matías. Tú sabes cómo hacer este
tipo de cosas, ¿no?

La otra, Solange, se me acercó, se sentó al
borde de la cama, me sacó la bata y, antes de secarme,
comenzó a hacer dibujos con los dedos sobre mi sudor
resbaladizo. Después se abrió de piernas y me empujó
sobre la cama, donde jalé una línea antes de empezar.
Miré a mi padre, a pocos centímetros de mí, tirado en la
cama, con la Rebecca sobre él, masajeándole el cuello.

—Estamos locos, padre —le dije.

—Estamos calientes no más.

Con la mano limpio el vaho acumulado en el
ventanal. El calor seco del sauna invade todo el departamento. Mi padre está en la cama, dormitando. Le
sirvo un Etiqueta Negra y lo pongo en el velador. Saco
el espejo de encima del colchón y lo cuelgo en su lugar

de origen. La luz café sigue encendida. Son las cinco y tanto de la mañana, me fijo. Me parece imposible todo lo ocurrido. Incluso eso de haber cambiado de mina o de haber tirado los dos con la Solange mientras la Rebecca picaba más jale y la miraba ansiosa.

—No sé si quiero seguir —le digo—. Esperemos a que acabe el toque y te voy a dejar, ¿te parece?

—No quiero tirar más.

—Ya has tirado suficiente.

—Ven, acércate.

Me acerco.

—¿Te parece todo esto muy decadente? ¿Te parezco yo muy como las huevas?

—No, para nada.

—No me mientas. Dime lo que te parece. En serio.

—Me parece raro. Divertido, supongo. No ocurre todos los días. Creo que estuvo bien. Me relajó. Creo que fue una buena idea.

—Estoy casi seguro de que tu madre me va a dejar —me respondió de sopetón.

—¿Estás seguro?

—Casi.

—Es por este tipo de cosas —le digo—. En realidad tiene razón...

—No, ojalá. Si ella ni lo sabe. O sí, lo sabe y le da lo mismo. Ése es el problema, huevón: le doy lo mismo, siempre le he dado lo mismo.

—No sé, no es por meterme, pero tus actitudes dejan bastante que desear... Esta misma cuestión de la Hilda Escudero no fue muy agradable ni decente que digamos...

—Mira, Matías; ni siquiera voy a intentar defenderme, huevón, pero si he sido como soy fue porque...

—Porque mi madre no te pesca...

—Pero yo sí, huevón... No puedo evitarlo... Parece hipócrita de mi parte, especialmente estando aquí, pero de que la amo, huevón, la amo.

—Díselo a ella.

—Se lo dije ayer. Y hoy.

—¿Y?

—Está enamorada de Sandro. Hace rato. Por eso dejó él a la Loreto. Yo no me di ni cuenta. Hasta anoche. Nuestra relación anda pésimo desde hace un tiempo. Algo raro había notado, hasta sospechado, pero nunca tanto. Y menos con Sandro que era mi amigo. Que es mi socio.

—Estás cagado, papá —le digo, negándome a creer tanta mierda.

—Si sé, huevón. Si sé. Duele más que la cresta.

Después se pone a llorar tímidamente y se acurruca como un niño a mi lado. Yo le tomo la mano y con la otra le acaricio el pelo. Por la ventana, la oscuridad va cambiando de color. El único ruido que oigo son los sollozos de mi padre.

—Vámonos a la casa —le digo—. Quiero volver.

DOMINGO 14 DE SEPTIEMBRE DE 1980

Anoche llovió una vez más pero no me sorprendió, no me sorprendió para nada. Lo raro es que no haya caído más agua, que todo no se haya desbordado.

El sol brilla ahora con tibieza y la cordillera se alza nevada; mejor que nunca, creo. El pavimento sigue mojado, claro; así y todo, ésta ha sido mi ascensión más fácil. Quizás por eso decidí continuar, pedalear lo más arriba posible, seguir subiendo hasta topar. Pero el camino tiene su fin y uno no puede esperar subir, subir y subir. Igual he llegado bastante alto. No me puedo quejar.

No hay nadie en la cumbre hoy. Sólo yo, que doy vueltas y vueltas, en círculos y ochos, por la terraza. La idea es no tocar la sombra de la Virgen, que rebota en la cerámica gastada de las baldosas. No es difícil. Mi Benotto es fácil de maniobrar. Tengo práctica de sobra.

Hace una semana, justo el domingo pasado, bautizamos al Felipe. También había llovido, también había sol. Los domingos tienen esa particularidad de parecer todos iguales, pero no lo son. Ha transcurrido demasiado tiempo desde el domingo pasado, mucho más que una semana. Es como si todo hubiera ocurrido hace años. Se ve tan lejano, todo se ve tan ajeno, tan irreparable. Es como si nunca hubiera ocurrido.

Es raro esto del tiempo. Esto de ir controlándose, midiéndose a intervalos, como si todo fuera un examen. Pero uno cae en el juego y, si miro hacia atrás, si miro ahora hacia abajo, hacia la ciudad, y pienso en todo lo que ha sucedido desde el domingo pasado, o desde el anterior, cuando estaba en Rio, probablemente en la playa, o desde incluso antes, cuando aún no viajaba, cuando sólo pensaba en partir, no puedo sino sentir que todo se ha estropeado.

Anoche llovió harto, pero no lo suficiente. Anoche llovió pero no me sorprendió, no me sorprendió para nada. Lo raro, en realidad, es que todo no se haya desbordado. Eso fue lo que me sorprendió.

Tendré que acostumbrarme.

Volví a mi casa, claro. Era lo que debía hacer, fue lo que deseaba. Dudas tuve, las tengo y las tendré, pero, más allá de lo plausible, del factor económico y legal, de todo aquello que parece ajeno e inútil pero está mucho más incrustado en mí de lo que estoy dispuesto a creer, sentí que me necesitaban —que me necesita, mi padre—, y eso siempre es bueno, lo hace a uno olvidar, hasta empieza a perdonar. Pero no es sólo mi padre, soy yo.

O lo que queda de mí. Queda lo básico, supongo; el marco, la matriz, los frenos. Lo que ha cambiado, lo que he perdido, son el engranaje, la cadena, la dirección. He conseguido reemplazarlos por piezas nuevas, más fuertes, más confiables, pero no es igual. No podría serlo, supongo. Cuando uno juega fuerte, se mete en caminos difíciles, no transitados, no puede esperar salir sin topones. Queda el soporte, claro, pero cambian las piezas. Y no es igual porque, al final, uno siempre se fija en los detalles. Los detalles son los que cuentan.

Cuando volvimos al departamento, quise proseguir en el taxi y retornar a mi habitación 506. Pero algo me hizo subir, algo me hizo acompañar a mi padre hasta arriba. Mi madre, claro, ya no estaba; y mi tía Loreto, entonces nos enteramos, estaba muerta. Tomó demasiadas pastillas para dormir más una buena cuota de tranquilizantes. También abrió el gas de la calefacción, pero no la encendió.

Lo de mi madre y el tío Sandro se esparció rápidamente y la tía Loreto, sumida en una depresión, no resistió el golpe. Llamó al tío Sandro y él se lo confirmó. Después se comunicó con mi madre, pero mi madre, con su tacto habitual, le colgó. Horas más tarde, cuando se enteró de la noticia, partió huyendo a Buenos Aires. Es posible que se junte allí con el tío Sandro. No lo sabemos, nos da lo mismo. Mi padre no le habla, ni siquiera se miraron en el funeral, que duró tan poco, que estuvo tan vacío.

El entierro fue el jueves, al caer la tarde, cuando ya se sabían los resultados. El SÍ ganó con un 67,6 por ciento, y eso que nadie en la familia tuvo ánimo ni fuerzas para ir a votar. La Alameda, por cierto, se llenó de gente que salió a celebrar frente al edificio Diego Portales. Por eso nos costó llegar hasta el cementerio. Demasiada gente, montones de familias con niños y abuelos salieron a las calles a celebrar el futuro, a brindar por la seguridad, por la promesa de que ya nada malo vendrá.

Ojalá sea verdad. En serio. Me gustaría creer que, ahora que la cosa se apaciguó, lo que nos espera es la calma. El famoso Alejandro Paz de Chile salió libre y, más allá de unos golpes, no fue torturado ni nada. Él dice que nos espera lo peor; que lo peor es justamente la calma, el hecho de acostumbrarse. Yo le dije que quizás, pero que ahora entendía mejor a los del SÍ, a los que votaron por mantener todo igual, porque,

ahora lo sé, lo que más asusta es el cambio, la posibilidad de que todo se te quiebre, se hunda, que todo se
te dé vuelta. Y cambie.

El famoso Alejandro Paz de Chile se va. El en-
carcelamiento, al final, actuó a su favor y ya tiene la vi-
sa para entrar a Estados Unidos. Lo voy a echar de menos, claro, por eso mejor que parta de una vez, porque
así no me voy a dar del todo cuenta, su ausencia no hará más que adherirse al vacío total que siento, que
siento pero ya no me mata, ya no me debilita.

El Paz me regaló un montón de sus revistas y *El
Coyote se comió al Correcaminos* del Josh Remsen, que justo se lo había conseguido antes de que lo detuvieran.
Aún no lo escucho. No he encontrado el momento. Pero lo voy a hacer. Cuando lo eche menos de menos.

Pero nunca dejaré de echar de menos algunas
cosas. No lo deseo. No quiero olvidar al Nacho y ahora me doy cuenta de que, aunque lo quisiera, no podría. Lo mismo a la Antonia. Hace un rato, por ejemplo, antes de subir el cerro, pedaleé por distintas partes, aprovechando la complicidad de las calles vacías
que aseguran los domingos por la mañana, y llegué,
sin querer, a su casa. Algo me hizo detenerme. Y no
toqué el timbre.

«Eres un pesimista», recuerdo que me dijo
una vez, a lo que yo le respondí que sí, que lo era pero
que eso era una ventaja.

—¿Por qué? —me dijo.

—Porque siempre espero lo peor. Así, cada
vez que no llega, me sorprendo. Quedo feliz. Y cuando
llega, porque de que llega, llega, no me deprimo ni
me decepciono. Es lo acostumbrado. Es lo normal. Es
como es. Pero no necesariamente como debe ser.

—Y yo, ¿te sorprendo?

—A cada rato.

Pero ya dejó de sorprenderme y, en la medida en que la eche de menos, hasta se me ocurre que podría enfrentarla de nuevo. Y eso que la voy a seguir viendo, pero no es lo mismo. Uno puede estar y no estar.

Es raro, siempre hay algo que nos sorprende. Partiendo por uno mismo. Y por mi padre, que ya no es el mismo, es mucho mejor. Mi casa, eso sí, ya no es igual; mis hermanas decidieron instalarse un tiempo con la Pilar. Así que estamos solos, pero eso ya no me asusta. Al contrario. No sé muy bien lo que va a pasar, pero vamos a salir de ésta. Después veré. Mi padre me ofreció incluso sacarme del colegio, trasladarme al Liceo 11, pero he pensado que mejor no, que por este año, al menos, debería terminar lo que empecé, porque irse en la mitad es como nunca haber llegado. No quiero aislarme porque sí, quiero aislarme cuando lo desee. Huir, al final de cuentas, es mucho más complicado que quedarse. Y yo no estoy preparado todavía. Aún no tengo fuerzas. Prefiero seguir aquí.

El sol ha avanzado y la sombra de la Virgen me va cubriendo.

Hora de partir.

Empiezo a descender. La pendiente está brava y con cada pedaleo, más velocidad agarro. El viento es puro, tan helado que corta. Pero sigo, me gusta. Y mientras más desciendo, mientras más me acerco a mi casa, más fuerte me siento. Es como si el viento me purificara. Es como si tuviera ganas de llegar. De avanzar. De dejar atrás la mala onda, la duda, enfrentar lo que me espera allí abajo.

Sobreviví, concluyo. Me salvé.

Por ahora.

Este libro se terminó de imprimir
en el mes de mayo de 2002,
en los talleres de Quebecor World Chile S. A.,
ubicados en Pajaritos 6920,
Santiago de Chile.